河出文庫

非色《ひしょく》

有吉佐和子

河出書房新社

目次

非色《ひしょく》

1

私は自分の生い立ちについて多く語ることを好まない。父親のない娘。片親育ちの子供というものは世間にいくらでも例があるからである。貧乏だったということも世間では珍しいことではない。妹より不器量に生まれついたからといって、書いて世の人に訴えなければならないほどの悲劇とは思えない。だから私はそうしたことを陰々滅々と此処に披露しようとは思ってもいないのである。もっとも、こんな私のあまり幸福ではない条件は戦争中は感じる暇がなかった。不幸を一番身にしみて感じる筈の青春期の前半は、私は学徒報国隊という腕章を巻いて旋盤工として夢中で過していた。夜は工員宿舎の一部に泊って、女学生たちはみんなそれぞれの家庭の事情とは関係を断った暮しをしていた。警戒警報。待避。空襲警報。あの最中には、女の子が美人かそうでないかということなど大した問題にはならなかった。

　戦災で家を失い、敗戦と共に工場に別れを告げた私は、母と妹と都心を離れた焼け残りの家の二階一間を借りて暮すようになったが、そのときでも貧乏というものの実感はなかった。東京はまっ赤に灼《や》け爛《ただ》れて、富者や金持と呼ばれる者も一なぎに壊滅してしまったかに見えた。右を見ても左を見ても焼け出された人々ばかりで、おまけにひどい食糧難時代だ。みんなが飢えていた。食べるものにも着るものにも、みんなが平等に困っていた。

私は直ぐに働くことを考えなければならなかった。女学校は何も勉強らしいことをしないまま、終戦の年に卒業していた。もっとも学歴が役に立つような仕事は何もなかった。日本の首都は爆弾と焼夷弾で滅茶滅茶になったところへ進駐軍を迎え入れて大混乱の最中だった。田舎なら田を耕す仕事が手近かにあっただろうが、根っからの東京育ちの私たちには疎開する縁故先も無かったのである。田舎なら農家の手伝いという仕事にありつけただろうが、東京にはまともらしい仕事は何もなかった。大会社は復興にすぐ手をつけようとはしなかったし、みんな手を束《つか》ねて進駐軍のエネルギッシュな仕事ぶりをポカンとして眺めていた。長い戦争に倦《う》み、逃げ疲れ、飢えた人々は、白人や黒人たちのきびきびした動きを驚異の眼で眺めていた。そういうとき、働くといってもまともな仕事があったわけではない。近郊の人々は食物を担いで出てきては所々方々の駅の付近に闇市をつくり展《ひろ》げて、怪しげな饅頭《まんじゆう》や握り飯などから売り始めていた。それを買うためにも、私はどうしても働かねばならなかった。焼けなかった人々は、まだ金に換える何物かを持っていたが、焼け出されの私たちは一文無しというよりもっとひどい状態だったのである。

日本の会社がまだ働き出さないとき、人間を傭ってくれるところは進駐軍関係の仕事しかなかった。英語が片言でも喋《しゃべ》ることのできる人間たちは、俄《にわ》かに一段格が上ったように肩で風を切って歩いていた。私は有楽町の駅の傍にある進駐軍が暫定的に経営しているキャバレーのクロークになった。英語が全然できなかったのに、キャバレーの入口に押入ってイエスとノーをやたらと振り撒《ま》いていたら、雲つくような大男のニグロが来て、私にこの仕事を与えてくれたのである。日給制だった。一日わけも分らず働いているだけで翌朝の五時には一斉に帰りがけに百円札を渡してくれた。百円。私はその紙幣を摑みしめて飛ぶようにして家に帰ったのを覚えている。私の母は涙を流しながら、それでその日のうちに一升の闇米《やみごめ》を買った。早速炊いた銀めしの目にしみるように白かったことも、立上る湯気の匂に気が遠くなりそうだったときのことも、私は決してこれから先だって、忘れることはないだろう。

勤務は午後六時から朝の五時まで十一時間の間に一時間ずつ二回休憩があった。私の仕事というのは入って来た客のコートや荷物を預かって番号札を渡すのが役目で、もし靴を脱ぐ習慣が彼らにあったなら、さしずめ私は下足番というところだっただろう。クロークには私の他に二人の女が働いていて、二人とも私より英語が出来、とりわけ一人はぺらぺらに喋ることが出来た。私たちの仕事はごく機械的に受取った品物と引換えに番号札を渡したり、番号札と引換えに品物を渡したりするだけなのだから、英語が分らなくても用が足りたが、それでも英語の話せる方が品物の受渡しを無言でやるより、オーライでもサンキューでも言った方がずっとうまい工合だった。それで私は英語の上手な木村ヨシ子について休憩時間の度に勉強することにした。教科書は進駐軍がＧＩたちに配布した日本語会話のテキストをヨシ子に貰ったものである。女学校では一年と二年の二学期まで学習したが、あとは敵性語として学校が教えない方針だったので、私の語学の力は木村ヨシ子が、

「もう嫌《い》や。面倒くさくなったわ」

と到頭音をあげてしまうほどお粗末なものであった。それでも私は懇願して、帰りがけのＧＩがチップ代りにくれるチューインガムやチョコレートを月謝に追加して彼女の教示に従おうとした。木村ヨシ子の英語というのも、文法からしっかり覚え込んだものではなく、彼女はロスアンジェルスに生れて十四歳のとき日本に帰ってきたというそのうろ覚えの記憶からなる英語だったから、随分怪しげなものだったが、それでも私にとっては習わないよりましだったのである。

お客のたてこまないとき、私は例のテキストと首っぴきで、単語を一つ一つ記憶しようとしていた。アメリカ人相手の仕事では、言葉が不自由ではどうにもならないと考えたからである。私の働いている「パレス」というキャバレーでは、クロークより収入のいい働き方が他にいくらもあることに気がついたからでもあった。なんにしても日本が敗けてしまってアメリカさんの天下になってしまったのだから、まず言葉からものにしておかないことには埒があかないという意識が私にはあった。喋れるようにさえなれば木村ヨシ子なんかとチップで差をつけられることもないと私は思ったのだった。私は暇

さえあればテキストを展げて、単語と構文の暗記につとめていた。

「何を読んでるんだね？」

私の頭の上から大声が降ってきて私を驚かせた。顔を上げると私が初めて「パレス」に来たとき、私にクロークの職を与えた大男の黒人兵が立っていた。

「本を、読んで、いるんですよ」

私はたどたどしく答えた。

「本を？　何の本をだね」

「英会話」

彼はグローブのような掌を展いて、大仰に感動してみせた。掌の中が生々しく白いのと、眼を剝いてみせた白眼と、開いた唇の内側が生肉のように赤いのが印象的だったが、悪い感じはしなかった。どういうものか「パレス」に来るＧＩのほとんどがニグロだったから私は黒い肌の人間を見るのにもう馴れきっていたのである。終戦記念日というものが、ついこの間過ぎたばかりで、私もそろそろ「パレス」に一年の古顔になろうとしていた。

私が英会話の勉強をしていることに、相手はいたく興味を示したらしく、クロークの向う側から身をのり出すようにして、

「僕が先生になって実際的に教えてあげようか」

と彼は言出した。

「結構ですよ」

「どうして。僕は真面目に英会話を教えてあげるといってるだけだ。女がほしいのなら、あちらへ行けばいいのだからね。あなたが心配することは何もない」

「でも、本がありますから、これが先生で、それでOKですよ」

「本は実際の役に立たない。発音のし方は、その本には書いてないし、元来それはGIが日本語を覚えるためのもので、日本人が英語を覚えるためのものじゃない。あなたはアメリカ人について英語を習った方が、その本より正確に、そして早く覚えられるんだ」

私は当惑して木村ヨシ子の救援を求めた。そのときの私の語学の力では、こうぺらぺらやられただけで圧倒されてしまったからである。それに彼の口臭は強烈で息詰るようだった。木村ヨシ子は私を抱えるようにして立つと、勤務時間中だから私的な会話は慎んでほしいと言った。すると相手は急に不機嫌になり、

「僕はジャクソン伍長だ。このキャバレーの支配をしている一人だ。それを知ってそういうことを言うのか」

とヨシ子につっかかってきた。

ヨシ子は心持ち蒼ざめた様子だった。私たちはニグロ専門のキャバレーに勤めていたのだが、私たちの給料は事務所の日本人から手渡され、アメリカ側の上司とは殆ど無関係だったからである。一年つとめている私も気がつかなかったし、ヨシ子も彼が「パレス」の支配人とはしらなかったらしい。だが間もなく彼女は流暢な英語でジャクソン伍

長の機嫌をとり始めた。早口になると私にはよく分らなかったが、どうやら笑子は内気な娘で英語もよく分らないので、あなたを怖がっているのだと言ったらしい。彼は私に向うと、

「私は怖い人間じゃない。間もなくあなたは分るだろう」

と言いおいて向うへ行ってしまった。

それから急に客がたてこんで、ヨシ子と私とは碌《ろく》に口がきけなくなった。ジャクソン伍長が「パレス」の上層部にいる人間だということが分ったので、みだりにものを言うわけにはいかなかったのかもしれない。私自身も、大層残念そうに向うへ行ってしまった彼に悪いことをしたという小さな悔いを覚えた。中でも、女がほしいのならあちらへ行く。だから心配するなと言った彼の言葉に、私は少なからず感動していた。ジャクソン伍長があちらと言ったのは、「パレス」の内部のことである。クロークの前を通り抜ければあちらには全く女たちが溢れていた。私同様に碌すっぽ英語の出来ない女たちが、分りもしない相手の言葉に応えて、げらげら笑い崩れ、抱き寄せられては嬌声をあげていた。全く欲しい人間には与えられる女たちなのであった。どういうものか彼女たちは例外なく赤や黄や緑の原色のドレスを着ていた。

だが私が感動したのは、私がジャクソン伍長によって、そういう女たちから区別された為ではない。私は実はそういう女たちの仲間入りをしようと思って英会話の勉強を始めていたのである。クロークの中で働く堅気の女たちも、ダンサーとして働く怪しげな

女たちも休憩室は共有だったので、私は休憩の度に休んでいる女たちからダンスの基本的なステップを教わることにしていた。いずれそういうものが必要になると考えたからであった。

人間というのは贅沢なものだ。贅沢に対してすぐにつけあがり易い。初めて「パレス」に来た日の朝、手渡された金額にあれほど感激した私は間もなくその給料に狎《な》れてしまったのだ。母と妹が私の収入で充分着ることも食べることも出来ているのに、私は十円でも余計に収入のある方が望ましくなっていた。木村ヨシ子はいつの間にか進駐軍物資の横流しに与《くみ》していて、クロークの収入以外にごっそり儲けては身装《みな》りをパリッとしたものにして、一頭地を抜いたように美しくなっていた。帽子から靴まで、つまり頭の天辺《てっぺん》から足の先までアメリカ製品で掩いつくすと、格別美人というほどでもない器量だったのに人目を惹き、得意そうに小鼻をうごめかすと相当な別嬪さんに見えてくるのだから不思議だった。

私の当面の目標はこの木村ヨシ子だったが、彼女は自分のグループに私を入れる気はないらしかったし、私としても私の英語ではＧＩの配給品を値切った後も、彼らに気をよくさせるだけのお世辞は振りまけなかったから指をくわえているよりなかった。私はともかく厚さ二センチ半もあるテキストを丸暗記して、そこに書かれている言葉だけでも自由にこなせるだけの努力をしていた。〈この道をまっ直ぐ行けば総司令部に出られますか?〉〈この水は飲んでも大丈夫ですか?〉〈私はすぐ出かけなければなりません。

用件はできるだけ手短かに話して下さい〉

トーマス・ジャクソンが私にデイトを申込んだのは、それから間もなくだった。非番の日、彼は一人で「パレス」に来て、踊りもしなければ碌に酒も飲まずにクロークにコートを預けると、吃驚《びっくり》するようなチップを置いて帰ったりしていたから、早晩そういうことになるとは考えていた。私の休みの日どりは、彼は事務所で簡単に調べることができたので、「パレス」で遊んだ帰りに例によってチップを私の掌に押込みながら、

「明日、映画を見ませんか、笑子《えみこ》さん」

と丁寧な口調だった。

「どんな映画？」

彼はペラペラと映画の題名を言ったが意味がとれずにぼんやりしている私を認めると、慌てて映画が嫌やだったらアーニー・パイルにショオを見に行ってもいい、と言い直した。東京宝塚劇場は進駐軍に接収されてからアーニー・パイルと名をかえてGIたちに慰安として豪華なショオを公演しているのであった。私は、喜んで行くと答えた。心の中の喜びは隠せなかった。私はこれまでにデイトということはしたことがないし、男から映画などに誘われたのもこれが初めての出来事だったからである。私はうきうきして木村ヨシ子たちに明日はジャクソン伍長とデイトをするのだ、アーニー・パイルのショオを見に行くのだと見せびらかすように喋ったが、彼女たちは顔を見合わせて意味ありげな薄嗤《うすわら》いを浮べてから、アーニー・パイルのショオは素晴らしいわよと答えた。

デイトはGIたちのクラブの食堂で、豪華な食事から始まった。ここは「パレス」と違って黒人より白人の方が多く出入りしていた。あんな大きなステーキを私は生れてから見たことがなかったし、食後のパイに乗っかっていたアイスクリームのような美味は、まったく生れて初めてのものであった。私は人間が正直に出来ているものだから、この感激を日本人らしく慎ましく黙って抱いているわけにはいかなくて、一生懸命胸の中でテキストの頁を繰ってから、たどたどしい英語を大声で、

「私は私の生涯において、この素晴らしい食事を忘れることは出来ないでしょう」

と言った。

トムは大変に喜んで、自分もこんな素晴らしい食事をしたことはこれまでの生涯においてなかった。原因は笑子が一緒だからだと答えた。英語というのはなんという大仰な表現を使うものだろうかと私は自分の言ったことは棚にあげて可笑しくなっていた。

トムは健啖家《けんたんか》だった。生野菜のサラダを一息で平らげ、肉はグチャグチャに切り細裂いてから右手にフォークを摑み直して、ビールを合の手に飲みながら勢よく食べていた。西洋料理の食べ方に不馴れな私が、おかげで気楽に出された料理の味が分ったくらいである。食事中、トムは何度もフォークを止めて食べている私を満足げに眺めては、

「グー?」

と訊く。

「グー、グー。ベリーグー」

と答えると、一層満足して、トムは自分もまことに美味しいと言って馬鈴薯《じやがいも》のフライをムシャムシャと食べた。

アーニー・パイルのショオは話に聞いていたよりもっと目に眩ゆく美しかった。出演者の大半は日本人で、それが並んでラインダンスなどをしていたが、こればかりはどうも貧弱で見られなかった。間を縫って白人の歌が入り、白人のソロ・ダンサーが踊ったのが、だから一層美しく映えたのかもしれない。ともかく戦前も碌すっぽ娯楽らしいものには接したことのない私には、これもまた生れて初めて見る舞台だったのである。戦争が終ったことをあらためて感じ、そして私は日本人はアメリカに敗けたのだとまた感じなければならなかった。戦争中、私の働いていた軍需工場にも随分慰問団がやってきたけれども、こんな大がかりなものは一つもなかった。戦争に勝って、敗けた国民たちをラインダンスに使って、母国の唄や踊りを見るというのはどんなにいい気持なものだろう――と私は隣に腰をおろしているトムの横顔をじろじろと眺めていた。

トーマス・ジャクソンはそれを誤解したのかもしれない。やにわに私の片手を摑むと、大きな掌の中に私の掌を握り込んだ。私は狼狽し、声をあげそうになり、それから周囲の人々の気配を窺うと、それまで気がつかなかったが劇場に来ている人間は例外なくカップルが多く、女の大半は日本人で、どのカップルもまるでそうしなければならないもののように手と手を握り合わしていた。これがアメリカ式なのかしらと、私はトムを拒む理由が見つからないままに鷹に捉えられた小鳥のようにじっとしていた。もっとも、悪くない気持だった。トムはデイトの始まりから怖ろしく紳士的だったし、私の一挙手一投足に敏感に反応していて、もし私が彼に手を握られるのが嫌やだという素振りを示したなら、すぐに手を放すことは分っていた。だから私はじっとしていた。そして胸をときめかしていた。私の手を握っているのは、紛れもなく男なのだ。あるいはそれが劇場におけるアメリカの礼儀とか習慣というものであっても、嫌いな女にデイトを申込む筈はなかったから、トムが私に好意を抱いていることは分っていた。トムがニグロであることに私がそのとき特殊な感覚を持たなかったのを不思議に思う人がいるかもしれない。しかし一年以上もニグロばかりが出入りするキャバレーに勤めていた私は、いつの間にか黒い肌には馴れてしまっていたらしい。それに劇場の中では白人も黒人も別なく同じ席にいて、どの兵隊も殆ど日本の女と並んでいた。だから私は恥じる必要はなかったし、それどころかまるきりうっとりとしながら、思春期と呼ばれる女学生の頃、戦時体制に入って男の子に胸をときめかすことも擬似恋愛の経験さえも持たなかったことを思い出していた。敗けた事実はやはり嫌やなものであったが、戦争が終ってなまめかしい平和が訪れているのをこうして知るのは悪いものではなかった。トムの大きな掌は、時々ゆるやかに動いて握りしめた私の掌を揉みほごすように愛撫していた。私の指の間から奇妙な汗が滲み出ていた。

この日のデイトの間に、私は遂に一度もトーマス・ジャクソンをニグロだと意識したことがなかった。今になって考えてみれば、あの日の私は、勝ったアメリカ兵と敗けた日本人とのデイト、私にとって初めての男とのデイトということより他には考える余裕が無かったからではないかと思う。

翌日ヨシ子たちは故意に私に昨日の首尾を訊かなかったが、私もまた故意に黙っていた。トムは帰りに私の家まで送ってきて、この次の休みの日には私の家族に会いたいものだと言い、そのときには山のように沢山の缶詰を持ってくると私に約束した。私はジャムと砂糖も加えてくれるように頼んだ。私はPX*の闇流しを始めるつもりだったのである。だからこの話をヨシ子にするわけにはいかなかった。

次の休日、トムはジープで阿佐ケ谷の私たちが間借りしている家の前に乗りつけ、食料品の一杯詰ったボール箱を三箱も取出したあと、私の母に砂糖を三十ポンド、私の妹のためにはビニール製のテカテカ光る赤いハンドバッグを贈物にといって捧げた。母は狂喜したし、妹は嬉しさに顔をあからめ、ハンドバッグを抱いたまま部屋の隅に縮んでいた。私たち親子三人は四畳半一間に間借りしていたのである。

「トムさんにおもてなししなくっちゃいけないけど、どうしようねえ」

「そこらのものを開けたらいいでしょう」

「おもたせをかい？」

「おもたせなんて物じゃないわよ。これからどんどん運ばせちゃうんだから」

母はトムを歓迎して、トムの持って来た缶詰を開け、それから番茶を入れて彼にすす

*アメリカ軍施設の売店。

めた。トムと私は缶詰のビールに穴を開けて乾杯した。私たちに間貸しをしている家の主人夫婦と子供たちもいつの間にか加わっていた。主人は、こんな美味いビールは飲んだことがないといい、ポプコーンを手摑みにして頰ばりながら、自分の妻や子たちに食べろ食べろとせきたてた。ビールを飲まない連中は、コカコーラの振舞いを受けた。母と妹は前に一度か二度味わっていたから驚かなかったが、他の連中はこの不思議な飲料に嘆声をあげた。

「笑子さん、通訳して下さいよ。私はねえ、トムさんに会えて嬉しいってね。それから日本が好きですかって訊いて下さいよ」

缶詰一つのビールで早くも赤い顔になった男は、口から泡のように言葉を噴き出しては私に通訳しろと言い出した。私も浮かれて通訳していた。ヨシ子たちの前では自信のない英語が、この英語の分らない日本人ばかりの中では実に滑らかに私の口をついて出たのは奇跡だった。人々は私の英語の上手なのに驚いて、私の母でさえも私を尊敬する様子を見せた。

トムも上機嫌だった。私の通訳に応じて彼は大きな身振りで喋り始めた。それは概ねこういうものであった。いや、そのとき私が通訳した通りの日本語で書いておこう。

「私も同じです。皆さんに会えて本当に嬉しい。日本は大好きです。日本の国も、日本の人も大好きです。戦争は私たちも嫌やでした。本当に嫌やでした。勝ったものも敗けたものも同じでしょう。だから戦争のことは全部、忘れよう。ここには平和がある。そして何より素晴らしいものがあります。それは平等です。平等があるから、だから私は日本が大好きです。アメリカに帰りたくない。日本に一生住みたいと思っています」

平等などという大きな言葉《ビッグ・ワード》を私が覚えていたのは例のテキストの第一頁に〈連合軍は日本の国民に平和と平等を与えるために進駐してきたのです。あなたがたの自由も財産も守られています〉というのがあったからである。これはアメリカ兵たちのスローガンに違いなかった。

トムの返事を聞いた人々は喜んで、殊に彼が日本を好きで、それはアメリカに帰りたくないほど好きで、永住したいくらいに思っているというところでは大受けに受けた。

「こんなに焼野原になっている東京を見ても好きなんですかねえ」

「我々は直ぐに美しい建物を建てて東京を復興します」

「食物が碌になくっても日本はいいですか」

「食物はみんなアメリカからこうやって運んでくれれば、OKですよ」

「言葉の分るものが少いので済みませんねえ。日本語は覚えにくいでしょう?」

「心《ハート》です。心があれば、誰とでも話をすることができる。平等さえあれば、言葉がなくても話は通じます」

莫迦莫迦しい質問に対して、彼は常に明快な返事を与えた。英語というものが、日本語より単純にできているせいか、あるいはトムが私の語学力の程度をわきまえていて分り易く喋ったのか、多分その両方の為であったろう。彼の話は、内容はともかく景気がいいのでみんなは大いに満足していた。ただ私だけにはトムが繰返して言う〈平等〉という言葉が耳だって心に止まった。

「笑子さん、この人の齢は幾つなんだい？　独身かねえ。家族はどこにいるんだか訊いておくれよ」

この質問に対して、彼はごく素直に、

「二十四歳。もちろん独身。素晴らしい女性の出現を待っている男です。家族は半分はアラバマ州にいて、半分はニューヨークにいる。僕もニューヨークから徴兵された」

と答えた。

「二十四？　若いんだね。フーン、どう見ても分らない。黒ンボは齢が見えないんじゃないのかねえ」

感心しているのを見て、トムは私に彼が何を言っているのか訳せと言った。私は、あなたが若いので感心しているとだけ言った。どうも当のニグロに向って、黒ンボの齢は分り難いと言ったとは伝え難かった。

「黒いけど、普通の人だね。いい人らしいじゃないか」

と私の母も言った。

「なかなかインテリだよ、この人は。我々は平和と平等をもたらした——か。こんなことを日本の兵隊は言わなかったもんな。俺も昔は満州に行ったことがあるけど」

「お父さん、滅多なことは言わない方がいいわ。戦争犯罪人だって言われたら大変じゃ

「大丈夫だよ、この人は気持の綺麗な人だよ。　眼を見てみろよ。　仔犬みたいに可愛いじゃないか」

「でも、黒いわねえ」

「全くだな」

みんながトムの肌の色を問題にしたので、私は少なからず慌てて、つい弁解のためにこんなことを言っていた。

「黒いっていうのはこんなもんじゃないわよ。この人はまだいい方よ」

「もっと黒いのがいるのかい?」

「そうよ、まるで鉄瓶みたいなのがいるわ。肌もザラザラで」

「フーン、もっと黒いのがいるのかあ」

「髪の毛の縮れ方がひどいね。お釈迦さまみたいだね。一本一本が巻いてるよ」

「やめて頂だいッ」

私は金切り声をあげた。本当に腹を立てていた。何故怒っているのか自分でもよく分らなかった。ひょっとするとトムが話の内容を察する前にどうしても話を打切りたくて声を張り上げたのかもしれなかった。しかし首を傾げて私たちの会話を見守っていたトムが、誰よりも一番吃驚した様子だった。

「あんたたちは、この人がさっき言葉がなくても話は通じると言ったのに感心してたじゃないのさ。分れば気を悪くするに違いない話を、どうしてするの？　ご馳走になった上に黒い黒いといって、それでいいと思ってんの？」

「黒いのを黒いと言ったのがどうだってんだい？」

家の主人が居直った形で私に切返してきた。私は自分の眼が吊上って行くのを感じた。

「気を悪くするようなことは言わないものでしょ。あんたが何をやって暮しているのか私が知らないと思ってるの？」

相手はせせら嗤った。

「なるほどねえ、その通りだ。俺たちもあんたが黒ンボ相手のパンパンだとは言わないからな」

「なんですって。もう一度言ってごらん」

「言わないよ。言うなと言ったじゃないか。林さん、どうもお邪魔しましたねえ。じゃあトムさん又どうぞ来て下さいよ。さよなら。さ、下へ降りるんだよ」

私はあまりのことに口もきけないほど興奮していた。黒ンボ相手のパンパン……！

繰返されなくても私の耳朶に突き刺さった言葉は容易なことでは消えそうになかった。

客たちが退散してしまったあと、トムはおろおろして何が原因で私が怒り出したのか知ろうとした。私を抱きかかえるようにしながら、どうしたのか、彼は何を言ったのか、きっと彼は私の立場を誤解したのだろうと思うが、それで笑子は機嫌を悪くしているのか。それならば僕になんでも気のすむように命令していい、などと言ったが、私は首を

激しく左右に振りながら、

「ノー、ノー、ノーッ」

とまるで子供が地団駄を踏むような工合で彼の腕の中で暴れていた。

私の母もおろおろしながら、あれは売り言葉に買い言葉で、高野さんも悪気で言ったのではないよ。折角トムさんが見えたのに、こんなことになったのでは申訳ないじゃないかと言う。それでも私は機嫌を直すどころか一層猛りたって、

「莫迦《ばか》にしてるわ、莫迦にしてるわ、莫迦にしてるわ」

と同じ言葉で喚き続けた。

妹は居たたまれなかったのだろう、階下に降りて行ってしまって姿がなかった。私はトムと母とになだめすかされながら、そういう状態にある自分に大層満足していた。ここでは私は女王ではないか。私はこれまで母親にこんなに機嫌をとってもらったことはなかったし、男からこんなに気を使われたこともなかった。一家の生計を派手に支えている私に対して近頃の母は私に仕えているような口をきくときがある。そして出てもいない私の涙をハンカチで拭い、私の肩を抱き、背をさすっているトムは、まるで私に仕えている奴隷のようだった。

それ以来トムは私の休日の度にジープを乗りつけ、幾箱もの缶詰や煙草や砂糖を降すと、代りに私をジープに乗せて連出すようになった。私がそうすることを望んだからである。おそらくトムもあのときの雰囲気から高野氏に好意を持たなくなったのであろう。

もっともその高野氏は無職で、闇屋の手先みたいな働きで暮している男だったから、トムが置いていったPXの品々は主として彼がさばいてくれたのである。これは悪い商いではなく、トムの土産は一つ余さずいい値ではけた。おかげで私たちの暮しは一層潤沢になった。母も綺麗な装《な》りになったし、妹もピカピカした皮靴をはいて颯爽と女学校へ通っていた。

トムと私が最初のキスをしたのは、例の通りの休日の夜、食事にショオにナイトクラブで楽しく遊んだ後の夜更けの帰り道であった。私の家が近づく頃、彼は足をとめて月明りの下で私を見詰め、大きな溜息をついた。腥《なまぐさ》い匂があたりに立ちこめた。暗い夜を背景にするとトムの眼と唇と白い歯が浮立つように鮮かで、彼が何を考えているのか私にはすぐ分った。私は日本人としては決して小柄ではないけれども七フィート近いトムと並ぶと私の頭はハイヒールをはいていても彼の胸までしかない。彼の顔を見るためには私は思いっきり上を見上げなければならなかった。彼の大きな掌がしばらく私の頬を撫でている間、私はじっとしていた。全身で彼の体臭を感じていた。トムの睫毛が長いのを発見したのはこのときである。私を見下している彼の眼はいかにも切なげで、長い睫毛が春の夜の空気を幾度も掻上げるとき、彼の眼の白い部分はその度にぐりぐりと動いた。

「エミコ……」

彼の手が私の頤にかかったのと、彼の顔が私の上に掩いかぶさったのとは同時である。

私は一瞬たゆたいを覚えたが、すぐ落着いて抗わなかった。アーニー・パイルで手を握られたときと同じである。煙草を喫まない彼の口臭には強烈な甘さがあり、彼の厚い唇の中で私は溶けそうだった。生れて初めての接吻だったが、私は落着いている自分に意外な気さえしていた。私は大丈夫なのだ、何故か分らないが私は心の中でそう繰返していた。

トムと私との仲に、木村ヨシ子たちが気付き始めたのは間もなくである。彼女たちは見るもいたましいという顔を見合わせて始めのうちは黙っていたが、見るに見かねたとでもいうようにヨシ子がある日、口を切った。

「林さん、トーマス・ジャクソンとつきあうのは気をつけた方がいいと思うわよ」

「それ、どういう意味なの？」

「日本の女は安いというのが彼らの合言葉よ。詰らない相手で人生をしくじらない方がいいわ。日本人と違って責任をとるような人たちじゃないんだから」

「責任をとらないってどういうこと？」

「遊ぶだけってことよ」

「トムは私に結婚を申込んでいるわ」

私は昂然として言ってやった。あのときヨシ子たちの呆気にとられたような顔を忘れることができない。本当はヨシ子がこんなことを私に言える筋はなかったのだ。彼女こそ遊ばれただけだった。彼女の相手は責任をとらずに、本妻と子供たちのいるアメリカにやがて間もなく帰って行ってしまった。ヨシ子にPXの食料品などを卸していたロバート・カフマンは、左の薬指に金の結婚指輪をはめていて、かつてそれを外そうとしたことのないのを私は知っている。彼がブロンドなのが木村ヨシ子には何よりの自慢だったのだが、ブロンドに弄ばれるよりニグロに結婚を申込まれる方が、どのくらいましか分らない、と私は言外の意味を込めたつもりであった。

「あなた結婚するつもり？」

ヨシ子が渇いた声で訊いた。

「さあ、分らないわ」

「まさかねえ」

ヨシ子がいかにも軽蔑したような声で朋輩を省みたとき、私にはむらむらと怒りがこみ上げてきた。

「まさかって、どういう意味なの」

「いくら林さんでも、まさかニグロと、結婚することはないと思ったのよ」

「私がどういうわけでニグロと結婚しちゃいけないっていうの」

私の剣幕にヨシ子たちはもう一度吃驚しなければならなかった。私はもうすっかり喧嘩腰で、

「トムはゼントルマンだわ。あなたたちが相手をしている連中とは違うわよ。真剣に結婚したいと思っている人を、私も真剣に考えている。それを横でとやかく言う筋はない

のよ。あなた達は本気で愛されたことがあるとでも思ってるの？」

まくしたてながら、全くだ、トムは本気で私を愛している、でなくて結婚を申込む筈はないのだと私は自分に首肯《うなず》いていた。私たちは接吻以上の肉体的な交渉は持っていなかった。「パレス」で大方のアメリカ兵たちを見馴れた私にとっては、それも感動すべき紳士の慎みと思われた。接吻するときでさえトムは臆病なくらいだった。彼は私から拒否されるのを、最も懼れていた。幾度も言うが、私は彼の前では常に女王だった。彼は給料のありったけを缶詰や砂糖やチョコレートにしてしまい、私がそれらを売った割前を彼に渡すと、彼は驚いて受取るまいとし、無理に受取らせると、すぐその場で私のための贈物に買い換えてしまった。彼は総てを私に捧げてしまっていたのである。

「あなたは特別《スペシャル》だ。特別の人だ」

というのがトムの口癖だった。物心ついてから嘗て特別扱いされたことのない私は悪くない気持だった。

「トムは私に完全に参ってるのよ。私の言いなりになるわ」

私は誇らかに母に言ったが、そのとき母はにこにこ笑いながら、本当にそうだねえと私に媚びるように言ったものだった。しかし私がトムと結婚しようと思うと言い出したとき、私の母の態度は急変した。

「とんでもないよ、笑子。なんだってそんな気を起したのだい？　いけません。そんなこと、母さんが許しません」

私は驚いて狂ったように眼を血走らせている母の顔を見ていた。トムと私との仲がどういう工合のものか、親ならば分っていそうなものであった。接吻したことは言わなかったが、大概のことは私は隠しだてなく母に喋っていて、彼が結婚申込みをしたことだって私は話していた。そのとき母が面白そうな顔をして、まあ、そうオと言ったのを私ははっきり覚えている。だから私が結婚するときめたからといっても、彼女が驚く筈はなかったのだ。ましてこんなに猛然と反対したり私を非難したりするなどとは私は思ってもいなかったのである。

「笑子、あなたのお父さんは立派な人だったんですよ。林家というのは士族です。貧乏こそしていたけれど、誰にも後指を差されるような家柄ではありません。あんな黒い人と結婚するだなんて！　私たちは世間さまに顔向け出来なくなるじゃありませんか。御先祖さまにどうやってお詫をするんです？　娘が外国人と、それもアメリカ人ならともかく、あんなまっ黒な人と結婚するなんて！　冗談だって母さんは許しません！」

シゾクとかイエガラとかゴセンゾサマなどという突飛な言葉が母の口から出てくるのに私は呆れていた。どうして急にそんなことを思い出したのか見当がつかなかった。戦前も戦争中も、こんなことを私の母は言ったことはなかった。

「トムはアメリカ人よ。冗談でなく、私たちちゃんと式をあげて結婚するのよ。私はふしだらなことをするんじゃないわ。それに母さんは私がトムと交際しているのを一度だって嫌やがったことなかったじゃないの」

「まさか本気だとは思わなかったんだよ」

「じゃ、私がふしだらだったらいいというの？　私がパンパンみたいなことをして、決して結婚しなければ許せるっていうの？」

「そんなことを言ってやしませんよ」

「じゃ、何がいけないの？　確かにトムはニグロだけど、気持の優しいいい人だってことは母さんだって知ってるじゃありませんか。結婚するのが何故いけないのよ」

「だって、まさか黒ン坊と……」

「トムが私を好きなのは母さんも知ってたじゃありませんか。それでほとんどタダみたいなことでトムの運んで来るものを売って結構に暮していながら、結婚だけはいけないというのは理屈にならないわ」

「理屈で反対してないよ。笑子はあの黒いのに抱かれても嫌やじゃないのが、母さんには怖ろしいんですよ。どうして笑子は気味が悪くないのかねえ」

その日私は母に対してトムと結婚すると宣言したのではなかった。トムと結婚しようと思うのだけれどと、私も幾分か迷う気があって言いだしたことであった。だが、この最後の母の言葉が私に決意を強いた。母の言葉に私は強い反撥を覚え、そして同時に私はトムとの結婚に踏切ったのであった。

やはり私は恋をしていたのかもしれない。世の男女が恋愛からうっかり結婚に踏込んでしまうように、そして周囲の反対を受ければ受けるだけそれを英雄的な行為と思って誇らかな気分で結婚するように、私は誇らかにトーマス・ジャクソンの腕の中に飛込んで行ったのであった。そのときあきらかに私は人類愛の精神を謳歌していたのだと思う。トーマス・ジャクソンが人に疎まれる黒い肌を持っていることに、私は私の愛の証《あかし》を見るような気でいた。「平等」という言葉をトムは愛していたが、私もまたそれを鼓吹していた。

まだその頃のG・H・QはGIと日本娘の結婚を阻止する方針は持っていなかったので、私たちの結婚はごく順調に事が運んだ。教会で白人の牧師の司式のもとに、私は純白のウェディングドレスを着てUSアーミーの制服姿のトーマス・H・ジャクソンと晴れて結ばれたのは一九四七年の五月である。トムの近親も私の母も妹も列席しない、ほとんど二人だけの結婚式であったが、私はオーダーブックでアメリカから取寄せた美しい式服と、チュールの長いヴェールに全く満足していた。私たちは十八金の結婚指輪をはめた。これも私にとって喜びであった。何人の日本娘がパンパンとかオンリーとか呼ばれてアメリカ兵のものになっていたか分らないとき、指輪をはめているのは女としてこの上ない自慢であった。私は私の愛の証をトムの肌に見ながら、彼の熱愛の証を黄金の指輪に見ていた。

私たちは新婚家庭《スイート・ホーム》を青山にあるアパートの二階に営むことになった。私は結婚すればワシントン・ハイツなどに住めるのだろうと思っていたのだが、なぜかトムはそれより「にっぽん」に住みたいからといって日本人の経営するアパートの方を選んだのである。

「パレス」はやめた。私は完全に彼の妻となり、胸を張ってＰＸに出入りし、豊かな買物をして来ては、大きなビーフステーキの焼き方に腐心していた。幸福だった。トムは夫になっても私に仕える態度を崩さなかったし、勤務に出ても日に二回も三回も電話をかけて、笑子、愛しているよと囁くのである。

私は満足し、酔っていた。世の常の男女は「うっかり」結婚すると間もなく相手が癇癖が強すぎたり、思った程の経済力がなかったり、それほど愛されてはいないという事実を発見したりするものらしいが、私は実に長い間「事実」というものに対して迂闊だった。彼の肌が黒いという「事実」をずっと前から私は知っているつもりでいたが、それに本当に気がついたのは結婚して半年もしてから私が妊娠したときである。妊娠したと気づいたとき、私は全身で愕然としてニグロの妻である自分を見たのだ。

2

人間の肉体は、その一部である頭脳よりも賢くて正直なものなのではないだろうか。私は自分の躰の変調を不審に思い、妊娠したのではないかという疑いを持ったとき、私は頭で判断するよりも早く、全身でその事実に対して反応していた。産みたくなかった。倦怠感が全身に広がったように四肢がだるくなり、産みたくない、とそう考えていた。産みたくない理由については、なかなか形になってこなかった。頭で理由を組立てる前に、私の躰が産むことを厭ったのである。トーマス・ジャクソンと林笑子の間には、二人が結婚し、二人とも若く健康な肉体を持つ限り、妊娠は当然起る筈のことであったのに、私はこの事実に対しても迂闊だったのだ。私には妊娠についての精神的な準備というものが全くなかった。

愚かな頭脳に付属している口はもっと愚かだった。私はなんらの決意もつかないままにトムに妊娠したらしいと告げたのである。私たちの生活は幸福すぎて他に話題がなかった所為《せい》もあった。

「赤ン坊《ベイビー》？」

トムは黒い顔の中で大きな眼を白く剝き、次の瞬間には発狂したように飛上っていた。

「こいつは凄ェや。子供が出来るッて？　僕と笑子の子供が？　おお、神さま！　なんて素晴らしいんだ。赤ン坊、我々の赤ン坊！」

私は唖然として、驚喜している夫を見守っていた。彼がこんなに喜ぶとは考えもしなかった。「パレス」で働いていた女たちは、妊娠するとそれが当然のように三日ばかり休んでは掻爬《そうは》手術を受けていた。誰の子だか分らないせいもあったろうが、ニグロの子供は産まないというのが女たちの不文律のようだった。だからというわけでもないが、私がトムに妊娠したと打明けたのには、十中七、八まで堕胎する気があったからである。だが、トムは話半分で天井に頭が届くばかりに跳びはね、床に転げ廻り、私を抱きしめ、接吻で私の顔をびしょびしょに濡らしながら、

「おお、なんて素晴らしいんだ！　僕たちの赤ン坊が生れるんだって！」

と、譫言《うわごと》のように喚き続けていた。

「ちょっと待ってよ、トム」

私の表情は多少深刻になっていたらしく、トムはようやく私の顔を見た。

「私は赤ちゃんが出来たとは言ったけれど、まだ産むとは言っていないわよ」

「なんだって！」

トムは悲鳴をあげた。

「どうして？」

「だって……」

私は理由を言おうとして口籠った。産みたくない理由が私自身にもはっきりしていないことに、ようやく気がついたからである。

トムは襲いかかるように私の両肩を摑み、私の全身を揺りながら、

「何を言ってるんだ、笑子。僕たちの赤ン坊が生れるというのに、生まないという法があるとでも思っているのかい？　僕たちは教会で結婚したじゃないか。それとも子供を産むと齢をとると思って心配しているのかい？　そんな考えは莫迦げているよ。まったく莫迦げている。神さまに祝福されている子供が、どうして生れてこない法があるんだ？」

私に言いきかすよりも、トムは自分の喜びをこういう文句に言いかえていたのだ。彼

の口調が一層熱を帯びると、彼の手は私の肩から離れて、大仰な身振《ゼスチヤー》のために使われだした。彼は部屋の中を歩きまわりながら大演説を始めたのだ。

「子供が生れる。トーマス・ジャクソンと彼の妻笑子の間に、子供が生れる。素晴らしい子供が生れるだろう。笑子は美しい日本の娘だ。生れる子供には、日本の美しい血が流れこむ。女の子なら、きっと映画スタアのような美人が生れると私は確信している。もし男の子であったなら、彼は鋭利な頭脳の持主だろう。私は彼が世界的な学者になると確信している。お父さん、お母さん、笑子が子供を産みますよ。喜んで下さい。ジャクソン家には、やがて日本人の血を享けた素晴らしい子供が誕生するのですよ！」

私は、このときも彼のこの演説の中から彼の真意を聴きとることに迂闊であった。ただ日本人の血が混れば、女の子なら映画スタアのような美人に、男の子なら学者のような利口な子供が生れるという不思議な論理を耳に止めただけであった。

男というのは、自分の子供が生れるのをこんなにも喜ぶものなのだろうか――と私はぼんやりとそう思っていた。日本人の血が混ることが、トムの言うように素晴らしいとはどうも思えなかったからである。日本人は疲れきって戦争に負けていた。昔は世界に冠たる大日本帝国と私たちは教えこまれていたけれども、それが根こそぎ嘘だと分った今では、トムの演説はどうにも空虚なものにしか聞こえなかった。だから私は、トムが男だから自分の子供が生れるのをこれだけ喜んでいるのだという単純な考え方しかできなかったのである。

それにしても不思議だった。男というのは薄情なもので、殊に父親は母親ほどの愛情を子供に注ぐことはないという世間一般の常識があるのに、私たちの場合は逆ではないか。私は、ひょっとすると私には女が本来備えている筈の母性に欠けているところがあるのではないかと考えたりした。子供のことについては男の方が無関心で、女にとっては唯一最大の関心事なのだと他人ごとでは思っていたのに、いざ自分の場合には、生むことを思うだけで生理的に不快なのである。

トムは直ぐ私を連合陸軍《ユーエス・アーミー》の病院へつれて行くと言ったが、私は拒んだ。

「まだはっきりしたわけじゃないもの。月経《ピリオド》がスキップすることだってあるのだから、変な診察を受けてから、そうでないことが分るなんて嫌やだわ」

「それもそうだけれども」

トムは疑わしそうに私を見てから、

「僕は確実だと思うな。笑子はすっかり神経質になっているからな。妊娠すると女は苛々するものだという話だからな。まあ暫く安静にしていた方がいいかもしれない。それから病院へ行っても遅くはないいな」

と言った。

彼の言う通り私はひどく神経質になっていたが、それは彼の言うように生理的なものではなかった。私は子供を産みたくないという自分の肉体の迷いを経験者に訊いてみる必要があった。戦後、それもトムと結婚してからの私は殆ど友だちらしい友だちは持たなかったので、私が訊ねることのできる相手は私の母しかいなかった。

トムとの結婚に極力反対した母は、結婚後いつの間にか私たちのアパートに出入りするようになっていた。やはり母親には特殊な愛情があって、どんな事情でも娘を全く手放すということは出来ないものなのだろう。私が阿佐ケ谷の間借りの部屋を出てしまったので、例の世間態もまあまあ悪くないというところが妥協点だったのかもしれない。私も来てくれれば嬉しいから、ＰＸから買込んだ食料品を帰りには持ちきれないほど沢山おみやげにした。母と妹は、それをさばけば充分に暮せるとも見越していた。母はそういう私の行為を親孝行と思っていたらしい。結婚にはあんなに反対したのに、結婚してからは以前にましてトムを褒めるようになった。

「随分、話が違って来たじゃないの」

と私が皮肉を言うと、彼女は真顔で、

「これだけ娘を大事にして貰えば親として言うことはありませんよ。考えてみると日本人の誰と結婚したって、こんな結構な暮しができて、その上大事にして貰うってことは考えられませんからねえ」

と言うのである。

実際、他のアメリカ人も多分そうなのであろうが、女性優先《レディ・ファースト》の国のトムは、私と結婚すると結婚前よりもっと私に仕えるようになっているのは事実だった。彼は帰ってくると、食事の支度を手伝い、食後の皿洗いをして、私には殆ど後片付けをさせなかった。

仕事以外の外出はいつでも私と一緒で、映画もダンスも私の手を握ったまま片時も離そうとしない。母が訪ねて来ても、この態度は少しも変らなかったから、昔者の母など仰天するほど感心してしまったものらしい。トムは、私の母に対しても大層忠実に仕えて、お茶も自分で淹れたし、キャンディなどもしきりに勧めた。そして笑子と結婚したことを今も喜んでいると幾度でも繰返した。

母が帰るときには彼も、

「ママさん、ハイ」

と言って、幾足ものナイロンストッキングを手渡したりした。砂糖や缶詰も高く売れたが、こういうものはそれ以上にいい商品だったので、母は狂喜して卑屈なほどに頭を下げたものである。

こんなわけで、母は私たちのアパートへちょくちょく出入りしていたから、私が相談するにも、私の方から出かけて行く必要はなかった。

「こんにちは」

いつものように顔を出した母が、入口のドアを閉めてからショールをとり、

「アメリカさんの家は温かくていいねえ。今日みたいに風のある日は、日本の家の中にはいられやしないよ」

と贅沢なことを言いながらソファに腰を下した。冷蔵庫と電気洗濯機以外は日本製の家具を置いてあったのだが、母は何もかもアメリカ製と誤解しているから、

「アメリカじゃ誰でもこういう家で、こういう椅子に坐っていられるんだねえ。大したものだよ。こうなると、畳や障子の家なんぞ嫌やになっちゃうだろうよね。何しろ日本の家ときたら、蛇口を捻っても水の出ないときがあるんだからね。ここのように、水でもお湯でも自由自在に出るというのは天国ですよ」

と、例によって手当り次第に褒め始めた。私たちのアパートに来ると、母は必ずバスを使って帰ることにしていた。すると一層、銭湯というものが日本の象徴のように侘しく思えてくるらしい。私は一応そういう生活とは絶縁していたので母ほどの実感はなかったが、母の言うことは分るような気がした。もっともこの話をしつこく繰返されると、まるで私がそれによって結婚したように聞えて苛々することがある。

「母さん」

私は、さりげなく切り出した。

「私、子供が出来たらしいのよ」

母の皺だらけの細い手首が硬直し、膝の上で痙攣《けいれん》した。顔は反対に表情が弛緩して、空洞のような眼で私をポカンと眺めている。

「メンスが予定日から二十日も遅れているの。やたらと塩辛いものが好きになったみたいでね、この頃は、御飯に鱈子《たらこ》にどぶ漬で食べてるの」

母が驚いているので、反比例して私は平静になった。私は私の躰の変調について尚も楽しそうに言い継ごうとしたが、母は泳ぐように両手を動かして私の口を閉じさせ、それから乾いた声で言った。

「峰村さんとこでは、千円でやってくれるそうだよ。ついこないだ聞いた話だけどね。上手なんだって」

峰村病院は内科と産婦人科の医院であった。阿佐ケ谷の母たちが住んでいる家のすぐ傍にあり、かなり繁昌していたのを私も覚えていた。

だが反射的に、そうなのだ、反射的に私はこう反問していたのだった。

「堕《おろ》せって言うの、母さんは」

「そりゃそうだよ。戦前と違って、この頃は誰でも手軽にやるっていうじゃないか」

「私がどうして堕さなきゃならないのよ」

「だって黒ン坊生れちゃ困るじゃないか、笑子だって」

「………」

「混血児《あいのこ》が私の孫だなんて、笑子……」

驚いたことに、母は笑っているのであった。これまたトムと逆に、頭から私が堕胎するものときめてかかっている。

私は茫然としていた。それは私が母の態度に驚いたからではない。母が私の心をぴたりと言い当てたからである。まるで母は、私の舌のような役目を果していた。

「笑子にそっくりな子供が生れりゃあいいよ。でもね、生れてみなきゃどちらに似るのか分りゃしないんだものね。そりゃトムさんは物の分るいい人だよ、だけど黒いのだけはどうしようもないやね。それに、なんだっていうじゃないか、アメリカでも黒ン坊は白い人たちから随分莫迦にされてるんだってねえ。生れた子をトムさんに引取ってもらって、アメリカへやったところで、幸福になれるかどうか分りゃしない。昔のように堕胎が罪になるんならともかく、それほど危険でもなくて簡単に始末ができる御時勢にさ、無理して産むことはありませんよ」

私が黙りこんでしまったので、母は急に怯えたような眼をして私の顔を覗きこんだ。

「笑子。お前、まさか……」

「………」

「まさか、生む気じゃないだろうね」

「考えているところだわ」

「考えるほどのことはないよ」

「母さん」

私は屹として母を見ていた。私の視線には意味不明の怒りが込められていた筈だ。母は小さな悲鳴を洩らした。

「考える必要はあるわ。生れてくるのは、トムだけの子供じゃなくて、私の子供でもあるんですからね」

母は、おずおずと訊いた。

「子供が欲しいのかい？」

「母さんはどう？　子供を産んでよかったと思ってる？　私たちを産まなければよかったと後悔したことがある？」

「そりゃ母さんは子供があるおかげで幸せですよ。でも、それとこれとは話が違うよ、笑子」

「どう違うの？　知ってるわ。トムがニグロだからでしょ。トムと私との結婚にも母さんはそう言って反対したわね」

「そりゃ親としたら娘が可愛いもの。なにもそんなことをしなくてもと思ったからですよ」

「それで今はどう思っているの？　トムが親切で、この家が温かいから、私は幸福になって母さんは幸せなんでしょう」

「それはどうかね」

「なんですって？」

「れっきとした日本人と結婚してくれていたら、貧乏していても、寒い家に住んでいても、私は今より安心していたかもしれない」

「母さんが食べられなくっても、よかったのね？」

「私を食べさせるために黒ン坊と一緒になったとは言わせませんよ」

母は肩を聳やかし、思わず私は怯《ひる》んでいた。それでも私は憎まれ口をきき続けようとした。

「トムが親切で、私がどんな日本人と一緒になったってこんな結構な暮しはできないと言って喜んでいたのは誰でしたっけね」

「取柄なんてものは探せばいくらも見つかります。ただ、探さなくっちゃ見つからない取柄では困ったものなんですよ。まあ、いつから笑子は、こんな莫迦になったのだろう」

　売り言葉に買い言葉が次々と投げ交された。最後に母は、すっかり腹を立てて帰って行ってしまった。母が来たらと思って用意していた食料品やナイロン製品を帰りぎわに突きつけると、

「いりませんよッ」

　母は片手で払って拒けた。

　その弾みに、私の腕の中の箱が傾き缶詰が床に飛び、ごろごろと転げ、それをよけようとした私は逆に横倒しの缶詰に片足をすべらせ大きな音を立てて尻餅をついた。

「笑子ッ」

　次の瞬間、母は私に飛びかかるようにして抱きしめていた。顔色が変っていた。

「母さん」

「ああ危なかった。そんな躰で……」

「大丈夫よ」

「大丈夫ってことはありませんよ。よほど注意しなくっちゃ大変なことになりますよ」

「手術するより大変なことに？」

「……………」

私は明るく笑いながら立上ると、床に散乱したものを拾って箱の中に戻した。母は黙ってそれを見ていた。

「母さん、これ持って帰ってよ。節子にと思って、底にセーターが入っているのよ」

「笑子、お前は……」

「風呂敷持ってない？」

母は私の顔を見上げながら、手提袋の風呂敷を引張り出した。私は手早く大きな風呂敷包をつくり上げ、

「じゃ、また来てね？」

朗らかに入口のドアを開けた。

母は気になるのか、幾度も幾度も振返って私を見ながら帰って行った。

母の気づかう通り、私は産むことを決意していたのであった。その日帰って来たトムに、私は病院に連れて行ってほしいと言った。トムは、私の表情が一変したのに驚いていたが、嬉しそうに明日連絡して予約《アポイントメント》をしておこうと答えた。

結婚してから最初のクリスマスは、傑作だった。トムは張切ってトリーを飾り、その下に眠っている子供と、それをじっと見守っている天使と二人を組にした小さな瀬戸物の人形を置いた。クリスマス・プレゼントは二人とも一週間も前から用意していて、七

面鳥代りの鶏の丸焼きを食べ終ってから、お互いのを交換して開けたが、トムの開けた箱には手編のまっ白なベビー帽が、私の開けた大きな箱の中にはアメリカ製の襁褓《おむつ》が一式詰っていた。思わぬ符合に私たちは笑い転げ、熱い接吻と抱擁を繰返した。

「素晴らしい子供が生れるぞ！　素晴らしい子供が、きっと、生れるんだ！」

トムは興奮して叫び続けた。


こうして、長女メアリイが生れたのは翌年の六月だった。

子供を生むことにあんなに反対していた私の母が、手造りの人形を持って見舞に来たのは出産後九日目の午後であった。その前日、私は退院して青山のアパートに帰ってきていた。

「おめでとう」

母は、歯切れ悪く言ってから、おずおずと私のベッドの横に置いてある小さなベッドの柵の中を覗いた。

「まあ笑子」

母は叫び声をあげた。

「ちっとも黒くないねえ。まあ、笑子の子供のときとそっくりですよ」

私は苦笑したが腹は立たなかった。トムですら同じことを言って喜んでいるのだ。

赤ン坊は、白い寝具の中で安らかに眠っていた。赤い顔をして、顔はまだ人間の仲間入りをしていず、くしゃくしゃだった。新生児というものは義理にも可愛いといえるようなものではない。が、肌は確かに黒くなかった。白くもなかったけれど、母の言うように純日本人の赤ン坊と同じような色をしていた。

「お七夜は過ぎたけれど、名前は？」

「メアリイ」

「へええ、ハイカラな名前だこと」

私は、トムがしつこくサチコとか、ユキコとか、日本名前をつけたがったことを母に言おうかどうしようかと迷ったが、言わなかった。どうして、と訊返されては困るからだった。私にもどういうわけでトムが子供に日本名前をつけたがったのか分らなかったからである。

「メアリイ、メアリイ」

トムは帰ってくると床に跪《ひざまず》いて小さなベッドの中を覗き込み、涎《よだれ》を流さんばかりにして我が娘の名を連呼していた。男親というのは、こんなにも自分の子供が愛《いと》しいものなのだろうかと私が呆れたほどである。彼は、ありとあらゆる愛称を冠せてメアリイを呼んだ。

「愛しの《マイデア》メアリイ」

「可愛い《マイフェア》メアリイ」

「メアリイ、なんて小さい《タイニィ》んだ！」

「メアリイ、スピシマン」

スピシマンは辞引でひくと標本とか雛型とかでていたが、トムの説明によれば砂金という意味なのだそうである。三十年ばかり前のアメリカの黄金時代《ゴールドラッシュ》の頃に生れたスラングなのだろうが、トムはこの愛称が一番気に入っているらしくて、頻繁に使った。しまいには、

「砂金《スピシマニー》ちゃん」

と呼んだりしていた。

彼はPXに売っている限りの幼児用の玩具はみんな買って来た。それらは一九四八年（昭和二十三年）の日本では、まるで宝物のようにきらびやかに見えた。オルゴールや、毛足の長い縫いぐるみの熊などを、母は来る度に手に取ってみては眼を瞠《みは》って驚いていたものである。

トムは、また、こう呼ぶこともあった。

「可愛いメアリイ、白雪姫《スノーホワイト》」

「色白《フエアホワイト》のメアリイ」

それは私の耳には奇異な響を持って聞えた。私は黄色人種であり、トムはニグロだ。間違っても二人の間には白人が生れる筈はない。メアリイは日本人である私に似ることはあっても、白雪姫のような白い肌を持つ筈はない。それでなくても私は日本人としてはかなり浅黒い肌を持っている。

私は笑いながらトムの言葉を混ぜっ返した。

「なぜ白いって言うの？　日本語ではベビイのことを赤い子供と呼ぶのよ。それでなくても、あなたと私の間に白い子が生れっこないじゃないの」

驚いたことに、私の言葉は思いがけないほどトムをいたく刺戟したらしかった。彼は怒気を含んで言い返した。

「白い子が生れっこないって？　とんでもないことを言うな。ジャクソン家にはブロンドの血が流れているんだぜ。知らなかったのか？」

「知らなかったわ」

私は驚いて、正直に答えた。

「僕のお父さんのお祖父《じい》さんはれっきとした白人なんだ。ヘンリイ・ジャクソンといって、ブロンドで眼の碧《あお》いアイリッシュだったんだ」

「アイリッシュ？」

「そうとも。英国の隣にあるアイルランドがジャクソン家の祖国なんだ。僕を普通のニグロだと思ったら大間違いだぞ」

私はトムの剣幕に驚いて、しばらくは何も言うこともできなかった。トムの肌より黒いニグロはいくらも見かけていたけれども、日本人の中にも色の黒いのと白いのがいるくらいだから、それと同じような差なのだろうと漠然と思っていたのである。しかし、私が驚いたのはトムが昂然と言い放ったジャクソン家《ファミリー》とか、祖国がアイルランドだとかいう言葉であった。日本でも、何々家などというのはよほどの名門に限られているのに、トムはジャクソン家の一員であることに誇りを持っている。私はまたトムの先祖はアフリカ人だとばかり思っていたが、彼は祖国をアイルランドだというのだ！　私はふと、私がトムと結婚すると言い出したとき私の母が激昂して、林家は士族であるといい、御先祖様という言葉まで担ぎ出したことを思い出した。人間は、怒ったとき、誇りを守ろうとするときには例外なく血筋を持出すものなのだろうか。

それにしても、トーマス・ジャクソンの肌の色は純粋の黒人のものよりほんのちょっと色が薄いにしても、彼の髪はブロンドでもなかったし、まして眼の色も碧くはなかった。後になって私はニューヨークでアイルランド人の特徴は極度に細く尖った鼻梁と薄い唇だということを知ったが、トムの鼻は大きく顔の真ン中に胡坐《あぐら》をかいていたし、唇はとびきり分厚く、その点でも曾祖父《ひいじい》さんの片鱗はなかった。

だが、トムがメアリイを白雪姫と呼ぶについては根拠が無いわけではなかったのだ。それは実に科学的な根拠が有ったのである。ずっと後になって私は、遺伝学という学問の分野があることを知り、そこにメンデルの法則とかルイセンコ学説があることを知ったのだが、この二つの互いに反撥しあう論点はさておいても、混血というのが一般に単純に考えられているようなものではないということは、そのときのトムの真剣な眼の色からも私は信じることができた。犬や猫には赤と白が結ばれて斑《ぶち》が出ることはあっても、人間には決してそういうことがないかわりに、また二人種の血が完全に混り合うばかりでもないということを、私は知ったのである。

私は頭を鎮めて計算してみた。トムの曾祖父《ひいじい》さんがアイルランド人であるとして、トムのお祖父《じい》さんにはアイルランド人の血は二分の一流れこむ。トムのお父さんには四分の一、そうしてトムには八分の一の白人の血が流れているのだ。するとメアリイには十六分の一の白人の血と二分の一の日本人の血が流れこんでいることになる。しかも十六分の七はニグロだが、これもよく調べればトムのお祖母さんあたりには別の血が入っているかもしれないし、トムのお母さんのお祖父さんが、案外スペイン人であるかもしれないではないか。私は妙な気がした。

更に、メンデルの法則によっても、ルイセンコ学説によっても、異種のものが結び合った場合に、どちらか片方の純粋種が出現する可能性がある。トムにはそこまでの学問的知識はなかったけれども、メアリイの躰の中で十六分の一の血だけが独立することもありうるのだと彼は確固として私に言ったのである。彼は、彼の従姉が金髪で色が白く、大層美しいという自慢話もつけ加えた。

「信じろよ《ビリーブ・イット》」

と彼は言った。

「信じましょう《オーライト》」

私は答えたが、なんとも言いようのない妙な気持であった。私の産んだ子供が、まっ白な肌を持って金色の髪をなびかせながら、颯爽とお菓子で造ったように美しいビルのそれよりも私は多少醜女《ぶおんな》でも私に似た娘が東京の闇市で買物をしているところを想像する方が気が楽だった。

しかし、そんな私にしても、メアリイがトムのような肌や、それ以上に黒い肌を持った娘に成長するところを考えるのは、やりきれなかった。それなら金髪の方がずっとましだと思った。

メアリイは両親のこんな会話をよそに小さなベッドの中ですやすやと眠っていた。泣き出すとおそろしく大声でなかなか泣きやまなかったが、どちらともつかずにむずかるということはない子だった。眼を開くと、まだ見えない頃から、くりくりと眼を動かして愛嬌があった。その眼は、鳶色《とびいろ》に見えるときもあったが、碧く光る日もあり、二、三日は碧いままで変らないときもあった。そんなときトムは狂喜したものだ。

「笑子、見ろよ、この碧い眼を！　メアリイはブロンドだぜ！」

子供の頭にはまだ産毛らしいものも生えていなかった。白鳥の雛鳥《アグリー・ダクリング》の話を私は思い出した。子供の頃に童話で読んだ記憶があったのである。何の間違いからか家鴨《あひる》の卵の中に混っていたばかりに、殻を破って生れ出ると周りの雛たちからその醜さを突っつきまわされる。だが、ある日、彼女は見るのだ。池の中で、どの鳥よりも美しく光り輝く純白な羽毛に掩われた自分の姿を！

メアリイは純白の寝具の中で、誰にも突っつきまわされず、その醜い姿を横たえていた。彼女は、まだ肉塊にすぎなかった。眼の色が日によって変るように、鼻の形も唇もまだはっきりとはきまっていなかったのだ。窯へ入れる前のパン粉の塊りと同じように、柔かくて頼りなかった。彼女の日本側の祖母は、その未定の状態に私と同じ日本娘が形づくられる夢を描き、トムは曾祖父《ひいじい》さんの血液が彼女の肉体を駆けめぐって白鳥のような白い肌と黄金色の髪の毛を育てることを夢みていた。そして私はといえば、迷っていた。当惑していた。ある日、突然英雄的な行為として此の子を産むことを決意したことを思い出し、そうして産んだことを愛だと信じていた。だから、形の定かでない肉塊にも私は何の夢を描くこともせずに愛することができたのかもしれない。乳房にしがみつくメアリイの指も、乳首を包んで強く吸うメアリイの舌も、私にはその感触が背骨にまで響くほど強烈に愛しく思われた。その愛しさは、紛れもなく母親の現実であって、夢ではなかった。だから、メアリイが生後三か月過ぎて、私の母やトムたちの期待を裏切る気配を見せ始めても私だけは慌てずにすんだのだ。

くりくり坊主だったメアリイの頭に、黒いものが萌え出て、それが艶のない細かくぎしぎしと縮れたニグロの毛髪であることがはっきり分ったときから、トムはピタリと口を噤《つぐ》んで、前のようにだらしのない顔で娘を讃美することはしなくなった。メアリイを見詰めるトムの眼は濁って、すっかり光を失ってしまっていた。だが、彼は愛までも失ったわけではなかったのだろう。勤務が終って帰って来ると、彼は黙ってメアリイのベッドを覗き込み、次第に彼に似てくるメアリイの顔を眺めては吐息をついていた。

私の母も、ろくにものを言わなくなった。ドアを開けても前のように勢のいい声で、

「こんにちは。いつまで暑いのかねえ」

などとは言わなくなった。

ブザーに応えて私がドアを開けると、母はまずおずおずと私を見上げるのだ。それから残暑の最中なのに寒々と肩をすくめて入ってくる。

「お元気ですか」

こんな他人行儀な口をきくようになった。

「ええ、元気よ。みるみる大きくなるのね、子供って」

私は威勢よく答える。母は私のことか、メアリイのことか、それとも両方のことか、ごく曖昧に元気かとだけ訊いたのだが、私はメアリイ自身について返事をしたのだ。私自身について言うなら、これはもうおそろしく元気だった。子供を一人産んだのに、私の肉体には二人前の元気が宿りっぱなしになったらしい。出産前まではおよそ肥ったことなど一度もなくて、ぎすぎすした躰つきをしていたのに、乳房と同じように胴も太くなり、肩にも肉が盛上って来ていた。

「可愛くなったでしょう、母さん。メアリイはもう私が分るのよ。おっぱいから口を離すとき、私を見上げてにこっと笑うわ。そりゃもう、口で言えないほど可愛い。そんなときは抱きしめて死んでしまいたくなるわ。子供が、こんなにたまらないものだとは思わなかったわ」

私がメアリイを抱き上げてみせても、母は当惑げに出来るだけ彼女の孫娘を見まいとし、もう決して前のようには長居をしなくなってしまった。

だが身贔屓《みびいき》でなく、メアリイは実際に可愛かった。肌は次第にセピア色を帯びて来ていたが、産科医の注意に忠実に従って母乳と人工授乳を併用していたから、栄養は満点で、メアリイの発育は日本の標準など遥かに上廻っていたと思う。手も足もぷりぷり肥って、顔での特徴は眼だった。大きくて睫毛がそり返っている。くりくりとよく動き、表情の実に豊かな子だった。鼻は私に似て小さかったが、唇はトムにそっくりで分厚く、しかしこれも眼と同じようによく動いた。眼と口が同時に動くときは笑うときだった。健康な証拠に、メアリイはよく笑った。明るい、天使のような笑顔だった。こんな可愛い笑顔を見て、どうしてトムも私の母も喜ばないのか私には不思議だった。おまけにメアリイは、その頃の日本の赤ン坊は誰も着ることのできないような立派なおくるみを着ていたのだ。白いものは生れる前に色々用意していたが、生れてからは薄いピンクのものを買った。男の児だったら水色を買うつもりだった。だが、メアリイの琥珀色の肌に、ピンクは大層よく似合った。

一年というもの、私の朝夕はメアリイと共に明け暮れたと言っていい。ＰＸの買物の殆どはトムがしたし、母は来ると掃除とアイロンかけを手伝ってくれ、終ると早々に帰って行く。そこで私だけがメアリイにお坐りをさせ、あばばをしてみせ、メアリイの表情の変化を素早く読んでお尻をさっぱりさせてやった。親の身贔屓をどう引締めても、私にはメアリイが人並み外れて利口な子供であるように思われてならなかった。古本屋で育児の本や母親読本を買って来て読んでは較べてみたが、メアリイが母乳から幼児食へ移ったのも、お坐りも、這い這いも、立っちも、最初の言葉が口から出たのも、標準より平均三か月は早かったのである。

　私は得意だった。トムが帰ってくると、私はその日の出来事を総て報告した。メアリイが笑った。メアリイが泣いた。メアリイが立った。何秒間だった。メアリイが動いた。何十センチ動いた。メアリイが食べた。メアリイがどういううんこをした。私は細々と報告した。そういうとき私の顔は、半分溶けてしまっていたかもしれない。メアリイの誕生前後のトムの熱狂ぶりが、いつの間にか私に移ってしまって、トムは呆気にとられて私の顔を見るばかりだった。

　だが、そんなトムもメアリイがよちよち歩き始める頃には父親らしさを取戻したらしい。

「さあ、おいで《カモン・ベイビイ》。ここまでおいで、メアリイ。そう《ウエル》、そう《ウエル》、そうだよ《ベリイ・ウエル》。でかしたぞ《ウエル・ダン》」

　休日には一日メアリイの相手になって、仔犬のように一緒になってじゃれ廻るようになった。

　メアリイに白い皮の靴をはかせたとき、私はどうしてもこの可愛い子供を世間に誇示して歩きたくなった。白いレースのベビー帽にピンクのドレスとケープ。それに白い靴などという贅沢な身装りをした子供など、その頃の日本では見当らなかった。日本人の子供は、いかにも敗戦国の子供のように襤褸《ぼろ》にくるまってぎゃあぎゃあ泣き喚いていた。

そういう子供を産んだ親たちは、栄養が躰中に行き渡り、美しい高価な舶来品の幼児服を纏《まと》ったこの子供を、どんなに羨ましい眼で眺めるだろうかと私は思ったのだ。それにメアリイの、この百万ドルにも価する笑顔を、私はどうしても他人に見せびらかしたかった。

私は幾度もトムに、メアリイをつれてドライブに出かけることを懇望したが、トムはその都度メアリイはまだ小さいからとか、忙しいとか言って生返事しかしなかった。そこで私はメアリイの初誕生の日、ケーキに立てた一本の蠟燭の火を吹き消すとき、盛夏には三人で鎌倉にでも海水浴に出かけることを、はっきりと約束させた。

「笑子は泳げるのかい？」

「ええ、泳げるわよ」

トムは意外だという顔をして、奇妙な嘆声をあげたが、それっきりその話には触れまいとするように、メアリイとふざけ始めた。

だが、その約束まで私は待ちきれなかった。私はメアリイをつれて、なんでもいいから人の集るところを歩きまわってみたかったのだ。私はメアリイに盛装をさせた。レースのベビー帽に、レースの華やかな袖なしのドレス、それに白いソックスと白い皮靴。編上靴の白い紐をきゅっとしぼって結ぶときの快感は、人形師が最後の鑿《のみ》を入れたあとの満足感に似ていたと思う。私は惚れ惚れとして、メアリイの晴れ姿を眺めた。

私もこの素晴らしい娘に負けないだけの盛装をしなければならなかった。私は肩に布団のようなパットの入った流行のブラウスを着て、新調のロングスカートに栗色のハイヒールをはいて、黒いピカピカのビニールバッグを肩から提げた。どれもこれも当時の日本の女たちが羨ましがるようなものばかりだったが、私にはPXで格安の値段で買えたのである。

こうして私たち親子は颯爽と外へ出たのであった。もう、かなり暑く、道ですれ違う人々は例外なく洗いさらしたよれよれの洋服姿で、汗ばんだ顔をあげ、ちょっと足を止めて私たちを見送っていた。私は得意だった。夏の太陽は、彼らをいぎたなく照りつけても、私たち親子にだけは涼風を送ってくれるようであった。私は軽やかに手をあげてタクシーを止め、新宿へ行くように命じた。女王さまと王女さまを乗せた木炭車は、東京中で一番早く日本人が復興した街へ向って躍りながら走り出した。

そこで私の見た光景を、私はここに書くまい。ただ、そこには実に正直な人たちが沢山いたとだけ書いておこう。

タクシーから降りた私たちを、人々ははっとした表情で振返り、頭の天辺から足の先までパリッとした身装りを整えている私に瞠目した。連合軍の放出物資で飢えを凌いでいた人々は、着るものにはまだまだ不如意な状態だったので、趣味の良し悪しにまでは目が届かなかったのだろう、その眼は私のつけているものの一つ一つを品定めしていても、全体のバランスを眺めていなかった。しかし、彼らが私の身装りの観察を終えて、メアリイを仔細に点検し始めたとき、大きな変化が一時に現われ出た。

「おい、黒ン坊の子だよ」

「ほんとだ、小ちゃくっても黒いんだね」

「ゴム人形みたいだ」

「黒ン坊だよ」

「混血児《あいのこ》だろ」

「そうだろうな。しかし黒ン坊だぜ」

「親爺にだけ似たんだな、可哀そうに」

「おい、おい、見ろよ。見ろったら」

「黒ン坊の子だ、黒ン坊の子だ」

四方八方から、いや、天からも地からも聞こえてくるこの声から、私はどうやってメアリイを守ったらいいのか分らなかった。私はさっきまで感じなかった暑さを、いきなり不潔な湯気を浴びせられたように感じ、頭はかっと火のようになっているのに、反対に首から下は血が凍ったように冷たくなっていた。それでも母性本能とでも言うのだろうか、硬直した両手はガチガチ関節を鳴らせながら動いてメアリイを抱きあげていた。

メアリイは、埃っぽい新宿の街の中で、こうした好奇の眼と酷《むご》く無遠慮な人々に取巻かれて幼いながら何かを感じたようであった。蒼白になっている私を見上げた彼女の大きな眼には、不審と怯えが鈍い光になって宿っていたのだ。あの花のように開いて笑う唇が、一瞬もの言いたげに震え、メアリイの顔は恐怖で歪んでいた。

それは、私の心臓を射抜いていた。私はその場で即死したように思う。メアリイを抱きしめて無事に青山のアパートに戻ったのは、私でなくて私の亡骸《なきがら》だった。思えば迂闊な親であった。私の母は私が妊娠したときからこのことを懼れていたのではないか。トムは、メアリイが彼自身に仲間入りすると悟ってから、すっかり憂鬱になっていたのではなかったか。みんな、ひどい目を見ないうちに気がついたのに、私はなんという愚か者だったろう。思い知らされるまで、私は思い知らなかった。

メアリイが一年八か月になったとき、私は再び妊娠した。躰の変調に気づくとすぐ、私にはある強固な意志が生れていた。私はトムに何事も告げなかった。トムはまたブロンドの夢に託して喜ぶかもしれないと思ったからである。私は、どんな夢もまっ平だった。躰に芽生えた生命に対して、私はメアリイを宿したときよりも早く愛を感じていた。その愛は私に一つの決意を強いた。

私は寝巻の用意をして、ある日本人の産科医の門をくぐった。医者は私の身装りからパンパンに違いないと思っていたらしく、

「三か月に入ったところです。すぐやりますか？」

と訊いた。私に産む気がないことを、私の顔色から読んでいたのかもしれない。

「何日くらい入院すればいいんですか？」

という質問に、医者はこともなげに答えた。

「なあに、麻酔がきれたら、すぐ起きて帰れますよ」

手術台に寝かされ、女にとって最も屈辱的な姿態に四肢を縛りつけられてから、全身麻酔の静脈注射が打たれた。

「さあ、数を数えて下さい。ひとつ」

医者の静かな声に反撥するように私は大声で叫んでいた。自棄《やけ》になっているようだった。

「一つ」

「ふたあつ」

「二つ」

「みっつ」

「三つ」

「よっつ」

「四つ」

「いつうつ」

「…………」

気がついたときは、もう何もかも終っていた。私は寒々とした病室のベッドに仰臥していた。ひどく喉が渇いていた。

時間を見計らっていたのか、そのとき看護婦が入ってきた。

「ああ、お気がつきましたね」

「水、飲んではいけませんか」

「かまいません。すぐ持って来ます」

持って来てくれたコップの水を、半身を起して一息に飲みほしてから、私はちょっと目眩《めま》いがしたので額を抑えた。

「もう一時間ぐらい休んだ方がいいですよ」

「そうですか」

「帰っても、まあ今日は寝ていた方がいいですね」

「明日は働いてもいいんですか」

「ええ、もう大丈夫ですよ。滅多にそんなことはありませんけど、もし出血するようだったらいらして下さい」

私は静かにベッドに仰臥し直した。雨洩りのあとが醜怪な地図を描いている天井を見ながら、ぼんやりとしていた。

私は今日、一つの愛を完遂した——そう思っていた。メアリイが受けたあの酷く無礼な眼から一つの生命を完全に遮蔽したのだ。私は、この英雄的な行為に奇妙な満足を覚えていた。ただ心の片隅が、その満足感に酔いきれず、天井の汚染《しみ》を眺めながら、私の愛というものを反芻していた。

トムと結婚するときも、私の愛は英雄的《ヒロイック》であった。メアリイを産むときも、私の愛は英雄的であった。今また一人の子供を此の世から抹殺した行為も英雄的なものなのである。愛は本来平和なものだという常識があることを私は思い出した。どうして私の愛ばかりは、どんな場合でも猛々しいのだろう。私はいったい何時から英雄主義を信奉するようになっていたのだろう。なぜ私は、もっと静かで穏やかな愛を持ち、育てることができないのだろう。瞼を閉じても、天井にひろがっていた大きな雨洩りの地図は消えなかった。それどころか、それはまるで世界地図の部分のようになって私にのしかかってくるような気がした。

看護婦が飛んで来た。私は思わず悲鳴を上げていたのだった。

3

トムに帰国命令が下ったとき、メアリイは三歳になっていた。私たちの住む青山のアパートには、五年近い私たちの夫婦の歴史がところどころにしみついていた。トムは七年前に召集されたニューヨークに戻り、そこで除隊されるのだという。

「帰って、僕の家族を迎える準備をする。一年以内に必ず呼ぶ。いいね」

とトムは繰返し私の肩を抱いて言ったが、私は曖昧な顔をして肯いていた。この私が、生れた日本を離れてアメリカへ行く。それも終生そこで暮すために——などということは私には考えられなかったのだ。トムの帰国は事実上私たちの離婚だ、と私は考えていた。なぜなら、結婚式もあげ、子供も産み、幸福に暮していた国際結婚が、軍の帰国命令で実にあっさりと解消されてしまう例を私は既に多く見ていたからである。戦争中、ボルネオやスマトラへ出かけて行った日本の兵隊たちが、終戦後は現地妻を残して日本へ帰り、涼しい顔をして日本人の女と平穏な結婚生活を営んでいるのも、私たちの周囲では珍しい話ではなかった。現地妻——アメリカ兵にとって、日本の女がそれではないとどうして言えるだろう。アメリカ人はアメリカ人と結婚するのが一番幸福にきまっている。トーマス・ジャクソンもニューヨークに帰ったら、同じ肌の色の女と新しい結婚をするのだ。

こういう一種の覚悟を、人は悲愴なものに思うかもしれない。だが、私はそう思いきめたについては、他にも理由が無くはなかった。

倦怠期という言葉がある。結婚後三年目ぐらいに現われる夫婦の症状である。これは確かに科学的な根拠があるかもしれない。結婚して二、三年もたつと、私はトーマス・ジャクソンの総てに通暁したのであった。当初、優しいと思えた彼の性格は臆病さによるものだということが分ってきた。多少の知性は英語の言いまわしを日本語に訳して受取ったときに生れる誤解だということも分ってきた。彼は小学校しか出ていなかったので、女学校をともかく卒業している私より実に僅かな知識しか持たなかった。彼が使える大きな言葉《ビッグ・ワード》というのは、デモクラシーと平等と連合軍の使命と国際平和といった類のもので、それは彼が軍隊で受けた教育によるものなのだ。肝心の英語にしても、彼の発音は省略が多く、書かせてみると綴りは滅茶滅茶だった。

「トム、覚えてる？　あなたは最初、私に英語を教えると言って近寄ってきたのよ」

私が呆れ返り、露骨に侮蔑した口調できめつけると、トムはちょっと口惜しそうに首を傾《かし》げてから、ぱっと両腕を展げてみせ、

「あの頃は確かに笑子より僕の方が勝れていた。だが今は、笑子が僕を追越したのだよ。笑子は全く素晴らしい。君は特別の人間だよ」

というのである。

特別《スペシャル》というのが、トムの口癖であったが、私はそれほど悪い気持ではなかった。私は好んで英文法の本や上級の会話のテキストなどを買いもとめ、トムの留守中はメアリイを相手に英語の勉強をするようになっていた。ＰＸで金綴《かなと》じの一円本を買ってきては、辞引を片手に小説を読み、次第に辞書を繰る回数が減ってくるのが得意だった。私には語学の才能があるのだと信じた。トムと話すのにはもう少しも不自由していなかったし、ときにはトムの知らない大きな言葉《ビッグ・ワード》を、英語で分りやすくトムに解釈してやることもできるようになった。

トムが本国《ステイツ》へ帰るときまったとき、彼の迎えるという言葉を半信半疑であしらいながら、私が相変らず平然としていたのは、実はこの語学力が原因していた。私は彼が居なくなっても、メアリイと自分の生活の支えは、私のこの英語の力で充分やっていけるという自信を持っていたのだ。

敗戦後何年たっても、英語のできる連中が一般の人より経済的には遥かに有利な職場を見つけることが出来る現象は変らなかった。私ぐらい喋れるなら、私ぐらい読めるなら、大丈夫だという自信が私にはあった。「パレス」に勤めていた頃、木村ヨシ子が私の目標だったが、今の私なら、あれよりもっと上手に喋ることができる。だから大丈夫だ、と私は思っていた。

トムは横浜港から大勢の仲間と一緒に帰国の途についた。私はメアリイを抱いて桟橋でテープを投げて見送ったが、涙ぐむこともなかった。トムの方では大仰に別れの辛さを口に出し、メアリイを抱きしめ、私にキスし、船が陸を離れると、

「エミコ！」

絶叫するように大声で私を呼んだりしたが、私は平然として手を振っていた。捨てられるのではなく、捨てるのだ、という意識を持とうとしていた。左の手にはメアリイの手を握りしめて。

「マミイ、痛いよ」

メアリイが訴えたので、ようやく私はわれに返った。トーマス・ジャクソンを乗せた船は、次第に絵葉書の船のように小さくなって行き、もう彼の姿はこちらから見えなかったし、彼の目からも私たちは見えなくなっているだろうと思われた。

「帰りましょうね、メアリイ」

「うん、帰る」

この日の私たち親子には、はっきりした異変があった。それは互いに日本語を話し始めたことである。故意にそう思ってしたわけではなかった。アメリカン・ニグロの妻という制約から私は解放されたので、それが無意識の裡に私に日本語を話させたのではなかったろうか。

青山のアパートは私とメアリイの二人暮しには広すぎたし、何より家賃が高すぎるので、私は先ず住むところから探さなければならなかった。職探しも、それと平行した。そのために一か月の余裕をみて、生活費に貯金してあったし、それでなくても半年ぐらいの居食いはできたのだ。とりあえず私は阿佐ケ谷から母に来てもらい、私が出歩いている間のメアリイの面倒をみてもらうことにした。

母は黒い孫娘を決して愛そうとはしなかったので、ひどく迷惑そうに私の願いをいれたが、メアリイと二人で鼻を突きあわしていると、不憫《ふびん》も覚えたろうし、それでなくても無垢《むく》な子供心には打たれずにはいなかったのだろう。私には文句を言ったが、メアリイの為には結構いいおばあちゃんだった。メアリイの日本語は、それでめきめき上達した。一か月の間に、メアリイがもう滅多に英語を使わなくなったのは、私もその順応の早さに驚いたほどである。私は親馬鹿の例に洩れず、メアリイが類稀《たぐいまれ》な頭のいい子なのではないかと思った。

私の就職については、これは思ったようなうまい工合には事が運ばなかった。終戦直後のドサクサに紛れて「パレス」のクロークになれたような話は、もうなくなっていたのである。進駐軍関係ではタイピストを常時募集していたが、私はタイプの特技がなかったので見送らなければならなかった。

くさくさしているとき、女学校の同窓会通知が来たといって、母が葉書を届けてきた。卒業してそろそろ七年になるのを私は思い出した。みんなどうしているだろう。敗戦は日本人の生活を根っから揺り動かしたのだから、集った人々の間にはさだめし大きな変化がある筈だった。どうせ暇なのだから、出かけて見ようと私は思った。

四十余人在籍していた同級生の中で、この久しぶりに顔を合わせる機会に集ったのは、たった十一人だった。半数は結婚していたが、あとの半数は独身で、それは二十五歳をとうに過ぎた人々にとってはかなりの屈辱だった。まだ私たちの考えの中には昔風な適齢期という観念が生きていたから。

独身の連中が申し合わせたように恋人が戦死したという告白をしたのは、いろいろな意味でひどく尤もなことのように思われた。明らかに嘘と分る拙い物語の前ですら、私たちは真面目な顔をして肯きながら聞いていた。が、正直な私は痺れを切らすのも人一倍早い。ちょっといらいらし始めたとき、私の先手を打って、一人がこう言い出した。

「戦争の悲劇は終戦で一応区切りがついたんじゃないかしら。死んだ人には終って、生きている人には始まったのよ。私たちの年齢に相応しい相手は数の上から言っても半減しているのだから、私たちの間に独身者が多いのは当然ね。でも、死んだ恋人の想い出だけじゃ食べて行けないんじゃない?」

この鮮かな意見を一息に喋ってのけたのは、内川陽子であった。女学校から女子大の英文科へ進学したのは知っていたが、その後どういうところへ就職したかは、私にはすぐピンときていた。

その日集った人々の中で、アメリカ製品で身を包んでいたのは陽子と私の二人きりであった。インテリで独身の陽子がそういう身なりをしているのは、彼女が進駐軍のどこかに勤めていることを物語っていた。

「そうだわ、食べることが一番の問題よね。それでなくっても日本の男の人たちに魅力がないことったらどうぉ？　結婚したいと思う男なんか滅多にいやしないでしょ」

私は反射的に内川陽子に相槌を打ったが、その声が大きすぎたので全員の注視を受けることになった。

「林さん、あなたは何をしていらっしゃるの」

一人が訊いた。漠然とした質問だったが、みんなが前から私に興味を持っていたことは明らかだった。内川陽子の様子より私のいでたちの方が、悪趣味だったからかもしれない。

質問を受けた私は咄嗟《とつさ》には直ぐ言葉が出なかった。迷ったからである。私はニグロと結婚し子供を産んだが別れてしまったという真実を、咄嗟に公開するのに躊《ため》らいを覚えた。が、毎度のことながら私自身がすぐこの躊いに反撥したのだ。

「国際結婚をしたの。でも五年で離婚よ。ついこの間、別れたばかりだわ」

ニグロと結婚したと言わずに国際結婚などという洒落《しやれ》た言葉を使ってしまったのがいくらか後ろめたかったが、考えてみればトムはアメリカ人なのだし、かりにアフリカ人であっても国際結婚には間違いないのだと私は自分に言いきかせた。

「あら、そう」

反応は意外なほど冷たかった。

「やっぱり大した魅力がなくても日本人と結婚した方が無難だったというわけね」

どうも先刻の私の意見が祟ったらしかった。

「それで、今はどうしていらっしゃるの？」

内川陽子が訊いた。

「すぐ食べるのに困りだしたの。何かいい仕事ないかしら。内川さんはどういうところに働いているの？　進駐軍関係で、通訳とか英語の仕事ないかしら」

「タイプは？」

「……さわったこともないんだけど。でも会話なら少し自信があるのよ、私」

「通訳の臨時雇いの方に口があると思うわ。ボスに話してみるわ。多分大丈夫よ、会話が自由自在なら、すぐ常雇いになれるわ」

「お願いするわ、是非」

「ええ。じゃ、明日の午後オフィスに電話入れて頂だい。それまでにボスの都合を訊いておくから」

「有難う。助かったわ」

この二人の会話を、級友たちは耳を澄まして聴き入っていた。私の国際結婚とその失敗への反感も消え去ったかに見えた。私は少々得意だった。やっぱり英語万能の時代なのだ。級友たちが、警戒警報をきいて避難したり、工場で弾丸磨きをした頃の記憶と、こうした内川陽子と私との対話を結びつけるのに、一種の驚異を感じていることが分ったから。

約束通り電話をすると陽子は浮立って受け早口で応えた。

「大丈夫らしいわよ。明日の午前十時にオフィスへいらっしゃい。簡単な会話のテストがあるだけらしいわ。あなたの履歴書は私がタイプしておくわ。あなた、学歴は女学校まででいいわね。賞罰はもちろんナシでしょう?」

翌日、私は陽子がクラス会に着て来たような白いブラウスにタイトスカート、それに黄色い毛糸のカーディガンという品のいい身装りを整えて、市ケ谷台にある連合軍第八軍のオフィスに入って行った。陽子のいるセクションは直ぐ分り、ドアを開けると待っていたように彼女はタイプライターの前から立上って私を彼女のボスの前に連れて行ってくれた。

「私の友達のミス林ですわ、マイヤー中尉」

陽子のボスは透けてみえそうな薄い肌を持ったブロンドの男だった。彼は碧い眼で私を一目見ると、ニコリともせず質問を始めた。

「あなたの会話の力を試すために、失礼でなかったらあなたの小さな過去を訊かせて下さいませんか、ミス林」

「どうぞ、なんでも私は平気です」

「陽子から聞きましたが、あなたはアメリカ人と結婚なさっていたということですが、その人の名前と、連合軍との関係を教えて下さい」

「トーマス・ジャクソン伍長。一九五一年に退役しました。私たちは一九四七年に結婚したのでしたが、私は日本を離れるのが嫌やなので日本に残り、私たちは別れたのです」

マイヤー中尉は会話のテストだと予め断っていたから、私もそのつもりで、会話の内容よりも言葉を正確に使うことを心がけ、かなり流暢に言ってのけたつもりであった。だが、どうしたものか相手は急に気難かしい顔になり、私を見ずに私の横に腰かけていた陽子の方をじっと見ていた。私は俄かに不安になり、アメリカ人と簡単に離婚したので、彼が気を悪くしているのだろうと思いまわした。慌てて、ともかく何か言おうとしたとき、マイヤー中尉は片手で私を制し、

「トーマス・ジャクソン伍長は、連合軍のどこに所属していましたか?」

と質問してきた。

私は反射的にトムの勤務先を答え、御丁寧に彼が召集された年度までつけ加えたのである。

「分りました。ではあなたを採用するかどうかは来週通知します。住所を陽子に言っておいて下さい」

陽子はオフィスのドアの外まで出て見送ってくれた。

「大丈夫かしら」

「大丈夫よ。人手が足りなくて困っていたんですもの。ボスはあんなに勿体ぶってたけど、明日にでも採用通知がいくわよ、きっと」

「でも私の結婚のこと、どうして調べるのかしら。アメリカがこんなことにうるさいとは思わなかったわ」

「本当ね。私も驚いたわよ」

「私の英語はどうだった」

「すごくパキパキしてたじゃないの。驚いたわ」

私はようやく自信を取り戻した。

「それじゃよろしく頼むわ。本当に有りがとう。明日、電話していい？」

「どうぞ。私の方から電話してもいいけど」

「明日にでも引越すかも分らないから、いいわ、私からかけるわ」

「じゃ、さよなら」

「バイバイ」

足どりも軽く帰る道すがら、ああこれでちゃんとした職場につくことができる。進駐軍の通訳なら、「パレス」で働くのとは違って世間に大きな顔もできるし、立派なものだ。陽子も私の英語には舌を巻いていたのではなかったかと、私は晩春の空を見上げて希望に胸をふくらませ、口笛を吹いた。トムと結婚したことは、少くとも全く無駄ではなかったのだと思った。数えてみると恰度《ちょうど》トムは長い船旅の果てにニューヨークへ着いている頃であった。どういうわけかトムたちを乗せた船は南太平洋をあちらこちらと寄港して、南アメリカの端をまわって東海岸のニューヨークに着くことになっていた。

だが、翌日の陽子は私の期待を裏切って、ひどく判然としない口調で、

「まだ決らないらしいのよ。決定したら、私の方から知らせるわ。うん、ボスに訊いてみたんだけど、返事をしないのよ。でも、勿体ぶってるだけだろうと思うけど」

と言うのである。

翌日も、陽子の返事は一層はっきりしなかった。

週が変ると、私も焦り始めた。それでなくても貯金は目に見えて減っていくし、メアリイと二人で住む下宿も見つかりにくく、母は次第に不機嫌になりだして、苛々することの多い日常になっていた。思うように仕事が見つからずに一か月が過ぎてしまったのだから、今は内川陽子だけがたよりだったのだ。その陽子が電話で埒《らち》があかないのなら、直接この私がマイヤー中尉に会うしかない。そう思い立つと、私はもう矢も楯もたまらなくなって再び市ケ谷台のオフィスに出かけて行った。その昔の陸軍士官学校、戦争中は参謀本部の置かれていた市ケ谷台が、A級戦犯裁判の舞台となり、東条さんたちが処

刑された記憶も新しいところだというのに、私は私の仕事を求めて必死で出かけて行ったのだ。入口で誰何《すいか》されたとき内川陽子の名を言ったので、オフィスのドアの前で彼女は私を待ちかまえていた。

「電話でよかったのに、わざわざいらっしゃらなくても」

彼女は私が突然出てきたのを咎めだてするような口調で言った。あの親切な友人であった陽子が、俄かによそよそしい態度に変ってしまったのも奇妙だった。

「どうだったの？」

「不採用ですって。残念だったわ。私は極力推薦したんですけどね」

「何がいけなかったの？」

「それがねえ」

「なあに？　言ってよ。知りたいわ」

「でもねえ」

口籠っている彼女に無理強いして理由を訊いた。ここで断られた理由が、もし私の方に原因のあることだったら、これから先、進駐軍のどこへ行っても通訳には傭ってくれないことが分るのだから、私はどうしても訊かねばならなかった。内川陽子は、やはり女だから、もともと絶対に事実を隠しだてする気はなかったのだろう。

「林さん、気を悪くしないでね。私には分らないのだけど、あなたの英語にはニグロのなまりがあるんですって。アメリカ人なら一言で分るんだそうよ。あなた、心当りがおありになって？」

　胸がドキンと大きく一つ動悸を打って、それきり硬直した。何も言うべきときではなかったのに、私の口は勝手に開いて乾いた声が、私の耳には私のものとも思えない奇妙にかすれた声が、

「私、ニグロと結婚していたから」

と言っているではないか。

　そのとき内川陽子が眉根を寄せ、いたましげに肯いて言った言葉を私は忘れることができない。

「そうですってね。トーマス・ジャクソン伍長の所属していた隊には、とてもニグロが多かったそうだから。最前線だったんでしょう？　それはともかく、ここのオフィスは微妙な問題を扱うところだから、黒人なまりのある英語は困るっていうの。林さん、あなたの英語は相当ひどいものらしいわよ。私には語尾の省略が耳立っただけだけど」

　私は泣きもしなかった。嘆きもしなかった。陽子の言葉は、最後の審判の宣告に似ていた。天国と煉獄と地獄の三つのうち、どれへ私が向うのか分らなかったが、ともかく一つの入口で私の目の前には「通行止」のプレートが差出されたのだ。私は直ぐ踵《きびす》を返して、別の入口を求めなければならなかった。そのときの感情に溺れるには、私の生活は逼迫《ひっぱく》していた。

　そして、間もなく私が見つけた働き口というのは、ワシントン・ハイツの女中《メイド》だった

のである。黒人なまりの英語でも役に立って、日本人の一般の給料よりいい収入になるところといえば、せいぜいこんなところしかなかったのだ。

代々木のワシントン・ハイツは、二十万余坪の土地に三百棟以上の木造西洋館と、後には十数棟の鉄筋アパートの独身寮も建てた進駐軍とその家族の住宅街であった。私が働きに行った頃で、八百世帯は住んでいたと思う。鉄条網で囲われた中には、手入の行届いた公園も、教会も、小学校からPX、そして劇場まで、彼らに必要な文化施設が揃っていた。その頃の東京の半端な復興ぶりと比較すれば、そこは正しく文化的小都会であった。入口にはMPが白い鉄帽を冠り、銃を構えて見張っていたが、一歩鉄条網の中に入ればそこは明るい平和な町であった。昔の中国に租界というものがあったのを私は聞いて知っていたが、ハイツは正しくアメリカ租界だった。日本の国の中であることは間違いないのに、アメリカ人だけが、幸福に暮している。それも白人ばかりが。この事実の発見は私を驚かせ、一つの記憶を呼びさました。トムと結婚したとき、私は当然どこかのハイツの中で暮すものと思っていたのに、彼は日本人の中で暮したいと言って日本人の経営するアパートを選んだのだ。これはどういうことだろう。ここにいる白人以外の人種といえばそれは日本人だけで、それはつまり彼らの下で働いている使用人ばかりだった。

私たちはメイドと呼ばれ、給料は個々の家庭からでなく、日本政府から支払われていたようだ。日本円で、日本の一般家庭の女中よりは遥かに高額だったが、オフィス勤めと較べれば格安の給料だった。日給だった。一か月働いたあと、私は二日分差引かれた給料を受取った。ハイツに入って直ぐ二日休んだのは、例の手術をするためであった。トムの残して行ったものが、私の躰の中で育っていたのだ。求職に夢中で明け暮れていたのでつい気がつくのが遅く、四か月に入っていたから、前のように簡単には行かなかったので、すぐには起きられず、二日間というもの小さな穢い病院の中で、じっと天井のシミを見て過した。拒んだ子供に対して何の感傷も湧かなかったのは、これが最初というのではなく、すでに三度目の経験だったからである。搔爬のあとは妊娠しやすくなるのか、私の父のほうが多産系の血筋だったのか、私は五年間に四回も妊娠したことになる。メアリイを産んだ前後大層肥っていた私も、近頃は痩せて筋ばった躰になってきた。ごつごつしたベッドの上に軽い躰をのばして、私はどういうものかトムを想い出すのに閉口していた。別れて二か月にならないのに、もう恋しがっているのだとしたら、私の決意も随分いい加減なものだと思ったからである。しかし、彼からは何の便りもなかった。

夏の真盛り、私はワシントン・ハイツの西寄りの家にあるリー氏の家庭に奉仕して過した。リー夫人は赤い髪を持っていて、リー氏より二インチも背が高く、猛々しい大女だった。二人の子供がいて、ひどく勢がよかった。四人に共通しているのは、四人共ひどく大声で「エミコ！」と私を呼ぶことであった。メイドといっても、日本の女中より下女に近い役割が私には課せられていた。掃除と洗濯と食事の後片づけである。床に這いつくばってワックスを塗り、磨き、寝乱れたダブルベッドの汚れたシーツを剝ぎ、洗い、かけ声をかけねば持ち上らないような重いアイロンを使ってプレスをする。アメリカ人の家庭には電気洗濯機があると聞いていたが、メイドに洗わせるのにわざわざ機械を買う必要はないと思ったのだろう、ワシントン・ハイツで電気洗濯機のある家は数える程しかないという話だった。

だが追いつかわれているばかりでは、英語のできないメイドでも充分つとまるところなのだから、私がそこで温和しくしているテはなかった。リー夫人は赤毛の女に特有のお喋りな人だったから、私の方から話しかけると、

「エミコ、あなた相当話せるじゃないの！　どこで覚えたの、その英語。なつかしい南部のなまりまであるわ。まあ！」

眼を剝いて驚き、根掘り葉掘り私の履歴を知りたがった。

私は適当に彼女の好奇心を満足させながら、PXの商品の闇流しをそれとなく彼女にすすめた。十ポンドの砂糖を売ると、何パーセントの利益を得るかということを詳しく説明した。もっとも、この話は相手の顔色を見ながらする必要があった。もしリー夫人が私に悪い感じを覚えたなら、メイドの総元締めをしているオフィスに電話一本するだけで、私はワシントン・ハイツから追出されるのである。

幸いなることに、赤毛の女は儲け話の方にも情熱を覚えたらしい。週に一度、リー夫人は私を連れてPXへ出かけると、抱えきれないほど様々な品を持ち出して、その大半

を車にのせ、私の家まで私と一緒に送り届けてくれることになった。リー夫人は欲深な半面ひとのいいところもあったのである。もっとも彼女はトムと違って、どう勧めても私の家はおろか日本人の生活を覗いて見ようともしなかった。

が、とにかくお陰で私たちの暮しは再び潤い始めた。母も少し機嫌を直し、メアリイの世話をすることに文句を言わなくなった。私たち親娘は、母と妹の下宿している阿佐ケ谷から一駅離れた高円寺のアパートに住んでいた。私が朝早く出かけるのと入れ違いに母が来て、私が帰るまでメアリイの面倒を見ているというのが私たちの日常であった。アパートと言っても、日本人の経営する日本人のためのアパートは、青山にあったものとは比較にならないほど粗末な、寒々としたものである。たった四畳半一室に、夜になると私はメアリイと二人きりになった。

リー家の台所にはハムやソーセージやチーズなどが豊富だったから、私は帰りに少量ずつ失敬してきてメアリイの食事に宛てていたので、メアリイの育ち方が相変らずそこらの日本人の子供たちと違って、むっくりと肉づきがよく、黒い肌は艶々していた。

母が嫌やがるものだから、私は帰ってからメアリイを抱いて銭湯へ出かけることにしていた。晩く、終《しま》い湯になる時刻を見計らって出かけることにしていた。その時間は湯に来る人間が少かったし、子供は滅多にいなかったし、何より肝心のメアリイが睡魔の腕の中でとろとろ眠りかけているので好都合だった。

半分眠っている子供を無理やり外へ連れ出して、湯につけ、シャボンの泡で洗う親を、ひとは残酷だというかもしれない。しかし、裸のメアリイに注がれる人々の残忍な視線から彼女を護るためには、これ以外に方法がなかった。

その時間の常連たちは次第に私たち親娘連れを見馴れたが、たまに飛込んでくる人たちは、メアリイに気がつくとまずぎょっとして、それから首をすくめた。見馴れている者は笑いながら、話しかける。

「驚いたでしょう？　私も最初はどきっとしたものよ」

「黒いわねえ」

「どこもかも黒いんだから驚いちゃうのよ」

「日に灼けて黒くなってるわけじゃないんだわね」

「でも掌《てのひら》と蹠《あしのうら》は、ほら見てごらん、白いでしょう？」

「まあ、ほんと」

囁きは湯気で籠って、私の耳に届くまでにはかなり鈍いものになっていたが、いつ聞いても決して快いことではなかった。何事によらず自分のことで人々が耳打ちしあっているのを見るのは嫌やなものなのに、ましてそれが自分の産んだ子供のことを言っているのだ。魚油臭い石鹼を使っている日本人の中で、キャミーの泡と匂をたてながら垢を落しても、私は一向さっぱりせずに湯から上ることが屢々《しばしば》だった。

クリスマスが近いある日、トムからようやく便りがあった。ずっと前に青山のアパートに届いていたらしいのだが、管理人が怠けていて、母が出かけて私宛ての手紙がないかと訊いたところが、そう言えばと思い出して渡してくれたものだ。

三枚の不揃いな紙が便箋がわりで、ボールペンのインクがトムの掌に圧されて文字がかすれ、大層読みづらかった。それでなくてもトムの手紙は綴りが滅茶滅茶なのだから、判読しなければ意味がとれないのだ。

「なんて書いてあるんだい」

母が覗きこんだが、

「待ってよ」

私は眉をしかめた。

内容もはかばかしいものではなかった。ニューヨークに帰るとすぐ働き口を探したが、いい職がなかなかなくて、それに住むところもなく、友だちの家を転々としていたので手紙の書きようがなかった。ようやくマンハッタンの中の市立病院の看護夫の口を見つけたので、臨時のつもりで就職した。これは夜から朝までの勤務なので、少し調子が違い、日中に眠るのが辛いし、馴れないせいかなかなか眠れない。起きては条件のいいアパートを探し廻っているのだが、ニューヨークは住宅難で、ハアレムの中でさえいい部屋が見つからないのだ。それでもやっと月に二十ドルという格安のところを見つけたので、一秒たりとも忘れたことのない笑子に手紙を書いている。メアリイは元気か。会いたい。笑子を愛している。笑子もまた僕を愛しているのが分る。二人でニューヨークへ来なさい。春には旅費を都合するから。笑子も働けば、きっと楽しく暮せると思う。ニューヨークは今、日本より寒い。

ざっとこういう文面だった。

溜息をついて私が読み終ると、母はもどかしそうに私にせついて内容を知りたがった。

「ニューヨークは寒いんですってさ」

「そりゃ冬だろうからねえ。それでもビルの中は、青山のアパートのように温かなんだろうよ。なんといったってアメリカなんだもの」

「トムは看護夫になったんですってよ」

「看護夫？　なんだってまた」

「なかなか仕事が無いんだって」

「笑子に来るようにと言って来なかったのかい？」

「春までに旅費を送りますって。メアリイと二人で来なさいって」

「そりゃよかったじゃないか」

「冗談じゃないわよ。私も働けば暮せるっていうのよ。誰がアメリカまで出かけて行って働くものか、莫迦莫迦しい」

「それでも笑子。トムさんが日本にいたときだって、笑子が闇をやっていたから贅沢に暮せたんじゃないのかい？」

それはその通りに違いなかった。トムが軍隊から貰ってくる月給は、日本人の生活水準を遥かに上廻るものではあったが、ＰＸの品の闇流しをやっているのでなかったら、あれだけ潤沢な生活ができたかどうかは確かに疑わしかった。そうなのだ。闇をやっていたのは私と母とであった。つまり私も働いていたのだ。そしてトムと別れてからは、私は今メイドまでして働いている——。しかし、だからといって私は、母の言う理屈通りニューヨークまで出かけて働く気にはなれなかった。第一、トムの方でどう思っていようと私は離婚したつもりではないか。

「ねえ笑子、こうやってトムさんから手紙が来て、むこうでは笑子たちを迎えるつもりがあるのなら、離婚なんぞと物騒なことは言わない方がいいのじゃないのかねえ。子供はやっぱり双親が揃っていた方がいいのだから」

「父親が無くったって、戸籍がちゃんとしてなくったって、娘は立派に育つものですよ、私たちのようにね」

「それでも笑子、メリーちゃんのことだって考えてやらなくちゃ。どこへも連れて歩けなくて、友だちも出来ないんじゃ、この子だって不幸ですよ」

「私がいれば不幸にはなりませんよ」

「だって笑子は働きに出るじゃないか」

「だから母さんに可愛がって下さいって頼んでるじゃありませんか」

「でもねえ、だんだんひねくれて来るのを見てるのは辛いものだよ」

「母さんの愛情が足りないから、ひねくれるんです。孫じゃありませんか。もっと親身になって面倒を見てくれればいいのに」

「そんなことを言ったって無理ですよ」

「メアリイが黒いからですか。見ていて分らないの？　この子は人間なのよ」

「だけどね、私の娘は笑子ひとりじゃない。節子のことだって考えてやらなくちゃ」

「節子がどうかしたんですか」

「あの子だって齢頃ですよ。いろいろ考えては悩んで、泣いてることだってあるんだからね」

「泣くほどの悩みがあるんですか、あの子に」

妹は、潤沢な小遣いを持って、女学生時代を楽しく過していた筈だった。卒業後は小さな日本の商社の庶務課に勤めていた。節子がこの高円寺のアパートに現われたことはついぞ無かったし、考えてみると私がトムと結婚して以来というもの彼女の方から私を訪ねて来たことはなかった。殆ど没交渉のままで、母の言う通り私は妹の存在を忘れていることがあった。

その妹が私を恨み、嘆き悲しんでいると聞かされたとき、私はあまりにも思いがけなかったので耳を疑い、しばらく話している母の顔をまじまじと眺めたものであった。

「会社で男の人と親しくなっても、家族のことを訊かれると口がきけなくなってしまうんだそうだよ。節子はあんたと違って器量よしだから、男の中へ入れれば申込んでくるのはいくらもいるとは思っていたんだけどね、節子はその度に震え上るんだよ。誰かと親しくなって、それに秘密を知られたらどうしようと言って泣くんですよ」

「秘密って、なんですか」

「メリーちゃんのことですよ。ちゃんと結婚したと言っても、今は別れているとなればパンパンでもしていたかと人は思うもの」

「なんてことを言うの、母さん」

「笑子、あなたは勝手すぎますよ。あなたがトムさんと結婚したために、私や節子がどのくらい恥かしい想いをしたかを考えてみたこともないんですか。メリーちゃんの先行きも考えてみなさいよ。日本で仲間外れのまんま育つよりも、同じような子がいくらもいるアメリカへ行った方がどのくらいあの子のためにも幸せか分らないじゃないか」

「……節子が私を恨んでいるって言うんですね？」

「あんたがトムさんと別れるのは反対しませんよ。それだったらメリーちゃんを引取ってもらうか、そういう子だけ育てるところが横浜だか品川だかにあるという話だから、そこへやってしまうか、どちらかにして、笑子も身軽になったらどうだい？　私はそんなことも考えてるんだけどね。そうすれば節子も安心するし、あなたも日本人と再婚できるかもしれないじゃないの」

「節子を幸福にするために、メアリイを捨てろって言うんですか、母さんは」

「そうすれば、みんなが幸せになれるんじゃありませんか」

「メアリイは私の子です。節子に言って下さい。私たち姉妹の縁を切ればいいでしょうって。それから、身内の詮索をこちゃこちゃするような男と結婚したって、幸福にはなれっこありませんよって」

「縁を切るなんて言葉で言ったって、あなたがここにいたんじゃ、切れやしませんよ」

たまりかねて、私は立上って叫んだ。

「母さん！　母さんは私に日本を出て行けって言うの？　私は日本人よ、だからどんな人だって私に向ってこの国から出て行けという権利はないわ。だのに、どうして母さんにそんなことが言えるの？　親でも妹でも自分に迷惑がふりかかると、そんな酷いことが言えるものなのですか！　節子は誰のおかげで女学校へ行けたんです、誰のおかげで飢えずにすんだんです！」

メアリイが眼をさまし、わっと声をあげて泣き出した。母は眼を伏せ、ものも言わずに帰って行ってしまった。私はメアリイを抱き上げなかった。なだめなかった。それどころか、もっと大声で泣き喚けばいいと思っていた。泣ける方が幸福だ。私は涙も出ず、ただ全身が綿のように疲れているのを感じていた。

翌日は、いつまで待っても母が来ないので、私はやむなくメアリイを抱いてワシントン・ハイツに出勤した。リー夫人は目を丸くしたが、私の方から急に子守を頼んでいた人が都合が悪くなったので、と言うと、決して親切な顔ではなかったが、肯いて、怪我をさせないようにとだけ言った。かなりのショックを受けていたようである。私はアメリカ兵と結婚したと言ったけれど、夫がニグロであったことも、子供がいることも話していなかったから。

その日は床のワックスを塗りかえる日で、私は一日中四つん這いになって床をこすっていたが、リー夫人はソファで編物をしながら私にいろいろと話しかけてきた。どうしても私の身の上話になる。私も昨夜の今日で屈託のあるところだったから、正直に話をした。トムから手紙の来ていることも。トムはニューヨークへ私たち親子が来るものと思いこんでいるが、私は迷っているということなど——そうなのだった。離婚したつもりでいた私も、迷い始めていたのであった。

「彼は何をしているの？」

「看護夫です。夜勤の。アメリカでは男も看護夫になるんですね」

「まあ雑役夫みたいなものでしょうよ。色つき《カラード》の人たちにはまともな職業は滅多にないから」

色つき《カラード》という言葉は私をいたく刺戟していた。それがニグロを指すとは知っていたが、黄色人種である私には我慢がならなかったのかもしれない。

「民主主義のアメリカでも、そんな差別があるんですか？」

「仕方がないのよ。色つき《カラード》は教養がなくて、兇暴で、不正直で、不潔で、手のつけられない人たちなんだから。あなたが離婚しようと思っているというの大変利口な考えよ。私は賛成だわ。日本人は日本にいるのが一番いいのよ」

床に這いつくばっている私は、リー夫人の私に対する立場が、本国にいるニグロに対するものと同じだということを感じて、胸の詰る想いでいたが、リー夫人は根がお人好だったので、情熱的に語りついだ。

「私は南部の人間だけれど、近頃の色つき《カラード》は悪くなる一方で、ニューヨークだって同じことだと思うのよ。色つき《カラード》は色つき《カラード》だわ。ニューヨークには百万人からの色つき《カラード》がいる筈だけど、私は断言してもいいわ。彼らは誰も一人として幸福じゃないわよ。あなたが日本から出かけて行って、その仲間入りをすることはないわ。アメリカの民主主義は、彼らを奴隷から解放しただけよ。それが良かったか悪かったか誰も分《ノーワンノーズ》ってはいないのよ」

リー夫人は私に親切を言っているつもりに違いなかったが、私には雀斑《そばかす》だらけのリー夫人が赤い毛を逆立てて私を威嚇しているとしか思われなかった。

メアリイが台所で大声をあげて泣き出した。飛んで行ってみると、リー夫人の下の子供が学校から帰って来るなりメアリイを見つけて、いろいろ悪戯《いたずら》を始め、揚句には黒い縮れ毛を摑んで引摺りまわしていたのだった。

4

私がまた例の悪い癖から、リー夫人に対して英雄的な反撥を覚え、それで突然アメリカ行きを決意したと早手まわしに想像した人があるかもしれない。だが事実はそうではなかった。私はリー夫人の話にも少しも心を動かされなかった。僅かにニューヨークにはニグロが百万人もいるということを耳に止めただけである。

母が私を詰《なじ》り、責め、青山に出かけて行ってはトムの手紙を持って来て同じ話を繰返しても、私は少しも最初の考えを改めなかった。妹が私の存在を迷惑に想い、筋違いにどう恨もうとも私は平気だった。肉親がこの私を日本から追出そうとしているのかと思うと、私には却って闘志が漲《みなぎ》って来て、仮にトムを恋しく思うことがあったとしても、金輪際《こんりんざい》この国から出てやるものかという気が強まるばかりであった。満員電車に乗ってハイツまで出かけ、夜は帰ってから晩くメアリイを連れて風呂に行くという生活は私を大層疲れさせたが、それでも私はトムに救いを求める気はなかった。

頑《かたくな》に思い決めている私に向って、誰もアメリカ行きを決意させることはできなかった。どんな言葉も、どんな理屈も、何通ものトムの熱烈な手紙でも、私の考えを改めることはできなかったのに、ある日、たった一枚の絵が見事に私を翻意させてしまったのだ。

その絵を、私は今でも今朝明け方に見た夢のように鮮明に思い出すことができる。

夏の終であった。私は盛夏の暑熱に灼かれながらリー家に通いつめ、休みなき労働に従う生活に、ぐったりと疲れていた。公休日には、闇物資を売捌《うりさば》くのに飛び廻ることになっていたが、私は一日たっぷり休みたいと願った。何より母の顔を見ない日が欲しかったし、メアリイもさぞ喜ぶだろうと思ったのだ。四畳半の狭い部屋に敷布団を敷きっぱなしにして、一日中そこに寝そべって過そう。それでメアリイの相手をしてやれば、一石二鳥というものだ。

　思った通り、朝になっても祖母が現われず、私も出て行かないのを発見したときのメアリイの喜びは一通りのものではなかった。彼女は私の枕許にさまざまな玩具を運んできては遊び方を私に示した。人形も電話の玩具もままごとのセットも、私がＰＸで見つけてきたプラスチック製品である。

「モシモシマミイでちゅか」

「ハイそうですよ、メアリイですね」

「ハイそうでちゅ」

　電話の遊び方などを、メアリイはどこで覚えたのだろうか。ままごとは、洋食器の雛型を使いながらも、御飯や味噌汁や金ぴらごぼうなどがいつものメニューで、祖母との生活が感じられる。

「マミイ、おみおつけはおかわりなちゃい。体にいいのよ」

「はいはい」

「マミイは駄目ねえ。御飯ちっとも減らないわ。これも、たくちゃん食べるのよ」

「はいはい」

　怠惰な母親はシミーズ一枚で寝ころんだまま、スポンジ・ケーキや、コカコーラを手の届くところに置いて、時間をかまわず食べたり飲んだりしながら、一人娘の相手をしていた。働き通しに働いている日常には、こうした懶惰《らんだ》な一日は極楽なのだった。メアリイはそういう私の状態を知っているのか、聞きわけのいい娘だった。私が相手をすればきゃらきゃらと声をたてて笑い、上機嫌になったが、私がとろとろとまどろみかけると、それを決して阻もうとせずに静かに寝かしてくれた。不機嫌な祖母と一部屋にいて、一人遊びには馴れていたのかもしれない。

どのくらい眠ったか分らない。窓の外で黒ン坊黒ン坊と囃したてる声を聞いたような気がしたが、醒めてみると夢を見ていたらしい。午後の窓の外には、誰かが共同水道の蛇口を捻り忘れたのか、水の音がしていた。私はぼんやりと木目の浮出た節だらけの天井を眺めていたのだが、ふと、メアリイはどうしているかと思って、半身を起した。

「メアリイ……」

メアリイは、窓の外へ半身のり出して、私の呼んだ声も耳に入らなかったらしい。何をしているのだろうかと見ていると、メアリイは体を戻して、右手に摑んでいた空のコカコーラの瓶を畳に置き、急いで栓を抜いたもう二本の瓶を両手に摑むと、また窓の外へ身を乗り出したのだ。

「メアリイ、何をしているの？」

私は立ち上った。そして、見たのだ。窓の下には同じアパートに住む子供たちが、数人かたまって口を開けて立っていたのを。メアリイの手許からは、コカコーラの黒い液体が、逆さにした瓶の口から白い泡と共に噴きこぼれ、彼らの口といわず、鼻といわず、目といわず、遠慮なく浴びせかけていたのを。

私は咄嗟に止めようとした。が、メアリイの横顔は私の全身を射すくめていた。メアリイの眼には憤怒と怨嗟《えんさ》が黒々と宿って、残忍な鈍い光を放っていたのだ。父親似の厚い唇が、ひきつったように歪んでいる。私にはこの絵を直ぐ読みとることができた。窓の下の子供たちは、メアリイの仇敵ばかりなのだ。朝早く出て夜晩く帰る私は現場を目撃したことがなかったのだが、母の口から幾度もアパートの苛《いじ》めっ子たちがメアリイを追いまわすので目が放せないという愚痴をきいて、そういう子供たちの存在は知っていた。安アパートの、いわば貧乏長屋の子供たちは、親から碌な玩具を与えられないので、メアリイの黒い肌や縮れた髪を面白がって、悪戯していたのに違いない。そしてメアリイは今、彼らに存分な復讐をしていたのだ。

私はまだ栓を抜いていないコカコーラやセヴンアップを開けると、黙ってメアリイの横に置いた。一緒になって子供たちを憎む気にはなれなかった。どこまでやればメアリイの気がすむのか分らなかったが、娘の気がすむまで続けさせてやりたかったのだ。だがメアリイは狂っていなかった。彼女は間もなく私の存在と、私のやっていることに気がつくと、手を止めて、ぼんやりと私を見上げた。眼の色も、顔の表情も、虚脱したようにぐったりしていた。

「窓を閉めようか、メアリイ」

「うん」

「マミイとお昼寝しない？」

「しない」

「ご免ね、マミイが寝てしまったので、メアリイは淋しかったんでしょう?」

「うん」

窓を閉めたとたんに風が止って、狭い部屋の中は船底のように蒸してきていた。私は思わずメアリイの小さな柔かい躰を抱きしめていたが、私の肌からもメアリイの肌からも、脂こい汗が滲み出ていた。私たちは互いの汗を塗りあうようにして抱擁を繰返した。

「メアリイ」

「うん」

「アメリカへ行こうか、パパのいるところへ」

どうして急にそんな言葉が口から出たのか分らない。自分で驚いている私の前で、メアリイは春の花が綻《ほころ》びるように笑顔を開いた。

「マミイ……」

汗でしとどに濡れている胸の谷間に、メアリイは顔を押付けてきた。私は一層強く彼女を抱きしめながら、茫然としていた。

アメリカへ行こう。トムのいるところへ。この考えは、このとき突然に湧いたものである。突然湧き起って、それがメアリイの笑顔で確定してしまった。それは私の確信でもあった。この日本で、私たち親子が幸福になることが考えられないとしたら、私たちは出て行くよりないのだ。リー夫人はニューヨークに百万人のニグロがいると言った。

その中へ入れば、メアリイは友だちを持つことができるだろう。無邪気であるべき子供心に今のような陰惨な復讐を思いつくことなど決してないだろう。それに私にしたところで、正直いって慰めてくれる相手がほしかった。こうして一日寝てみたところで、心の疲れは癒されることはないのだ。最も近しい肉親である筈の母が、妹の節子の幸福に屈託していて、ともすれば私を恨みがましく見ることにも、そろそろ私は我慢しきれなくなってきていた。アメリカへ行こう。トムのいるところへ。それ以外には現状を打開する方法は、やはり無いようだった。その夜、メアリイが眠ってから、私はニューヨークのトムに初めて手紙を書いた。

親愛なトム
私も忙しかったのでなかなか手紙が書けませんでした。メアリイは元気です。早くあなたに会いたいと言っています。どういう方法を講じればあなたの許に行けるのか知らせて下さい。パスポートをとる手続は、難しいのでしょうか。ニューヨークには、何と何を持っていけばいいのでしょうか。お米の御飯は食べられますか。パンが好きではなくなったので心配です。アパートの近所にはメアリイと友だちになってくれそうな子供たちがいるでしょうか。あなたはまだ看護夫ですか。いつ頃、別の職業につける見通しですか。私もメアリイも、広いアメリカであなた一人を頼りにして行くのですから、しっかりお願いしますよ。ではお返事を、できるだけ早く下さいね。待っています。

あなたの笑子と、あなたのメアリイより

読み返してみて、味もそっけもないのに私は思わず苦笑していた。まるでアンケートだ。箇条書になっていないだけで、質問の羅列なのである。しかしどれも本当に訊きたいことばかりだった。それに、広いアメリカであなた一人を頼りにして行くのだから、しっかりしろというのは本音だった。いつまで雑役夫まがいの看護夫でいられてはたまらないという気だった。

封をして、翌朝ハイツに出かけてから、そこの郵便局で投函した。ポトリと封筒が底に落ちて鳴ったとき、急にどうしてトムは私を呼びたいのだろうという疑問が浮かんだ。ニューヨークには百万人のニグロがいるというのに、どうしてトムはその中から配偶者を新たに選ぼうとしなかったのだろう。日本に残してきた私やメアリイのことなど、何の責任を迫られているわけでもないのに、どうして現地妻として簡単に捨てさることができなかったのだろう。髪がまっ直ぐで、肌の黄色い日本人の私をトムはどうしてニューヨークででも妻として迎えようというのだろうか。

理由は分らなかった。少くとも、そのときの私には分らなかった。考えられることは、トムがそれだけ私を熱愛しているのだというドラマチックな、いや、ロマンチックな理由だけだった。幽《かす》かに満足感を覚えはしたけれど、どうも私にはしっくりいかなかった。

もうそうだとしたら、トムの純粋な愛に対して、ニューヨークへ出かけて行こうとする私の愛には現実的な理由が有りすぎて、バランスがとれないような気がした。少くとも私自身に、トムのいるところへ行きたいという愛情は無いのではないか。私はメアリイのために、メアリイの幸福を願ってニューヨークへ行くことを決意したのだから。

その日、リー家の冷房のきいたシッティングルームでは、リー夫人の友だちが七人も集って昼食会を開いていた。殆どみんな箱根あたりに避暑に行っていたのが、オフィスの再開と共に東京へ帰ってきて、いまだに暑い日中をこうして暑気忘れをしようというのだった。

おかげで私は忙しくキチンとシッティングルームを往復して、馬鈴薯を揚げたり、ローストチキンを運んだり、スープ皿を下げたり、アイスクリームパイを運んだりすることになった。冷房のきいている部屋とガスが焔を立て油が煮え沸《たぎ》っている部屋とを交互に出たり入ったりすることは、繰返すとおそろしく不気味なものであった。冷房の中にいる間は確かに頭の中まですっきりするけれども、一歩その部屋を出た瞬間に襲われるなま温かい空気は吐き気がするほど不愉快で、キチンで火と向いあって躰中にかいた汗が、シッティングルームでいきなり冷えるのも全身に悪寒《おかん》が走ってやりきれない。

アメリカ女たちは、よく喋り、よく食べ、よく笑っていた。私は肉や野菜を盛上げては運び、空の汚れた皿を下げてキチンに戻りながら、彼女たちの偉大な胃袋にげんなりしていた。あまり食べるので、腹ごなしのために喋るのだろう。彼女たちの話声は必要以上に大声だった。要するに大声を出すことが目的だったのだろうから、話題はなんでもよく、私が何かを運んで行く度に話題は変っていた。流行が変って、スカートが短くなるらしいという話で侃々諤々《かんかんがくがく》と議論しているかと思えば、チーズケーキの作り方にそれぞれの主張を述べ、かと思うと民主党と共和党の内部の話に熱中している。

デザートが終って一同がテーブルから離れ、アームチェアの方へ戻るころには、そのころミシシッピー州で起った黒人の暴動が話題になっていたらしい。私がテーブルの上のものをそっくりキチンへ運ぼうと忙しく往復している間に、こんな会話が断片的に耳に飛込んできた。

「そうなのよ、色つき《カラード》は甘やかすのが一番いけないんだわ。リンカーンの前には、こんなこと起りっこなかったんですもの」

「だいたい平等なんて、考えものなのよ。だいたい使う者と使われる者の間に平等というものが有る筈はないんですもの」

「解放されただけでも有難いと思わなきゃならないのに、彼らはもう奴隷だったことを忘れているんだから困るわ」

「それなのよ、黒人が軍隊に入ったのも今度の第二次世界大戦が初めてでしょう？」

身をのり出して喋り出したのはリー夫人だった。私にとっては耳新しい事実だったのでこのときは聞き耳を立てた。

「色つき《カラード》が名誉あるアメリカ合衆国陸軍に召集されるようになって、確かに彼らは戦争中よく働いたかもしれない。だけど、平和になってからやったことは、どうォ？　司令部は早々に色つき《カラード》を本国に送還して除隊しなければならなかったのよ。なぜだと思う？」

みんなが理由を聞きたそうな顔になったので、リー夫人は得意そうに雀斑だらけの顔をひろげた。

「日本娘と結婚するからよ！　ニグロは多産系だから必ず子供ができるわ。連合軍がどうしてそんな面倒まで見なきゃならないの？　これが理由なのよ！」

それからリー夫人が声をひそめた。

「あの女が、それなのよ！　彼女の娘は色つき《カラード》なのよ！　可哀そうに、騙《だま》されて、子供まで産まされてしまったのよ！　ね、ニグロの兵隊なんて、まったく、なんてしようがないんでしょう！」

みんなの好奇心に輝く視線から逃れるために、私は早々にキチンに姿をかくさねばならなかった。冷たい部屋から熱気の籠った部屋に戻ると、くらくらと眩暈《めまい》を覚えた。

リー夫人の話は矛盾だらけだった。第一、アメリカ兵が日本娘と結婚するのは何もニグロに限ったことではなかったのだ。確かにその数が夥《おびただ》しいものだから軍当局でも驚いて、いろいろ制限を設けて兵役にある者の国際結婚を阻止しようとし始めていたけれども、それに該当したのはむしろ白人兵と日本娘との結婚だったのである。そして白人兵と結婚して子供を産み、彼の招きを信じていた日本妻が、帰国後の彼の住所も分らずにいる例も決して少くはなかった。数を集めて統計することはとても私のできることではないけれども、リー夫人が言う「騙されて、子供まで産まされて」捨てられた日本の女たちは、ニグロよりむしろ白人のために泣かされているのだと私には思われた。アメリカ軍が平和になった日本の進駐軍にニグロを残さなかった理由は、もっと他にあるのではないか。

キチンから戸外へ出るドアは、金網ばりで常時閉めておくようにと言われていた。蝿が入るのを防ぐためである。網戸は虫が入らないかわりに、風も阻んだ。私は蒸室《むしむろ》の中にいるようで次第に思考力を失い始めていた。

シッティングルームとの境のドアを蹴破って叫んでやりたい。

違いますよ、違いますよ、違っていますよ！

私は騙されて、子供を産まされたのではない。トムと私は正式に結婚し、子供は私も決意して産んだのですよ。彼は騙さなかった。彼はニューヨークで私たちが行くのを待っているんです。そして私たちは、間もなく出かけるんです！

あなた方は間違ってますよ。責任感のあるのは、愛情のあるのは、白人よりも色つき《カラード》なんですよ！　あの人たちの方が、あんた達よりよっぽど人間が上等なんだ！

これだけのことを私が大声をあげてニグロなまりの英語で叫んだら、赤毛と雀斑と鳶色の眼をした女たちは飛上って、あの荒れた肌を恐怖でひきつらせるだろう。だが、私は全身を燃やすような衝動を反対側のドアにぶつけていた。私が体当りしたのはシッティングルームとの境にあるドアではなくて、網戸の方だったのである。

午後の太陽が、空からかっと照りつけて、私は均衡を失い足をもつらせ、芝生の上にうずくまってしまっていた。あのアメリカ女の集り《パアティ》に何を怒鳴りこんだところで始まらないという諦めに似た分別が私をどうにもならないほど混乱させたのである。あの思い上った勝手なお喋りをシャットアウトできない口惜しさが、私の身をよじった。この世の中に使う者と使われる者があるのだからという彼らの論理は、そのままワシントン・ハイツのアメリカ人たちとメイドである私たち日本人の関係にも当てはまるのではないか。トムは永遠に夜の雑役夫であり、私は永遠に彼らのメイドであり、そしてメアリイは成人すると同じメイドになって白人にこき使われて生きなければならないというのだろうか。

私は芝生の上に仰向けになって寝転がった。真上では太陽がまっ黄色にぐるぐると光り輝いて、すぐに私の視界を黒く塗りつぶした。瞼を閉じると血の色が透けるのか赤く見える太陽を、私は故意に眼を見開いて、この怒りも憎しみも太陽と対決すれば鎮まるかと思ったのである。隣の家で働いているメイドが、恰度このとき洗濯物を干しに外へ出てきたらしく、私を見つけて駈寄ってきた。

「どうしたの？　大丈夫？」

脳貧血でも起したかと驚いたらしいのだが、私にしてみれば脳に血が溢れたような工合だったのだ。しかし返事をする必要はあった。

「私ね、ニューヨークへ行くことになっちゃったのよ」

あんまり頓珍漢《とんちんかん》な返事をしたものだから、相手は私が気が狂ったとでも思ったのではないだろうか。強い太陽光線に射られた後で、私の眼は視力の方が狂っていたらしく、相手の表情は抽象画のようにしか見えなかった。赤や黒や緑の玉が火花のように飛び交う。

「エミコ！」

キチンから顔を出したリー夫人が喚いた。

「何をしているの！　飲みものが足りないのよ！　コカコーラを運びなさい！　幾度怒鳴れば聞えるの！」

ああコカコーラを……。私はよろめきながらキチンに戻り、まだ色のついた火花が飛ぶ眼を据えながら冷蔵庫から幾本かの瓶をとり出した。次々と栓を抜きながら、メアリイがやったように、この飲料水をリー夫人にぶっかけてやったら、どんなに気がせいせいするだろうかと思った。だがそんなことをするわけにはいかない。ハイツの中で働き先を変えることは簡単だが、新しい家でPXの商品の闇流しを交渉するのは面倒だった。後でリー夫人に密告されたら拘留されてしまう。私は耐えなければならなかった。盆の上に、氷を浮かせたコーラのコップを並べてシッティングルームに入ると、連中の話題はもう評判の映画の方に移っていて、誰も私には見向きもしなかった。

私の手紙に対してトムから返事が来たのは、それから一か月半もしてからであった。

あんまり返事が遅いので私は今になってトムが逃げを打ったのではないかと心配になったほどだ。そうなればそうなったで度胸を据えなくてはいけないなどと思い決めた頃、ようやくトムの手紙が直接私のアパートに届いた。船便だった。道理で遅い筈だ。航空便には切手が不足していたので送り返さずに船便に切換えられてしまったらしい。アメリカの郵便局はなんて不親切なのだろうと私は腹を立てた。

トムの手紙の内容は、もっと腹立たしかった。私から手紙が来たので嬉しいという文句がしつこいほど繰返されてあるばかりで、私たちの渡米について具体的なことは何一つ書いてないのだ。メアリイと二人で撮した写真を送れとか、彼の母親が六十になったが元気だという手紙がアラバマから来たとか、笑子の夢を先週は何回見たとか、気が遠くなるほど暢気《のんき》なことばかり書いてあって、私の質問には碌に答えていない。

私は舌打ちをして、その晩また直ぐに手紙を書いた。

トム。あなたの手紙は船便《シーメイル》で届きました。これからは間違いなく航空便で送って下さい。私の手紙に対する返事がありませんでしたが、この返事には間違いなく書いて下さい。いいですか。①私たちの渡米の手続について、詳しく方法を知らせて下さい。②日本から何を持って行けばいいですか。③アパートの近所にはメアリイの友だちがいますか。④あなたの現在の職業は何ですか。⑤収入はどれだけあるのですか。

右の五つの質問に間違いなく答えて下さい。メアリイと私の写真は、近いうちに送りましょう。

笑子

苛々している証拠に、間違いなくという同じ言葉が三度も出ている。まるで子供に書くような調子だったが、トムが間抜けなのだから仕方がなかった。

しかしこの手紙の返事も船便で来たのだから情ない。前と同じ切手が貼ってあった。それは船便には多すぎるが航空便には少すぎる金額だったのだ。私はトムに郵便局へ行って正確な航空便の値段を訊くようにと書いてやらなければならなかった。

頓珍漢なトムの手紙だけでは埒があかないと思い、私がそれらを持って皇居前の司令部に出かけて行ったのは翌年であった。ニューヨークに行くときめてから、私は半年もトムの手紙で苛々し続けていたのである。だが流石《さすが》に総司令部の中は指令が行届いていた。私はにこやかに専任の事務官《オフィサー》から迎えられ、手紙の一切を聞いた。なんのことはない、最初からここへ来ていればよかったのだ。事務官はトムの住所を私から訊き、それをパタパタとタイプに打って、トムのなすべきサインはこちらで取るからと言って、私の住所もパタパタとタイプした。一か月以内で書類は揃うから、あなたは春には我々の国にいらっしゃれるでしょう。と彼は調子のいいことを言い、私は念を押してトムから司令部へ来る手紙は航空便にするように言ってほしいと頼んだ。彼は連合軍の文書には切手がいらないのだと封筒を示して私を安心させた。

「メアリイ、ニューヨークに行けるのよ。もう百も寝ないうちに行けるのよ」

こう告げたとき、メアリイがどんなに喜んだか。その顔を私は今でも忘れることができない。眼が輝き、唇からは白い歯がこぼれ出て、メアリイにはこの日から明るさが漲り始めたのだ。窓の外から黒ン坊黒ン坊黒ン坊の子供と囃したてる声がきこえても、メアリイは私を見て可笑しそうに笑うようになった。前にはその度に暗く陰惨に黙りこんでしまったのに。

メアリイの変化は私を何よりも喜ばせた。私は間違ったことをしていないのだと確信することができたのである。私はいそいそと「日本を出て行く」準備を始めた。トムは日本から持って行くものについて、またもや要領のえない返事しか寄越さなかった。②とナムバーをふってから、HASHYと書いてあったのには私は少からず悩まされた。それが箸だと分ったときの落胆。私はそんなことでわざわざ二度も質問したわけではなかったのだ。

トムの意見が何一つ当てにならないので、私は私なりの考えから日本を永遠に離れるについて持って行かなければならないものを揃えることにした。第一に私とメアリイの着物と帯。トムの近親に贈るための日本人形と扇子。梅干に塩昆布に鰹節《かつおぶし》。トムの言ってきた箸も塗の箸と割箸を十人前ほど用意をした。それにしても、アメリカでは米が手に入るのだろうか。

リー夫人にそれとなく質問したら、

「南部じゃ米が常食よ。北へ行くと馬鈴薯だけど」

という返事で安心したようなものの、戦争中の外米の記憶が、到頭五升もの米を私に用意させてしまった。

食事の度に私はうるさくメアリイに注意するようになっていた。

「メアリイ、沢山食べておくのよ。アメリカに行ったら食べられなくなるんですからね」

「アメリカに、御飯ないの？」

「こんなおいしいのは食べられませんよ」

「漬物は？」

「分らないわ」

「お醬油も、ない？」

そうだ、醬油も入れなければならない、塩とソースの味つけだけで何日も暮すことなど私には想像もできなかった。

「まるで奥地へ探険に行くみたいだねえ」

と、私の母は私が用意した品々の山を見て呆れたように言った。

「だって皆目見当がつかないのだもの」

「そりゃそうだね、家で洋行するのは笑子が初めてなんだから」

「御先祖さまが吃驚してるんじゃないかしらね」

皮肉で言ったのではなかった。母や妹の態度に殺してやりたいほど腹をたてたこともあったが、いざ日本を出るときまってみると、何もかもが懐かしかったのだ。私は、この国に生れて今日まで二十八年この国に生きてきたのである。その日本から多分永遠に出て行ってしまうというとき、怨みより懐かしさの方が強く大きかった。

出立の日は四月二十七日に決った。大きなトランク三つに親娘の物を詰めて、私たちの準備はその一週間前には完了していた。そんなとき私は、メアリイを見詰めて考えることがあった。この娘は五年この国に生きた。が、間もなくメアリイは日本語を忘れ、日本で暮した生活も忘れてしまうのではないか。感傷だと言って人は笑うかもしれない。だが感傷だとして、それがどうだと言うのだ。祖国を出て行く人間が感傷に溺れることを誰が咎めることができるだろう。私はメアリイを連れて花見に出かけることを思い立ったのだ。それも靖国神社に。

メアリイを連れて外出することは、私は例の経験以来決してしたことはなかったのだが、アメリカへ行く日を近くしてメアリイが喜びに充ちているときなのだ、多少の人々の残忍な眼を彼女は撥《は》ね返す元気があると私は信じた。私はメアリイに白い絹の帽子を冠らせ、出立の日に着せるつもりで用意した盛装をすっかり身につけてやった。

「メアリイ、お花見に行きましょうねえ」

「お花見?」

「そうよ、桜の花が満開だって。桜は、日本にしかない日本の花なのよ。見に行きましようねえ」

「日本の花？　アメリカにはないの？」

「ないわよ」

「アメリカにはどんな花があるの？」

「さあ。マミイも初めて行くんだもの、知らないわ」

「そうね、マミイも初めてね」

メアリイは楽しそうに声をたてて笑った。彼女も花見に出かけるので浮かれているらしかった。私たちは手提袋の中にキャンディやビスケット、サンドイッチに果物と、食べるものを一杯詰めてピクニック気分で出かけて行った。

靖国神社の桜は恰度まっ盛りであった。花曇りの日が続いていたのに、運よくこの日は晴れ上った、暖かい春の陽ざしが辺りを明るく照らしていた。

「きれいでしょう、メアリイ」

「うん」

「見ておきなさいね、これが日本の桜よ。英語ではチェリーブロッサムって言うの」

「チェリーブロッサム、チェリーブロッサム」

「あっちの方の色の濃いのが八重桜よ。まだ少し早かったわね」

「うん」

「ほら、こっちで散ってるわ。きれいねえ、花吹雪って言うのよ。言ってごらん、はなふぶき」

「はなふぶき」

幼いメアリイにはそれほどの感動はなかったようだが、私はといえばこれは全く夢中だった。

花見などという優雅な習慣は、もともと私の家にはなかったし、戦争中から戦後の今日までにはとてもそんなことを思いつく余裕もなかった。それが俄かに思い立って、私もメアリイも生れて初めての花見をしているのだ。

桜の花は間近く寄ってみると花びらの肉も色も繊細で痛々しいほどデリケイトだったが、少し離れてみると花霞とはよくも言ったものだと感心させられる。花が夢のように白く淡く煙り立つのだ。こんなあえかに美しい花の眺めが、この日本以外の国にあろうとは思われなかった。日本は花の中に埋もれて、日本に生れて生きた幸せを味わいたいと思った。日本は美しい国だった。日本はいい国だった。ただ私にとっては運悪く住み難い国になってしまっただけなのだ。

「メアリイ、あの大きな鳥居の向うには戦争で死んだ兵隊さんたちが祀ってあるのよ」

「………」

私の指さす彼方の遠い社殿を眺めても、メアリイは少しの感動も示さなかった。私は、ややしばらくして胸を衝《う》たれるように悟っていた。

この子の人生は、戦争の終ったところから始まっているのだ、と。

ベンチに腰を下して、私たちは持ってきたものを展げ、花見酒の代りにコカコーラの栓を抜いた。サンドイッチを食べ、林檎を齧り、メアリイと私は意味なく顔を見合わせてはほほ笑みあった。春うららの午後、花見がてらの逍遥《しょうよう》に来ている人影は少く、彼らは私たち親娘を見つけるとしばらく奇異の眼を瞠《みは》って立ちつくしていたが、今日の私たちにはそんなものはそれほど気にならなかった。春風に吹かれながら、私たちは実にのびのびと幸福な呼吸をしていた。

夫の待つアメリカへ出かけるといえば人は国際結婚の華やかさを想い、春の空に銀の翼をひろげた飛行機の旅行を考えつくだろうが、連合軍が私たちのために用意してくれたのは貨物船だった。トムが乗ったのと変りのない野暮ったい船にのって私たちは横浜を出航した。

見送りには母が来た。妹の節子は来なかった。彼女は餞別も寄越さないほど徹底していたが、母の方はいざとなってから私との別れが辛くてたまらなくなったらしく、出立準備を始めた頃から私の傍にうろうろして、一刻でも長く顔を見ていたいという様子だった。いよいよ船の見える埠頭に立ったときには滂沱《ぼうだ》と涙を流し、

「笑子、水が変るから、躰は大事にするんですよ。偶《たま》には手紙もおくれねえ」

と跡切れ跡切れに言い続けた。

申訳のないことだが私は詠嘆というものを好まない。母の涙は私に早く出て行きたい

と思わせただけだった。水が変るからとは、また古い挨拶を言ったものだと、私は内心おかしくなったほどである。別れの場面は私に反撥を起させるばかりで、昨日まで懐かしみに懐かしんでいた私の気持は、これできれいさっぱり清算されてしまったようだった。

「メリーちゃん、元気でね」

だがメアリイも淡々として答えた。

「おばあちゃん、さようなら」

船が埠頭を離れると、間もなく私はいつまでも祖母に手を振っているメアリイをうながして船室に入って行った。

船室――。それは窓の少い船底のような暗い部屋であった。寝返りもうてない小さなベッドが八つ、備えつけられていた。二つのベッドが二階式一組になっているのである。その部屋の中に、その日から長い間顔を突き合わせて暮すことになったのは、私を含めて七人の日本の女たちであった。三人は留学生だった。この人たちは忽《たちま》ちグループを作って、他の四人とは種族が違うという顔をし始めた。

後の四人のうち三人が子持ちだった。一人は薄茶色の髪と碧い眼を持った男の子を連れていて、トランクの名札にはシマコ・フランチョリーニと書入れてあった。背が高く、丸い顔に釣上げて描いた眉毛がいかにも似合わなかったが、ひどくとり澄ましていて、私を最初に認めてメアリイに眼を移したとき、

「アウ……」

アメリカ人と同じような小さな驚きの声をあげ、肩をすくめてから私たちを黙殺した。

子供を連れてないのは麗子・マイミという名前だったが、これは掃溜《はきだめ》に鶴が舞い降りたように美しい若い子だった。二十歳を過ぎたばかりではないだろうか。色白で髪が柔かく、眼が大きく、着ているものも上品で、どこから見ても「いいとこのお嬢さん」という感じだった。礼儀作法も心得ていて、志満子のように傲然《ごうぜん》とするどころか、私と最初に目があったとき、白い糸切歯を出して品よく頰笑みながら会釈をしたところなどまるで宮さまのようで、私は感動したくらいだった。留学生の誰よりも優雅で、好感が持てた。こんな粗末な船旅をさせるのは痛々しいようにさえ思われた。

最後の一人は、これは凄かった。

「私、竹子・カリナンと言いますねん。あんた、ジャクソンちゅう人もニグロなんやろ？　うっとこのォも黒《くろ》やねん。よろしゅう頼みますわ。仲良うやりましょう」

いきなり大声でこう話しかけられた時は、流石の私も咄嗟には返事もできないほど驚いた。

竹子の子供はメアリイより一つ年上の男の子だったが、この子の黒さといったら、これはもうメアリイの比ではなかった。炭団《たどん》のようにとか、鉄瓶のようにとか、色の黒さを例える文句があるけれども、本当にその通り黒いニグロというのは滅多にあるものではないのだ。母親の猛々しさに較べて遥かに内気な子らしく、彼は私の視線を受けても怯えた眼をした。だが、彼がメアリイを認めたとき、その眼は蘇生したように喜びの輝きを持ったのを私は見逃さなかった。

「ケニイ、ガールフレンドが出来てよかったなあ、さあ、握手《シェイクハンド》しなあ。さあ、手ェ出さんか。ケニイです。よろしくって言うんや。だらしのない奴やな。それでも男か！」

母親にけしかけられて、ケニイはおずおずと片手を差出した。メアリイはためらいもなくその手を握り返した。

「メアリイって言います、よろしく」

私は竹子とケニイの顔を等分に見ながら、メアリイに代って挨拶をした。メアリイに初めて同じ年頃の友だちが見つかったのだ。私は嬉しかった。メアリイがすぐにケニイに自分の玩具を差出し、ケニイの持物であるピストルを珍しそうにいじり始めたのを見ると、ああ、やっぱりアメリカへ行くことは、メアリイのためにいいことだったのだと肯くことができて、何より有難かった。

志満子の子供のジャミイが空いている二階のベッドを占領したので、竹子も私もそれぞれの子供を、狭いベッドの中で抱いて寝ることになった。その夜、私はメアリイの耳に口をあてて、

「よかったね、友だちができて」

と言うと、メアリイも同じように私の耳に口を寄せてから、

「マミイ、あの子、黒いね」

と言って私を驚かせた。まだ幼いメアリイは、自分の姿に充分気がついていないのか、それとも早くも肌の色を見較べてそういうことを言ったのか、私には分らなかった。

船の中の生活は時間通りに食事の知らせがあるだけで、見渡せば青い水ばかりでそれを見倦きれば、あとは単調なものであったのだが、竹子・カリナンのおかげで私たちは少しも退屈することがなかった。

竹子が気のいい女だということは間もなく分ったが、万事が闘争的で、およそ我慢などということは生涯するまいと心に決めているらしかった。彼女はまず留学生たちのエリート意識がむやみと腹立たしく思えたらしく、彼女たちが私たちを避ければ避けるほど猛り立って喧嘩を売りつけるのだ。

「なんや、その、私たちは特別でございますちゅう構えは。留学生がそんなに偉いのか？　学問する人間は、並の者《もん》と口もきけんというのか？」

留学生たちは眉をひそめ、互いに呆れ果てたという表情をかわし、竹子を黙殺することにしようと首肯きあっていた。いよいよ我慢のならないときは、

「ディスインテリって、あんなに低級とは思わなかったわ」

「あんなのがニューヨークへ行くんだなんて、国辱ものね！」

吐き捨てるように言い放つ。

これは勿論竹子の耳には聞えなかったけれども、彼女たちが思っていることは外に現われない筈はないので、竹子が鎮まることはなかった。

「へ、たんとすかしていたらええわ。そんな気ィでアメリカへ行ったらな、たちまち足を掬《すく》われるで。白人にひっかけられて、子供を孕《はら》むのがオチや。気ィつけえや」

「なんだって！　も一度言ってごらん！」

方向違いから金切声が起った。志満子が吊上った眉を更に吊上げて上のベッドからスカートを蹴立てて駆下りてくると、竹子の前に仁王立ちになった。

竹子もこれには呆気にとられた形で、

「あんた、どないしたんよ。私は留学生に文句言うてるんやで」

「誰に文句を言っても勝手だけど、私に当てつけることはないでしょ」

「なんであんたに当てつけるかいな」

「おだまり！　白人と結婚したのがどうだっていうのさ」

ようやく竹子は気がついて笑い出した。

「あんたが怒ることはないやないか。ちゃんと結婚して、旦那さんに呼ばれて行くんやろ？　ほな、ひっかけられたんと違うやないの。それとも、それでも差しさわりのある経緯でもあったんかァ？」

「なんだって！」

「白人と結婚した日本人の女は、肩身狭うに暮さんならんそうやで。そこへ行くと私らは大威張りの嬶ァ天下でいられるさかいな。なあ、笑ちゃん」

賑やかに渡りあっている中に、私は参加するつもりはなかった。それどころか、美人の麗子・マイミが航海第一日から船酔い気味で、蒼い顔をして食事もすすまないのが、私には一番気がかりだった。

5

私たちの船の進行経路について書いておく必要があるかもしれない。日本より東にあるアメリカへ向う筈の船は、反対側の西へ西へと航海を続けていた。印度洋から紅海へ入り、アフリカ大陸の北端をかすめて、大西洋へ出る予定であった。アメリカ大陸の東海岸にあるニューヨーク港を最終目的地として、船は殆ど世界一周をしていたのである。だが折角の機会にも私たちには世界各地の港に上陸する資格を与えられなかった。南の海を私たちは甲板に出て眺めるだけで、熱帯の太陽にじりじりと肌を灼かれていただけである。

メアリイはみるみる黒くなった。日本にいたときは日の照る戸外へ出る機会がなかったので庇護されていた肌が、退屈と運動不足を恐れて甲板へ出る毎に、太陽光線を健康に吸い尽した結果であった。それでも親の欲目かケニイよりは白く思われ、黒よりはセピア色だと私は自分を慰めていた。何しろケニイの黒さときたら全くのアフリカ並みだったから。

メアリイとケニイは一刻も離れていられない恋人同士のように仲がよかった。友だちに飢えていたということがありありと分るように、それはもう必死の仲とも見えた。子供同士にはつきものの喧嘩などというものさえしたことがない。女性優先の国の風がもうこの子たちの上に現われているのか、一つ年上のケニイは、メアリイの従者のように仕えていて、メアリイはまた貴婦人のように澄ましてケニイに人形を運ばせたりしていた。

竹子はそんなことは一向かまわないらしく、子供が満足して暮している様子に、私同様ほっとしているらしかった。

「なあ、日本の子には揶揄《からか》われたり、苛められたり碌なことがなかったのに、ほんまによかったわ」

「メアリイも初めてお友だちができて、随分明るい子になったわ。おかげさまで」

「水臭い挨拶は無しにしましょやないか。お互いに似た人生を歩く者同士や。そやけど、あの黒い子ォ見ていると、運命ちゅうものは、不思議なものやと思いませんか、あんた」

「ええ。子供がいなかったら、とてもアメリカへ行く気を起していないと思うわ、私も」

「あんたもか。私もなあ。こんな黒いの出来てしもたさかい、しやない思うて、清水の舞台を飛降りたんや。ほいでも、アメリカは広い国やさかい、なんど面白《おもろ》いこともあるやしれん。私はな、ニューヨークについたら、あんまり黒に惑わされんと、ええ目ェ見たろうと思うてるんや」

竹子が夫であり子であるニグロのことを、黒、黒、と言うのにはその都度私はギクリとしていた。彼女はケニイを抱きあげたときでさえ平気で、ほんまに黒い子やなあ、などと言うのである。しかし彼女の口調には黒を侮蔑した響きはなかった。ケニイは馴れっこになっているのか辛そうな顔もしない。これも見事な生き方だと思ったが、生れつきの性格によるものだろうから、私に真似のできることではなかった。

志満子の子供のジャミイは、もやしのようにひょろりと背の高い子供だったが、年はケニイより一つ二つ上というだけだったのだろう。同じ子供同士の友だちが欲しくない筈はなくて、時折母親の眼を盗んでは甲板に駆上ってきて黒い二人の仲間入りをした。ケニイもメアリイもむっくり肥っていたが、その中に入った瘦身のジャミイがおずおずと二人に気がねしながら玩具を弄《いじ》っているのは奇妙な光景だった。竹子も私も顔を見合わせて、複雑な微笑を交換しあった。

志満子の方ではジャミイがニグロの子と遊ぶことを快く思わない。かねて口喧《くちやかま》しく言いきかせていたから、志満子の姿を見つけると、どんなに楽しく遊んでいるときでも眼から全身に電気が走るように四肢を硬直させた。

「お帰り、ジャミイ。こっちへ来るんだってば。分らないのかい？」

志満子は英語で喚き、ジャミイはバネ仕掛けの人形のように飛上って走って行ってしまう。私は前から気がついていたが、ジャミイは日本語が全く通じないらしく、ケニイやメアリイに話すのにもその点で大分おどおどしていた。母親が徹底して英語で教育していたのである。

　それにしても折角楽しく遊んでいる子供を友だちからもぎとるような母親は酷《むご》く、ジャミイも哀れで私は胸がつかえたが、

「白人の家の犬みたいなもんやな、あの子。英語やなけりゃ通じへん」

　竹子は、せせら笑って見送っていた。

　私は子供の監督を彼女に任せて甲板を降りた。ジャミイが折檻《せっかん》されるようなら止めなければならないし、麗子の容態も気になっていた。

　志満子は大声でジャミイに絵本を読んでやっているところだった。ジャミイのような細い子には日光浴や運動が大層必要なことなのに、暗い船室に閉じこめるからいよいよもやしのようになってしまうのだと思ったが、言えば嚙みつかれるから言うわけにはいかない。

　私は麗子の寝ているベッドに寄っていった。麗子は私を認めると、慌てて何かを机の下にかくし、はにかんでみせた。

「どう、麗子さん、今日は顔色がいいみたいね。晩御飯には起きてみたら」

「ええ。馴れて来たのね、きっと。笑子さんには本当にお世話になってしまって」

「水臭い挨拶は抜きにしましょ」

　私は竹子の台詞《せりふ》を借用して笑ってみせ、麗子の足許に腰を下した。

「何をしていたの」

麗子は含み笑いをしながら、枕の下から、かくしたものを引出して私に見せた。赤皮張りの携帯用写真立てだった。

「まあ、これあなたの旦那さん？」

首肯《うなず》く麗子の眼が幸福そうに輝いたのを私は見逃さなかった。次の瞬間、私は惹きこまれるように写真に見入っていた。麗子の夫であるマイミ氏が、USアーミイの制服姿で麗子と並んで立っている写真が一枚、彼一枚だけの半身像が一枚。麗子と一緒の方は白い綺麗な歯並びを見せて笑っていたが、半身像は真面目に唇を結んで、真正面からこちらを見ている。

「まあ、なんて美男子なの！」

私は吐息のかわりにやっとこれだけのことを言っていた。私はこれまでに、こんな美しい男性を見たことがなかったのだ。細面で鼻が高く、若い頃の上原謙のように整った顔だちの中で、眼がもっと大きく情熱的に輝いている。こんな眼に見詰められたら、女の躰は溶けてしまうのではないだろうか。こんな男を愛してしまったら、世界の果てへまでも追って行く気になるに違いない。

子供もいないのに、麗子がアメリカまで出かけて行く気になった理由が私にはこのとき判然としたのであった。この青年と美しい麗子のカップルこそ、内裏雛《だいりびな》の一対のようにもっとも似つかわしく思われた。ここには何か運命的な国際結婚というものの翳《かげ》もなく、幸福だけが在るように見えた。

私もトムの写真を持つだけは持っていたが、航海中に肌身離さず持って時折眺めては心で話しあうことなど、考えたこともない。私がアメリカへ行く理由はトムよりメアリイにあり、夫に対する限り私は純粋でないことが反省された。麗子は純粋に夫を愛して船酔と闘っているのであり、彼女の夫もまた美しい麗子に相応しい美しい男性だった——私は、この美しい幸福な人と旅を共にすることだけでせめて自分を洗ってみようかという気になっていた。こんな崇高な考えを起したのは、トムとの結婚式以来である。

私は暇を見つけては麗子と話しあった。麗子が私より遥かに若く、やっと二十《はたち》になったばかりだということを、こうして知った。彼女は十八歳の秋に結婚したというのだ。彼からの手紙も見せてもらったが私にはまったく読めなかった。

「スペイン語なのよ」

と、麗子は笑った。

「あなた読めるの？」

「勉強したわ。だから、少しなら」

私は感激した。アメリカの上流階級は、社交界ではフランス語やスペイン語で語りあう習慣があるという知識を少々持ちあわしていたからである。私は麗子が、下町のかなり大きな菓子屋の一人娘だということも聞かされた。かなり名の通った老舗《しにせ》だから、婿をとるのに何の障りもあるまいと思われたが、それにしてもアメリカの富豪の息子との結婚は玉の輿《こし》と考えられないことはなかった。その為か彼女たちの結婚に誰も異を唱えた者がないという話だった。

どうして金持の息子の妻である麗子が、飛行機で飛べば簡単なのに、こんなむさくるしい船旅を続けているのかという疑いが起らないでもなかったけれども、なんでもアメリカでは親子の間でも金銭問題がはっきりしていて、金持の息子でも財産を継ぐまでは質素な生活を送るものだと聞いたことがあったので、マイミ氏もきっとそういうしっかりした家の後継ぎなのに違いないと私は一人勝手に思い決めて安心していた。

風の入らない暗い船室で、熱帯を行くのは蒸し釜の中で暮すようだったが、竹子と志満子が時折猛烈な喧嘩騒ぎを起すので、退屈で死にかけるのからはようやく救われていた。それでも健康に悪い環境は避けようがなく、麗子はどんどん痩せていった。志満子も苛々と憔悴《しょうすい》して眼のあたりが険しく、私も食欲のない日が続いたが、元気なのは相変らず竹子で、

「さ、一日蒸されたら躰に悪いよ。デッキへ出て深呼吸しよう。さ、ごろごろ寝てたら工合が悪うなるばかりやで。デッキで体操や、体操や」

と全員を叱咤《しった》激励した。

子供はジャミイがすっかり勢をなくし、手足がいよいよ細長くなってしまった。よく夢を見るらしく、夜中に泣き出しては留学生たちに舌打ちされたりしていた。メアリイとケニイは、これは大人たちを尻目にケロリとして遊び廻っていた。

「アフリカの血ィが混ってるさかいな、暑さには強いんやな。はんぺんみたいな白とは出来が違うんや」

竹子が誇らかに大声でこう言った。

この長い航海中、私がほとほと呆れてしまったのは三人の留学生たちの態度である。誇り高き彼女たちは、二か月にわたる長い共同生活の間に遂に一度も私たちに打解けた様子を示したことがなかった。病気になっても三人で助け合って私たちの助力を拒んだし、いつも三人でかたまって本を読んだり、英会話の練習をしたりしていた。志満子が仲間に入れてもらいたがって、英語を小耳に挟むと彼女もH音を消したり、T音を弱めた白人特有の英語でニコニコと話しかけたりしたが、全く黙殺された。ましてニグロの子を持つ竹子や私などが存在も認められなかったのは当り前というものであったろう。船の中にはアメリカ人の水夫たちが多く、いろいろ話しかけてくる男たちがいたが、彼女たちはその英語が下品で知性が乏しいと言って蔑《さげす》んでいた。三人とも銘々に分厚い原書を一冊ずつ持込んでいて、上陸までに読破することを目標としていたが、船酔や暑熱で思うように進まなかったらしく、大西洋に出るともう半分徹夜で書物と首っぴきの生活になった。それは試験の迫った女学生たちのガチ勉に似て、ただただ滑稽な光景でしかなかった。こういう女が得てして竹子の言った通り、色魔に血道をあげて莫迦な目を見るのかもしれない。

ともかく、こういう排他的で可愛げのない女たちに、アメリカの学問の神さまのお恵みがあるなどとは私にも考えられなかった。

船が遂にニューヨーク港に到着したのは、六月中旬のある午後であった。下船の準備は朝の暗い内から終ってしまって、私たちは昼食を摂るのも忘れて甲板に上っていた。遠く霞のかかった高層なビル街が見えてくると、私たちは興奮し、夢中で喋り出したり、かと思うと思いが少しも言葉にならなくなって胸を熱く膨らませるばかりで、涙ぐんだりしていた。

ふと、トムが来ていないのではないか、という気がしてきた。航空便のやりとりだって、あれほど頓珍漢だったトムだ。船の名前か到着日程をとり違えることだって無いとは限らない。目ざすニューヨークに着いたは、夫は迎えに来ていなかったはでは、不馴れな私とメアリイはどうすればいいのか。私は不意に心許なくなり、おろおろし始めた。竹子はブルックリンに住むという話だったから方向違いだったが、考えてみると麗子の彼の住所は確か八四丁目だったから、トムの一二五丁目とは四〇丁違いで、そこまで連れて行ってもらえれば後はなんとか辿りつくことができるだろう。私は麗子の傍へ飛んで行った。

「麗子さん、あなたの彼氏に紹介して頂だいね。家が近くなんだから一緒に帰れるんじゃないかしら。頼むわね」

麗子は水色のレースのワンピースに着かえて、この日殊更に﨟《ろう》たけて美しく見えた。もうじき愛する人に会うのだという喜びが、俄かに彼女の全身を蘇生させたのかもしれない。あのつぶらな瞳が活き活きと輝いていた。

「ええ、いいわ」

竹子も落着いたらすぐ連絡すると言っていたし、二か月近い旅の間に友だちができて、ニューヨークに全く知人がいないというわけではなくなったのが、この船での収穫だったと言えるかもしれない。それにしても金持の麗子の家が、私のところから歩いてでも行けるほど近いというのは、なんて有難いことだろうと、私は心丈夫に思った。私は明日からでも働きに出ることになるだろうが、麗子の方は当分新婚気分で暮すのだろう。同じ船の中で、同じ物を食べて暮した生活も、後で振返ってみれば夢のような出来事になるのかもしれない。

私の心配は杞憂《きゆう》だった。トムは、来ていた。桟橋の上では、木綿の青いズボンをはき、黄色いシャツを着た彼はひどく目立っていて、私が手をあげると間もなく彼も此方を認め、

「笑子！　メアリイ！　ヘーイ！」

白い歯を剝き出して両手を振った。

「ダディよ。メアリイ、あれがダディよ。あなたも手を振りなさい」

二年も前の記憶は、五歳のメアリイには残っていなかったが、彼女は私の言葉通り、おずおずと片手をあげた。

どんなに冷静に構えていても、再会というものはやはり劇的だった。あの長い暑苦し

い不快な船旅も、そのために一層の効果があった。私のような女でさえ、トムに抱きしめられると涙が溢れて止らなかったのである。メアリイはと言えば、泣いている私と、たえず愛の言葉と接吻を浴びせかける黒い父親とに、心底からたまげたようだった。眼をぐりぐりと瞠ったまま口をきかなかった。

「到頭《アット・ラースト》、到頭《アット・ラースト》やって来たね！」

トムは片手でメアリイを抱き上げたまま、残る片手で私を胸の中に押えこみ、同じ言葉を繰返した。

どこでも同じことが起っていたのかもしれない。下船する前までは、あんなに約束していたのに、誰も碌に自分の夫を先刻までの旅友に示して挨拶するものがなかった。誰も彼もが自分たちの再会に陶酔していた。留学生たちが私たちの熱狂的な抱擁に対してどんな視線を投げて行き過ぎたか、私も気がつかなかった。

三つある大きなスーツケースと、頭《ず》陀袋《だぶくろ》のような手提と、メアリイの玩具や人形を入れたバスケット――これが私たちの荷物の総てだったが、私たちがそれらをどういう工合にハアレムのアパートに運びこんだかは、書いておいた方がいい。スーツケースは、何しろ米や鰹節などまで詰込んであったので、私なら両手でよいしょとかけ声をかけて、やっと一つを床から十センチも持上げることができるという程の重さであった。トムはそれを、一人で一度に三つとも抱え上げたのだ。一つを小脇に、あと一つずつを手で下げて、トムは私たちを顧みると頤をしゃくって歩き出した。歩くのだけがやっとで、もう口はきけないのであった。私は急いで手提とバスケットを片手で持ち、片手でメアリイの手をひいて後を追った。

インデペンデント・サブウェイ・ラインで——と英語で言えば洒落て聞えるかもしれないけれど、要するに私たちは地下鉄に乗ったのである。この地下鉄の凄じさは私のような田舎者の肝を奪うのに充分だった。

これがアメリカなのだろうか、本当に……？

私は疑わしげに、大きな音をたてて、ゴトンゴトンと揺れながら走る電車の中を眺めまわした。何十年前のものと思われる古ぼけた車体。打っても叩いても壊れそうにもない頑丈そうなドア。にもかかわらず半開のままで動きもしないドアや、閉まりっぱなしで停車する駅ごとに外や内の人々が一度は開けようと取組んでは、やがて諦めて他のドアへ走ってしまうというドアもあった。煤《すす》けた窓ガラス。粗末な木椅子。日本の電車ほど混んでいないだけが見つけものだったが、それにしてもなんという索漠とした地下鉄だったろう。停車するどの駅も、薄暗く灰色で、乗込んでくる人々はどれも例外なく粗末な身装りだった。メアリイは、ニグロが乗込んで来る度に、眼を輝かした。彼女は間違いなくアメリカに来たことを認めたのかもしれない。

だが、私はずっと当惑し続けていた。

ニューヨークの地下鉄は深い。穴ぐらから出てきたような思いで土の上に這上ると、トムはまた顧をしゃくって歩き出した。一刻も早く重い荷物から解放される為に一分でも早く私たちのアパートに着かなければならないと思っているらしい。私は小走りでメアリイを急《せ》きたてて通りを渡った。

ハアレムと呼ばれている区域は一二五丁目から一五五丁目までの、東西にまたがる広いところだったが、そこへ一歩踏みこんだ私は、辺りの光景にしばらく呆気にとられていた。貧民窟！　言ってしまえば、それであった。灰色の建物はビルらしい建築で十階近くまで聳えたっていたが、窓という窓から溢れるように様々な色彩がだらしなく垂れ下っていた。それらは洗濯物を干しているのであったり、家具が覗いているのであったり、ニグロのお婆さんや子供たちがぼんやり日向ぼっこをしているのであったりした。何をしているのか、街路にもニグロがごろごろしていて、通り過ぎる私たちを疲れた眼でじろりじろりと見る。

これがアメリカなのだろうか、本当に……？

絵葉書などで見たニューヨークは、まるでお菓子で作ったような形のいい美しいビルが立並んで、空も青ければ街行く人々はトップモードで身を包み、華やかで豪華な雰囲気が充満した都会のように思われたのに、私のアメリカ第一日に見た総てのものには、その片鱗さえなかったのである。

私たちの家は――地下室だった。

何十階建てのビルが並ぶ大都会の中で、誰が地下室に住むことなど予想できただろう。私は胸の潰れるような思いで、ハアレムの中の灰色のビルの一つの前で、階段を降りて行くトムの後に従ったのであった。

　地下室という言葉は、正確には半地下室と呼ぶべきかもしれない。トムのささやかな名誉のために、もっと詳しく説明しておこう。それは下半身だけ土に埋った家のようなものなのであった。金網を入れてかためたガラス窓が通りに面しているので、家の中に電気をつけなくても、なんとか鈍い明りが漂っている。鰻《うなぎ》の寝床のように細長い部屋が一つと、その奥に狭いキチンと便所がある――というのが私たちのつまりこれから親子三人が暮して行くアメリカの城なのであった。

　粗末なベッドが一つとソファが一つ。これが家具の総てであった。食事をするためのテーブルも椅子もない。

「マミイ、船の中と同じだね」

　これがメアリイの洩らした感想であった。天井も低く、薄暗く、かすかに腐臭が漂うところもそっくりだった。あのうんざりした長い船旅をこんなに早く思い出そうとは思わなかった。

　メアリイが何を言ったのかとトムが訊ねたので、私は、これが私たちの家なのねと言ったと答えた。意訳したつもりであった。ところが、何を勘違いしたのか、トムはそれで口火が切れたように、この部屋を見つけるまでどれだけの苦労をしたかという話を滔々《とうとう》と始めたのである。

「運がよかったんだよ、全く運がよかったんだ。マリリンが、覚えているだろう、僕の従姉だよ。色が白くて、金髪の美しい従姉さ。そのマリリンが離婚したんだよ！　マリリンに日本から家族が来るから部屋を探してると言ったらね、私の部屋が空くから、いらっしゃいと言ってくれたのさ。男が出て行かないので、マリリンが飛出したんだよ。後の権利は僕が持ったものだから、奴め、一人で頑張ってるわけにはいかなかったのさ！　渋々出て行ったよ、このベッドを残してね」

トムの自慢であり、ジャクソン一族の誇だというマリリンも、こんなところに住んでいたのでは大したことはなかったのだなと、私は改めて発見していた。

薄暗い台所で、でこぼこのフライパンを使って、私はアメリカ第一日の夕食の支度をすることになった。日本から米を持って来たというと、トムはひっくりかえるほど喜んで、醬油も持って来たか、では鶏卵を買って来ようといって飛出して行った。

米をとぎ、水をしかけて、ガスに火を点じながら、私は麗子が、あの美男の夫に迎えられて、キャデラックのオープンカーぐらいに乗ったまま、颯爽と新居に着いたところを想像していた。

船の中の変化のない食事に倦き倦きしていたメアリイは、米の飯が炊き上ったときには初めて喜びの声をあげた。箸をくばり、口の広い空瓶を茶碗代りにして白い御飯を盛上げると、トムも、

「ゴハン、ゴハン」

と言って喜び、コーヒーカップに鶏卵を割込み、醬油をさして掻きまわすと、それを

飯にかけて食べ始めた。焼海苔《のり》と、昆布の佃煮と日本茶——これがアメリカでの最初のメニューになろうとは私は考えたこともなかった。生卵を飯にかけるなどという最も日本的な食事に吾を忘れているトムを見て、私はひどく味けない思いだった。家の中は風通しが悪く、船の中と同じように暑苦しかった。私だけは食欲がなく、すぐ箸を置いた。

それでも不機嫌に黙っているわけにもいかず、私は喋りだした。

「船の中で友だちになった人が、やっぱり戦争花嫁《ワーブライド》だけど、家が近いらしいのよ。八四丁目ですって。トム、その辺にはお金持の家があるの？」

トムは箸の先の飯粒をなめながら、番地は？　と訊いた。

「ウェストの一五〇番地だと思うけど」

そのときのトムの眼に浮かんだ侮蔑の光は私をはっとさせた。彼は鼻をならして嘯《うそぶ》き、

「ふん、碌なところじゃないさ」

と吐き捨てるように言って、また飯をよそった。彼はまるで飢えてでもいるように、食べることに夢中になっていた。

麗子の家の辺りの話が、こんな工合にトムに一蹴《いっしゅう》されてしまったのには驚いたけれども、金持が貧乏人を毛嫌いするように、貧乏人も金持を理由もなく憎むことがあるものだから、きっとトムも私と同じ船できた日本の女が金持の家に納まった事実に男として腹立たしさを感じたのだろうと、あとで考えて見れば私もとんでもない誤解をしたものだけれども、ともかくそのときはそう納得して、いろいろ様子が分って落着くまでは、

これはとても麗子に会うどころではないと思ったのであった。

満腹すると、トムは無邪気に眠いと言って、ベッドにひっくり返るとすぐ寝息をたて始めた。メアリイはしばらく私について歩いて、狭い台所をこわごわ覗いたりしていたが、私がトランクを開けて中のものを取出しながら、ふと気がつくと長椅子の上で静かに眠っていた。私はトランクの中から、皺だらけのワンピースをひきずりだしてメアリイの上に毛布がわりにかけてやった。

台所へ置くものと、とりあえず夏服だけを全部出して、あとは元通りにトランクにしまいこんだ。さて、それから考えてみると、この家の中には洋服箪笥がない。私は家中のドアというドアを開けてみた結果、半間の押入を二つ見つけた。雑然と物を抛りこんであり、トムのズボンやシャツがくしゃくしゃのままでドアの裏側の釘に掛けてあった。中にロープを張って、洋服掛けを買い、この押入れを造りつけの洋服棚にしようかと、私は明日からの働く予定を立てていたが、疲れているせいか、それは決して楽しい予定とは思えなかった。

半分土の中にめりこんだ家は暮れるのも早く、私が手を束《つか》ねている間に部屋の中はまっ暗になってしまった。私は、所在なくぼんやりとトムの寝ているベッドの端に腰をおろした。

暗い中からトムの腕が伸び、私の身を引倒した。待っていたように私は応じた。同じ部屋の中にメアリイがいることを意識して、これからこうして娘に気づかいながら愛し合わねばならないのかと思った。頼りになってもならなくても、私にはトムしか頼る相手がいなくなったのだという気持が悪阻《つわり》のように喉許から突上げてくる。トムの体臭は、日本で覚えたものより更に強烈だった。青山のアパートでの贅沢な暮しは、思い出すこともできなかった。ベッドのマットは凹凸がひどく、ごつごつと背中に当り、こらえきれなくなると私は呻き、その都度慌てて息を止めた。

汗にまみれた躰を離して、私は顔を上げた途端、汗が氷になって皮膚にはりついたような気がした。メアリイが起きている。長椅子の上に起上って、闇の中の猫のように息をひそめている影が見えた。私はベッドから飛下りるとキチンに駆込み、水道の蛇口をひねり、水音たてて顔を洗った。手に触れるタオルで拭ってから、思いついてまた掌に水を受けて一口飲んで、私は顔をしかめた。まずい。横浜の埠頭で母親が水が変るから気をつけてといったのを思い出した。確かに水が変っている。船の中で飲んだ水だって、こんなにひどくはなかった。朝早くカルキの臭気の強い東京の水だって、こんなに嫌やな味ではなかった。これはメアリイにはとても飲ませることのできない水だ。アメリカ人がコカコーラをガブガブ飲むのは、こんなひどい水しか持たないせいに違いない。水が変った。私は確かにアメリカに来ているのだ。考えてみれば、この苦い水が、私がアメリカに来て初めて口にしたアメリカの味だった。

「トム、どうやって電気をつけるの？」

私は、わざと大声を出して訊いた。

「今つける。ちょっと待ってくれ」

トムは起上って、暗い中で身ごしらえをした。彼もメアリイの存在を意識しているのに違いない。急に電気がつくと、部屋中が黄色く染まって現われた。裸電球が一つ、天井に心細く輝いている。夜になってみると、部屋はいよいよ船の中に似てきた。急に明るくなったのに、メアリイの眼は瞬きもせずに、とろんと力なく私たちの顔を交互に見較べているようだった。私はわざとメアリイを黙殺し、構ってやらなかった。夫婦の当然の行為を娘に恥じるのは嫌やであったし、わざとらしく話しかけるのは面映ゆかった。トムはキチンで（この家には洗面所がないので洗面も洗濯も、後には入浴もキチンですることになった）顔を洗い、髭を剃り始めた。

私はこちらの部屋から大声でひやかしてやった。できるだけメアリイの関心を別のものに向ける必要があったのだ。

「ダディ、今ごろから、おめかしなの？」

「うん、行かなくちゃならない。遅れたら大変だ」

彼の返事は私を驚かせた。

「まあ、行くって、何処へ行くの?!」

「病院さ」

彼が夜勤の看護夫であることを私は忘れてはいなかった。が、しかし妻と子の歓迎のために今日一日ぐらいは休んでいるものと思い込んでいたのだ。

「十一時までに着かなきゃならないんだよ。朝の七時に帰ってくる。ゆっくり眠りなさい。眼が覚めたらいいことがあるよ」

トムは白い歯を見せて笑った。

「今日は給料日《ペイデイ》なんだ！」

まあ嬉しいと私が手を叩いて、彼の首っ玉にかじりつき、接吻をして彼を送り出すのが、この場合に最も相応しい妻の動作だったかもしれない。だが、私は反射的に、最も現実的な質問をしていたのだ。

「あなたの月給は幾らなの、トム」

「週《ウイーク》三十二ドルだよ」

そう返事をすると、トムはぷいっと出て行ってしまった。

三十二ドル。月にすれば百三十ドル近い。私は計算してみた。一ドルが三百六十円だから、月に四万五千円の収入になるではないか。それならば親子三人で、充分に楽しく暮して行ける筈だ。日本でだって、三万円以上の月給取りはそう多くはないのだし、トムと一緒に贅沢して暮していた頃だって、生活に五万もかかった月はなかった。

なあんだ……。私は汗を拭いて笑い出した。こんな粗末で殺風景な部屋に入ったものだから、すっかり気が滅入ってしまったけれども、男というのは仕様のない無頓着な人種なのだ。四万五千円もあれば、明日にでも真新しい家具を買って、こんなひどい家の中でももっと楽しく暮しよい家にすることができる筈だ。家賃がいくらかしらないが、四万五千円あるのなら、もっとましな部屋だって見つけて移ることができるじゃないか。そう思うと、私は急に気が軽くなって、メアリイを抱き寄せると、

「心配しないでいいのよ、メアリイ。ダディはマミイが来てから色々なものを買うつもりだったのだから。明日から、お買物して歩こうね。メアリイの好きなものはなんでも買ってあげるよ」

頰ずりしながら話しかけた。

メアリイは子供心に日本へは帰れないものと思い決めていたのだろう、何も不足がましいことも言わなかったし、私の慰めの言葉にも格別嬉しそうな顔もしなかった。

「マミイ、ケニイにはもう会えないの？」

ただ彼女は、友だちだけが欲しかったらしい。

翌朝トムが帰って来るまで、私は実に安らかに眠ったものだ。この薄汚い部屋が明日の内に目覚めるように見事な家具を揃えて、私たちは女王様と王女様のように美しく着飾って暮すのだ、と私は夢の中で楽しく想像していた。

トムが持って帰った三十二ドルの給料を持って、とりあえず食料品を、近所のマーケットに買いに出かけるまで、私は迂闊《うかつ》にも物価というものについて考えることがなかった。トムの収入が生活するのに充分か足りないかを判断する基準は、日本金に換算してするものではなくて、私たちが暮すニューヨークの諸物価と比較した上できめるべきであったのに、私はこんな国に出かけて来ていても相変らず迂闊であった。

パンを買い、バタを買い、卵を買い、牛乳を買い、果物を買い、ジュースを買って気がつくと、一ドル七十セントの合計であった。私はちょっと頭をかしげた。朝食にこれだけかかるとすると、昼は肉が入るから少くとも三ドル、夜は三ドル五十セントはかかってしまう。一日の食費が八ドル前後かかるとすると、一か月には二百四十ドル必要になる勘定ではないか。

百二十ドルちょっとの収入から、二十ドルの家賃と、家を借りる権利金の月賦が十ドル。差引き九十ドルちょっとで、親子三人が一か月食べて行かなければならないのだ。一日三ドル！　ああ、一日三ドルで暮すことが、この物価高のニューヨークで可能なことであろうか。

日本金と米貨の為替レートが滅茶滅茶なのに今更腹をたてても始まらなかった。ともかくトムの収入だけでは一週間たたないうちに私たちは餓死してしまうと分ったのだから、私はすぐ生きる手段を考えなければならなかった。

「私の働くようなところ、あるかしら？」

朝食を摂りながら私はトムに相談した。

「日本料理のレストランが、五六丁目にあるよ。日本の女が働いている」

「ウェイトレス？」

「うん」

「それ以外には無いものかしら」

「就職難だからね。いいところがあれば僕はとっくに職業を変えているよ」

「あなたは昼の勤務にはならないんですか」

「ならないよ。セクションが全然別だから」

　私は溜息をついた。

「五六丁目って、ここから遠いんですか」

「近い近い。マンハッタンの中は狭いんだ。笑子ならすぐニューヨークの地図は覚えてしまうよ。東京なんかより、ずっと分りやすい」

　ニューヨーク市はハドソン河とイースト河に挟まれた三角洲である。ブルックリンもクイーンズも、河を渡った先にある。三角洲の部分がマンハッタンと呼ばれていて、碁盤の目のような井然とした区画があるので、イースト河の側から一番街、二番街、三番街、レキシントン街、パーク街、五番街、六番街、……と十一番街まで縦の街路が走り、それを垂直に切っているのが何丁目というストリートなので、これは南が少く、北へ行くほど数字が殖える。だから私たちの住むハアレムは、かなりの上町《アップタウン》になるのであった。一二五丁目のハアレムから、「ヤヨイ」というその日本料理屋まで、八〇丁目も下らねばならなかったが、レキシントン街まで歩いて、そこで地下鉄にのれば、そのすぐ近所で降りることができるだろうとトムは言った。トムはその近くのホテルで皿洗いをしたことがあるので、その辺りの地理には詳しいらしかった。

「ヤヨイって、どんなレストラン？」

トムは両手をひろげて、中にはいったことがないと言い、それから大欠伸《あくび》を一つして、ベッドに入って寝てしまった。昼と夜をとっちがえた勤めなのだから、彼の睡眠を妨げるわけにはいかなかった。

「マミイ、買物に行かないの？」

メアリイが昨夜の約束を覚えていて催促したので、私は仕方なく彼女の手を曳いて外へ出た。この家の中に閉じこもっていては、佝僂《くる》病になってしまうと思われた。家の中でぼんやりしているくらいなら、前の通りをぶらぶら歩いた方がよほど健康的だ。それに昨日来たばかりの私たちは、とっくりと隣近所を見ておく必要もあった。

朝のうちから家の外にはかなりの人出があって私は驚かされた。どうやら私たちのような穴ぐら族が、呼吸をするために這出てきたところらしい。右を見ても左を見てもニグロばかりだった。当然、肌の色も顔だちも違う私は人目を惹いた。だがメアリイを連れているのがいい身分証明になった。人々は、少しも私に敵意を示さなかったし、意地の悪い視線も投げなかった。メアリイの母親だというので、私はすぐ彼らの仲間に入れてもらえたようである。

「あんた、日本から来たっていうトムのワイフだね」

と、隣のお婆さんが話しかけてきた。瘦せて、顔も腕も皺がはりついていたが、眼を見るとなかなか人のよさそうなお婆さんだった。私たちは直ぐに友だちになり、午後私が「ヤヨイ」に行ってくる間、メアリイの面倒を見てくれると、お婆さんの方から言い出すまでになった。どうやら運はそれほど悪くないかもしれない、と私は胸を撫でおろした。

向い側の穴ぐらは子沢山で、メアリイと齢のかわらない男の子や女の子が、メアリイを取巻き、これも間もなく友だちになりそうな気配を示していた。

この日は、ついていたらしい。五六丁目の「ヤヨイ」へ出かけると、三人いたウェイトレスのうち、二人が女将《おかみ》と喧嘩して出て行ったところで、私が昨日ニューヨークに着いたばかりだというと、それなら給料の文句は言うまいと算盤《そろばん》を弾いたらしく、

「それならおいでよ。なんなら今晩から働いてもいいよ」

という返事だった。給料は月に七十ドル、チップは自分のものにしていいということであった。

「ヤヨイ」は、レストランというよりお惣菜屋といった方がよさそうな店で、どうも景気がよいようには見えなかったけれども、僅かでも給料がもらえるなら選《え》り好みはできなかった。ともかくこれで親子三人が百九十ドルの収入を持ったわけだ。私の食事は昼と夜の二食は助かるのだし、そうすれば育ち盛りのメアリイにはともかく食べるだけでも充分のことがしてやれるだろうと思うと私は嬉しかった。

「ヤヨイ」のお客は殆どが日本人で、一人前三ドルのスキヤキや、粗末な天丼を喜んで食べ、十セントから二十五セントのチップをくれた。私は日本から持ってきた浴衣《ゆかた》を着て給仕をしたが、これは大層喜ばれた。何を間違えたのかデイトに誘う客もいたが、残

念なことに私が遊んで歩くにはメアリイはまだ小さすぎた。私は毎晩、キャンディや、ホットドッグを買って、帰り道を急いだ。チップが多いときは月に三十ドルになることもあり、私はそれを長椅子の裏の破れ目にかくして貯金することにしていた。伸びざかりのメアリイの着るものの心配があったし、何かの要心にまとまった現金は持っていたかったから。

トムとの夫婦生活はすれちがいの奇妙なものになった。しかしトムは日本にいた頃とは別人のように緩慢《ダル》な人間になっていて、病院から帰ると疲れきって眠ってしまい、私と何かを語り合いたいとも思わないようだった。私たちは一つのベッドを交互に使って、摩擦のない生活を始めていた。

私が重大なことに気がついたのは、それから三か月たってからである。私は妊娠していた。

しかし妊娠を重大なことと言うのではない。妊娠してから私は、アメリカには戦前の日本と同じように堕胎罪が存在しているのを知ったのである。親子三人、私も働いてギリギリ食べて行かれる生活が、妊娠によって私が働けなくなり、やがて口がもう一つ殖えるというのは想像するだけで絶望的であった。だが、このニューヨークでは、妊《みごも》った女はどんな理由があっても産まなければならなかった。

6

終戦後八年たった日本でさえ、復興はめざましく、人々の生活は一年一年向上していたというのに、戦争に勝った国のアメリカで、しかも世界最大の経済都市のド真ン中に、こんな惨めな、こんなにも低い生活があろうとは、誰に想像することができただろう。ハアレム――ニューヨークの黒人街は、実にそういうところであった。失業者が溢れていた。大人も子供も餓死だけはしないというギリギリのところで暮していた。だが同じ身の上の者ばかりが集った中ではそれを格別の不満とも思わずにいられるのかもしれない。みんな案外暢気な顔をしていた。

黒い肌と、白い部分の大きな丸い眼と、肉の盛上った丸い鼻、厚く大きな唇というニグロの顔の造作は、白や黄色の顔を見馴れた者には動物的に見えるかもしれないけれども、その中で暮してみれば、彼らの顔がどんなに人間的かということに気づく。恰度石膏の彫刻よりもブロンズの塑像の方が迫力を持っているように、ニグロの肌の色が強烈な印象を人に与えるだけで、それに馴れてしまえば、彼らの造作の一つ一つが大層優しく見えてくるのである。ハアレムの中のニグロたちが暢気な顔をしている理由は、周り中が同じように困っているからという他に、こんな暮しがもう何年も何十年も続いているからとも言えるようである。私にとって、半地下室の暮しはショックだったが、隣人たちには私たちの暮しはごく当り前のものとしてしか眼に映らなかったのだ。

私はトムの収入だけでは迚《とて》も生活できないのだから、まして生れてくる子供の世話など到底できるものではないと思い、さしあたって隣のお婆さんに相談を持ちかけたのだが、そのときの彼女の反応はふるっていた。

「おめでとうよ、笑子。トムはどんなに喜んだかね」

「トムにはまだ言ってないのよ」

「どうして？　生れてから愕《おどろ》かそうたって、そんなわけにはいかないよ。お腹がその前に大きく目に立つのだからね」

「お婆さん、私は産みたくないのよ」

「若いうちは皆そんなことを言うものさ」

「日本では手術して堕《おろ》したわ」

痩せて眼ばかり大きい老婆の顔が、瞬間、恐怖でひきつってしまったのを見て、私は後悔したが間に合わなかった。彼女は急いて胸に十字を切り、何事か呟きながら祈り始めた。どうやら悪魔の跳梁《ちようりよう》する野蛮国日本にも神の恩寵が与えられるようにということであったらしい。

メアリイが向いの地下室から出てきたのはこのときだった。この子はすっかりこの近所の人気者になっていて、日本から買ってきた上等のドレスを着たまま、それが薄汚れてきた今日この頃はまるでもうこの街の小さな王女さまのようだった。英語はすぐマスターしてしまい、友だちも沢山でき、大人たちにも大層可愛がってもらっている。彼女に関する限り、ハアレムは天国だった。

「メアリイ、おいで」

老婆が両手を差出すと、メアリイは私の方に笑いかけただけで、彼女の胸の中に飛込んで行った。日本ではかつて一度も他人からこういう扱いを受けたことはなかったのだ。

「おお、いい子だ。可愛い子だ。こんないい子の生れるのを望まない母親がいたら、それは悪魔の捕虜《とりこ》だよ。そうだとも」

老婆はメアリイを抱きしめると、その悪魔である私からメアリイを庇護するべき義務が自分にあるとでも思ったのだろう。私に背を向けて彼女の穴ぐらへ入って行ってしまった。肥っているメアリイを抱くには痩せすぎているので、階段を降りる格好はいかにも心許なかったが、私は苦笑して見送っただけだ。

向いの地下室から中年女が小さな子供を鷲掴《わしづか》みにして道路へ上ってきた。大変な大女なので、何を持っても鷲摑みにしているように見えるのである。私は溜息をついて、しばらく彼女を眺めていた。彼女は八人の子供の母親なのであった。子供は地べたに跣《はだし》で降り立つと、ちょろちょろと歩き始めた。母親は私を認めると、大きな顔を開けひろげて笑いかけてきた。私は慌てて微笑を返し、反射的に、

「なんて可愛いんでしょ」

などと言ったものだ。

「可愛いものかね。八人もいて、家の中はまるで犬小屋だ。これが大きくなって親不孝をするかと思うと腹が立つよ」

体軀にふさわしい大声で彼女は喚いたが、その眼は言葉と裏腹に優しく、満足げに末の子の動きを見守っていた。私はとても彼女に向って妊娠して困っているとは言えそうになかった。

マリリンが訪ねてきたのは、そんな頃であった。トムの自慢の従姉だ。金髪と白い肌のホワイトニグロ。その実物を初めて見たとき、私は自分の顔から血の気のひくのを感じた。彼女は白人なみに背が高く、その上に高いハイヒールをはいて、颯爽と私たちの地下室へ舞い降りたのだったが。

「あなたが笑子ね。私、マリリン。こんにちは！　まあ、メアリイでしょ、トムにそっくりだから、すぐ分るわ！」

ハアレムの住人たちと違って、彼女の言葉は軽快で大仰だった。が、私も、抱き上げられたメアリイでさえ小さな恐怖を覚えて、咄嗟には返事ができなかったのだ。

トムは彼らの祖父であるアイルランド人の純粋の血が、一人のマリリンに混りけなく流れこんだと言い、その輝く金髪と白い美しい肌を讃美していたが、実際のマリリンは——確かに輝くような金髪を持ってはいた。色も、白かった。確かに白人のようにと形容していいほどで、日本人の中でも色の黒い私などはかないっこないような白い肌をしていた。だが、誰も彼女を白人だと思い違える者はなかっただろう。彼女の眼も、鼻も、口も、頤《おとがい》の形も、それはニグロの造作だった。大きな眼と短い睫毛も。丸い鼻。厚い唇と強そうな白い歯。逞《たくま》しい頤。それが白いのだ！　言ってみればマリリンの顔は、ニグロの顔を漂白して金髪をのせたのと変りはなかった。メアリイでさえ怯えるほど、それは異様な人種だったのだ。

だがマリリンは陽気な女だった。彼女は眠っているトムをベッドから叩き起した。

「昼御飯を持ってきたわ。私が笑子にアメリカの料理をごちそうするのよ。さあ、トム。あなたも手伝いなさい。一日ぐらい寝ないだって、大丈夫だわよ」

ハイヒールを床に脱ぎ捨て、跣でキチンにはいると、ごく馴れた態度で料理を始め、鍋を火にかけると部屋に戻ってきてベッドに腰を下し、

「トムが自慢しただけあるわ。笑子は美しいわ。こういう陽灼《サンタン》けは新しい流行なのよ。クラブの連中が見たら羨ましがるわ」

などと喋り始めた。

「マリリンはグリニチ・ビレジにあるナイトクラブのスタアなんだよ」

と、トムが得意そうに私に説明した。大きなイヤリングと、やたらと幾種類ものネックレスを首に巻きつけているのを見て、私もすぐ納得した。

「私、歌を唄っているの」

「ジャズですか」

「まあ、笑子はアメリカの音楽が分るのね。そうよ、ジャズよ、私はジャズシンガーな

のよ。サラ・ボーンが私の偶像なの。笑子はサラ・ボーンが好き？」

私はこの場で知らないとも言えずに、肯くことにした。

「ええ」

「まあ、笑子！　トムは私の従弟だけど、あなたは私の妹だわ！」

一言一言の度にマリリンは感動して私を抱きしめ、私に接吻を浴びせかける。メアリイは部屋の隅で、心配そうにマリリンと私を見較べていた。

「マリリンはハアレムの劇場で唄っていたんだけどね、あまり美しいのでビレジのナイトクラブから引抜きがきたのさ」

トムがまた説明を加えた。

「でも、ハアレムで唄っていたときの方が楽しかったわ。ビレジじゃ唄も踊りもビジネスでね、何を唄っても静かに聴くばかりで、ばかみたいよ」

「お客が白人の紳士と淑女ばかりだからさ」

「違うのよ、トム。旅行者ばかりだからよ。近頃のビレジは、おのぼりさんの見るところなのだもの。ハアレムの方が、楽しければ舞台と一緒になって唄うお客ばかりで、どのくらいいいか分らないわ」

「そんなことはないよ。ハアレムとグリニチ・ビレジじゃあ、格というものが違うさ。ナイトクラブのスタアの方が、ずっと素晴らしいともさ」

トムが頑《かたくな》なことを言い出したので、マリリンは私にウィンクしてみせ、唄い出しながらキチンへ行ってしまった。

「本当だよ、笑子。マリリンは本当に素晴らしいんだ。美しくて、頭がよくて、しかも実にいい人間なんだ」

「ええ、トム。私もそう思うわ。なんでも相談にのってもらえそうな気がするわ」

私は本当にそう思っていた。最初こそドキッとしたけれど、人は見かけだけで判断すべきではない。

その日の昼食は立派なものだった。鶏の丸焼きと、馬鈴薯のフライと、人参といんげんの塩茹《しおゆで》を大皿盛りにして、みんなで手摑みにして食べた。鶏も野菜も、出来上っているのを買ってきて、ガスで温めただけなので、それは確かにマリリンのいう通りアメリカ料理に間違いなかった。もっとも私たちの経済力では、こういう加工食品はなかなか買えるものではなかった。メアリイは実に旨《うま》そうに物も言わずに食べていた。

「マリリン、お仕事は何時からなの？」

「四時に楽屋入りすればいいのよ」

「私もそのくらいに家を出ればいいの。それまでお話をしたいわ。いろいろ相談したいことがあるんだけど」

「いいわよ。日本から来れば、様子の違うことが沢山あるでしょうとも。気になっていたのだけど、私も忙しかったものだからゆっくり来られなかったのよ。今日は笑子を助けるつもりで来たのだから、買物でもなんでも手伝うわ」

「トムを眠らせたいから、外でお話しましょう」

「まあ笑子は心が優しいのね。トムの言う通りだわ。日本の女の子って、本当に素晴らしい！」

私たちは家の外へ上って、道路から一階への階段の途中に腰を下した。マリリンはしばらく近所の誰彼と大声で挨拶をかわしていたが、

「ちょっと待ってね。ここは日が当りすぎるから、向いっ側へ行きましょう」

と言い、場所を変えてビルの陰に腰を下した。気がつくと彼女は跣のままだった。

「私に相談って、なあに？」

「いきなり会った日には言い難いことなんだけど」

「遠慮することないわ。今日会って姉妹になったのだから、私を姉さんと思って打明けなさい。トムが邪慳《じやけん》なの？」

「いいえ、そんなことじゃないの。私、妊娠したものだから」

「まあ」

マリリンは、まじまじと私を見た。おめでとうとは言わなかった。

「どうしたらいいか分らないんです。トムの週給は三十二ドルで、それでは私とメアリイは食べて行けません。子供を産むとなれば私は働けなくなるし、しかも家族が一人殖えるでしょう？」

くどくどと私が話し出すと、マリリンは手で制した。

「手術をするには千ドルかかるわ。しかもニューヨークではできないのよ。シカゴへ出かけなくっちゃならないわ。それも内緒でよ。罪を犯すわけなのだから」

「千ドルなんて……」

「無理でしょう？　それよりいけないのは生命の保障がないことだわ。踊り子でシカゴへ行ったっきりというのを私は二人知ってるの。多分、死んだんでしょうよ」

怖ろしい話だった。

「どうしても駄目なのかしら。日本じゃ、簡単だったんだけど」

「そうだって、三ドルで手術してくれるって話ね。私たちの仲間じゃ、一時その話で持ちきりだったわ」

私には隣家のお婆さんのお祈りよりも、この話は身にこたえた。日本では、なんでも、い、い、い、なくなっていることに、私は愕然《がくぜん》として気がついたのである。せめて私は、日本の名誉のために、それが敗戦後、アメリカ軍の方針によってもたらされたものだということを言いたかったが、白人にならともかく、ホワイトニグロの、しかもマリリンに向っては言い難かった。

「ともかく、産むのね。なんとかなるわ」

マリリンは私の肩に手を置き、ゆっくり背中へ撫でおろしながら言った。

「でも、この下の家を見習っちゃ駄目よ。七人も子供を産むなんて気狂い沙汰だわ」

「八人ですよ」

「また一人殖えたの⁉　呆れるわ。笑子もしっかりするのよ。妊娠したら産まなければならないのだから、妊娠しない用心をすればいいのよ」

「あなたは、子供は？」

「いないわ」

マリリンは笑いながら、その秘訣を教えてくれた。夫が彼女の方針をきこうとしなかったので、離婚したのだということだった。私は掻爬できないという絶望と、これから先のことをぼんやりと考えながら、マリリンの細く形のいい足を眺めていた。

ふと、私は吾に帰った。マリリンの白い足に生えている毛が、どうも鳶色であるらしいのに気がついたからだった。

「マリリン、あなたの髪は……」

「うん、染めているのよ。ほら」

マリリンは俯向いて、毛の根を分けて見せた。輝く金髪の根元は、茶色かった。ともかくニグロ特有の黒い縮れ毛ではなかったけれども。

時間が来ると、私とマリリンはメアリイに手を振って、並んで出かけた。道々、バスの中でもマリリンは喋り続けて、マンハッタンの中ではなかなか安い物は買えないこと。クイーンズにある「アレクサンダー」という百貨店では、時々掘出しものがあるから、冬の用意は今から心掛けておくといいなどということまで教えてくれた。

夏の暑い間は店が不景気だというのは、日本でもアメリカでも変るところがないらし

い。「ヤヨイ」も閑散としていて、たまにくる日本人の客たちは肉のかたいスキヤキを突つきながら、

「ああ、ひやむぎが喰いてえ」

などと懐かしいことを言っている。

ウェイトレスは私の他にもう一人いたのだが、いつのまにかやめてしまって、この一か月ほどは私が一人で働いていた。客のたてこむときには女将さえもキチンから出て来てテーブルの注文をきいたが、普段は私一人でどうにかやって行けた。女将さんも、板場の主人も日本人だったが、私はこの人たちにはどうも相談する気にはなれなかった。妊娠していると知れば、すぐクビにされる心配もあったし、何より二人ともどうも日本人と思うには並の日本人とは違うところがあって、何事によらず打明け話をする相手ではなかったのである。

仮にもレストランをやるからには、料理の心得はあろうと思われるのに、どう見ても「ヤヨイ」で売っている料理は素人の盛りつけで、日本のいわゆる店屋《てんや》ものにも及ばないのである。スキヤキなどはもともと素人のする料理なのだからともかくとしても、天ぷらや豚カツや牛肉のてり焼きなどの作り方は、見てくれの格好もついていなかった。不景気な店だったが、それでも客が来るのは不思議に思えるくらいである。

しかし、「ヤヨイ」の料理にそんな感想を持つのは日本から来て間もない日本人だけなのであった。週に一度きまって現われる常連の一人は、年寄りだったが、

「天どん」

こう注文するのが何よりも楽しみであるらしかった。

割箸を音高く割って、

「有難いよ、この割箸というのは間違いなく日本のものなんだから」

と、天どんの蓋をとるときから笑み崩れている。

「うまい！」

舌鼓を打ちながら平らげて、帰りがけには十セントのチップを置いて出て行くのであった。

「変ってるよ、小田さんは、まったく」

後を見送っている女将さんに訊いてみると、戦前からの一世で、女房を亡くしたあとは気楽な一人ぐらしのまま、何をして暮しているのか、日本から来たおのぼりさんの案内をしたり、ニューヨークにいる日本人の間を歩きまわって周旋屋に似たことをしてみたり、飄々《ひょうひょう》として生きているのだという話だった。どんなに困ったときでも、必ず週に一度は店にやってくるのだそうだ。

この小田老人が私に話しかけたのは十ぺん以上も私が天どんを彼の前に運んでからだったと思う。

「ユウ、名前はなんて言うね」

「笑子っていいます」

「どんな字？」

「笑う子って書くんですよ。いやな名」

「いい名だよ。なかなか笑って暮すのは難しいからね。いつ此方へ来た？」

「もうそろそろ五か月になります」

「おなかもかい？」

私は息を呑んだ。老人は小さな眼をしばたたき、まばらな前歯を見せて、あはあはと笑った。

「誰の子だね？」

「主人のですよ」

「日本人？」

「いいえ」

小田老人は頭を振ってから、呻くように言った。

「アイヤ、アイヤ、アイヤ。ユウも戦争花嫁《ワーブライド》かいね」

「ええ、まあね。つくる気はなかったんだけど、できちゃったんですよ」

「みんなそう言うのさ。それで毎年のようにころころ産んで、日本へ帰るにも帰れない羽目になってしまうのだ」

「誰のことですか」

「戦争花嫁だよ。ニューヨークだけでも五百人はいるだろう」

「日本人の。そんなにいるんですか」

「ああ」

「その人たちには、どこへ行けば会えるんでしょう」

「日本人会にも入っていないからな。何しろ国籍が日本じゃないわけだから。それにみんな子供の世話で、家の外に出る時はないよ。ユウも今に、大変なことになってしまう」

「いやだわ。私は、これきりでおしまいにするんだから」

「いやいや、そうはいかんだろう」

もっといい人だと思っていたのに、小田老人は私の気にさわることばかり喋って、しかしチップは二十五セント《クオーター》はずんで、帰ってしまった。

小田老人にさえ眼につく躰が、女将に見えない筈はなかったが、口やかましい彼女は横目で睨《にら》むだけで何も言わなかった。しかし、ある日、私は突然クビにされた。新入りのウェイトレスが二人来たのである。

「腹ぼてに給仕してもらうわけにはいかないからね」

「裏で働かしてもらえないでしょうか」

「あいにく手が足りてるよ」

「あの、お産のあとで、またお願いできますか」

「さあね、留学生のアルバイトがあるからね。この人たちは、あなたのようにならないから、その頃になっても働いてるかもしれないよ。間で間違いでも起せば別だけどさ」

若い娘たちは、女将のこの痛烈な冗談口に追従して無邪気な笑い声を立てた。クビにされる私の悲しみや苦境など、彼女たちには分らないのだろう。私は船の中の三人の留学生たちを思い出した。

ずっと忙しくて手紙を書く暇などなかったが、その夜トムの出かけた後で、私は竹子・カリナンと麗子・マイミに宛てて手紙を書いた。船の中では幾度も文通や連絡を誓いあっていたのに、彼女たちも私同様忙しかったのだろう。私は現在の苦境を、愚痴ありったけこぼすように、くどくどと書き連ねた。だいたい似たような文面になったが、やはり麗子宛てのものより竹子に宛てた方が子供のことも書けるので現実的であった。一般的に言って黒人労働者の収入は白人のものより格段に安いということが分っていたから、竹子も経済的には楽ではないだろうと私は察していた。麗子については、これは幸福な生活をあまり掻き乱してはいけないと遠慮して、妊娠したということと、できたらあなたの知人の邸の下働きにでも出産まで働かせてくれるところはないかという頼みだけ思いきって書いた。麗子にこんなことを書きたくなかったが私としては藁でも摑みたいところだったのだ。

竹子からは折返したように直ぐ返事がきた。葉書に大きな字で、手短かな文面だった。

手紙、ありがとう。思わず笑ってしまいました。私も御同様なんですわ。

あんたの方はまだいい。うちの亭主は先月から靴工場を馘《くび》になってブラブラしている。災難続きやけど、まあ、なんとかやりましょう。私は十二月に身軽になれます。ケニイからメアリイにグッドラック！

竹子も妊娠している！　私は驚いて幾度も、幾度も読返した。思わず笑ってしまいました。思わず笑って……。気楽そうに書き撲った文面から、竹子の逞しさが弾き返ってくるようだった。笑う……。確かに笑うより仕方がなかった。子供が生れるというのだ。喜ぶべきことではないか。

トムは僅かでも稼いでくるが、竹子の夫は失職したという。それでもなんとか切抜けていくつもりになっている竹子に較べれば、私の方がいくらかでもましなのだから頑張らなくてはいけない。長椅子の裏の破れに突っこんで貯《た》めた金は、しかしもう五十ドルを越えていた。この中から、メアリイの外套を買うだけにして、あとは出産の費用と、それまでの食費を補うことに宛てておかねばならない。

麗子・マイミからは、いくら待っても返事がなかった。

トムに告げたのは、「ヤヨイ」を馘になって三日目のことだったと思う。闇の中で私を囚《とら》えに来た手を払って、私は言った。

「トム、赤ちゃんができたのよ」

彼は、しばらく答えなかった。

「あなたが気がつくより前に『ヤヨイ』のマダムが気がついたわ。私は馘になったのよ」

トムは起上り、着替え、電気をつけてキチンで顔を洗い始めた。それは特別変った動作ではなかった。いつもの時間が来ていたのだ。彼はのろのろと歯を磨き、髭を剃っているだけで、私の言ったことに対しては、なんの反応も示さなかった。

「トム、聴いてるの！　あなたの子供が、また出来たと言っているのよ！」

トムは、ようやく私を見た。黙って近づいてきた。腥《なまぐさ》い息を吹きかけて力弱い接吻をしてから、彼は呟くように言った。

「大事にな」

彼の眼には輝きがなかった。家を出て行く後姿には、魂も抜け出てしまったような哀れさだけがあった。

メアリイを孕ったときと、なんという違いだったろう。あのときのトムは喜びに溢れ、私が当惑するほどはしゃぎまわり、白い子供がきっと生れると確信していた。私が妊娠用のコルセットを用いない前から、子供の玩具を買集め、出産の三か月も前にはベビー服一切が揃えられた。生れる前から生れて三か月くらいまで、トムは身の置き場もないようにそわそわして、子供のことばかり口走り、まったく落着かなかった。彼は絶え間なく虹のような夢を生れてくる子供の未来に描き、まるで有頂天になってしまっていた……あのときと、今と、なんという違いだろう。

二人目の子供が、五年ぶりで生れてくる。その事実の前でトムは少しも眼を輝かせなかった。なんの感激もなく、いつものように疲れた顔で私を眺め、絶望したような調子で、大事にしろ、と言っただけだ。

思えばトムの東京時代は、彼の生涯における栄華の絶頂期だったのではないか。トムにあれほどの「富」と、あれほどの「自由」が与えられた時期は、前後を通じて全く無いのではあるまいか。あの青山の明るく広やかな外人アパートは、ハアレムの地下室に較べれば、まるで天国だ。焼け爛れた日本を素晴らしい国と言い、永遠に此処に住みたい、日本から離れたくないと言った当時のトムの口癖を私は思い出した。連合軍は自由と平等を与えます。我々は平等です。ここには平等があります。「平等」という言葉も、あの頃のトムには口癖だった。それというのも、日本に来るまで、彼には「平等」が与えられていなかったからではないのか。

トムが、百万人もいるニューヨークのニグロの中から自分の配偶者を新たに探すことをせず、私とメアリイを呼び寄せたのは、東京の栄華の思い出を妻として子として身近く止めておきたいという願いからだったのではないだろうか。あのときメアリイの誕生を喜んだのは、彼の栄華の瞬間が一人の子供に具現されると信じていたからではないだろうか。混血に就いての彼の奇妙な（しかし間違っていない）論理は、あのときこそ実現しなかったものの、この二度目の機会には、何十分の一の確率に基いてマリリンのような子供が生れるかもしれないのに、今のトムには虹の希望さえ描く余裕が無くなっている。子供というものは、親たちの履歴になるものだからだろうか。メアリイは栄華時代の象徴だが、これから生れてくる子供には惨めな生活の投影しかない、と彼は考えたのだろうか。

何事によらず反撥心というものがこれまでも私を支えてきた。どうやらこの時も、トムの態度が私の母性を芽生えさせたようである。胎動が始まる頃には、私はもう迷わなかった。子供が生れる。私の腹の中で蠢《うごめ》いているこの子供は、紛《まが》うかたなく私の子供なのだ。

一九五五年三月、バアバラが生れた。名付け親はマリリンだった。気のいい彼女は、自分の子供を産まないときめているのに、子供は滅法好きなたちらしく、私の臨月近くからせっせと訪ねてきて、ハアレムの中にある施療院のような市立病院の診療所で只で出産するところへ入る手続もとってくれたし、生れると一番先に飛込んできて、

「おめでとう。女の子だから、バアバラにきめたわ。いい名でしょう？」

有無を言わさず名をつけてしまったのである。

「笑子にそっくりよ。白い肌《フェアスキン》だわ！」

とも言ったが、私は驚かなかった。メアリイが生れたとき、トムは狂喜して白雪姫だ、白雪姫が生れたと喚いたことがあったからである。ただ、バアバラが明らかにメアリイとは違っているところが一つあった。それは髪だ。メアリイは鳥の雛のように丸坊主で生れてきたが、バアバラはかなり濃い髪を持って小さなベビーベッドの中に寝ていた。

そのベッドと寝具はマリリンの贈りもので、ベビー服一切は向いの地下室の小母さんが自分の子供のお古をくれたのである。

退院するとしばらくは近所の人たちが入れ代り立ち代りやってきて、私の食事とバアバラのミルクを持ってきてくれた。困ったもの同士が助けあうという美しい生活が、この穢いハアレムの町の中にはあるのであった。向いの小母さんも、隣のお婆さんも、ベッドの中を覗きこむと一様に驚くのが、バアバラの髪の毛だった。

「まあ、縮れていないよ、この子の髪は」

「笑子に似たんだよ、よかったねえ」

「髪油《ヘアクリーム》がいらないから、年頃になっても安上りだよ、きっと」

「中国人の子によく似ているね」

「あんたもそう思うかね。私もそう思っていたところだよ」

「中国人はパアマネントで縮らせるって言うじゃないの」

「そんなことはしない方がいいね」

「そうよ、笑子に注意しといた方がいいわ。そんなことはさせないようにね」

どうして髪の毛のことが、そんなにも話の種になるのか私には分らなかったけれども、毎朝メアリイの髪を梳《す》いてやるのが大変な大仕事であるのを思い出して、たしかにバアバラはその点で手間がかからないと思った。

近所の人たちの親切のおかげで、出産前後は思ったほどお金がかからなかったけれども、いつまで甘えているわけにもいかないので、私はその月の末から起きて職探しに出かけた。近所の人の話ではハウスメイドにいい口があるということだったけれども、私はどうもワシントン・ハイツで働いていた頃の記憶が拭き払えなくて、そのくらいならもう一度「ヤヨイ」で働いた方がましだと思った。それで、出かけて行った。

このときも私は運がよかった。「ヤヨイ」の女将さんは珍しく和服姿で店に出ていて、私がまた働かせてほしいと頼みこむと、

「腰掛けのつもりだったら、きかないよッ」

と言ったものだ。

私にはその意味が全く分らなかったから、腰掛けどころか女将さんさえ許してくれればいつまでも働きたいと答えた。多少いやらしい台詞でも、この場合は仕方がなかった。それに、食事がついて、しかもトムより収入がいい働き口などが他においそれとあろうとは考えられなかった。

二人の留学生はもうやめていて、かわりに背のおそろしく低い女が働いていた。すぐ四月が来るというのに雪が降ったりして、外は身を切るほど寒かったが、建物の中は日本と違ってどこも暖房が完備している。夏場と違って客も多かった。スキヤキの注文が一番多い。たまにアメリカ人の客があって、浴衣を着て給仕する私に片言の日本語で話しかけてくる。日本から来たか。いつ来たか。東京のサチコという女を知ってるか。いい娘だった。私の友だちだ、知ってるか。……といった類のものである。馬鹿馬

鹿しいし、相手になっている暇もなかった。日本人の客は、たえまなく私たちを呼び、鶏卵や御飯のおかわりを言いつける。

「ハイ、二番さん、卵下さい。三番さん、御飯のおかわり二ツ！」

私は威勢よくキチンへ通した。もう一人の女中はしめっぽい娘で、注文の受け方も、料理の運び方もおよそぱっとしないので、私のやり方は人目もひいたし女将さんの心証も大分よくしたらしい。

「あんたがいると、景気がよくっていいよ」

と彼女も喜んだし、主人はキチンから笑いながら、

「日本のそば屋みたいだね」

と言った。

私はといえば、これは張切っているのに理由があった。客が多く来れば多く来るだけ私のもらうチップも多いのだ。その日からメアリイやバアバラに物を買って帰ることができるのだ。

「姐《ねえ》さん、てり焼きをくれ」

「僕はてんぷらだ」

「ハイ、五番さん、てり焼き一丁、てんぷら一丁ッ」

注文を受けても、料理を運んでも、その度に心が弾んだ。二十五セントのチップが、二つのテーブルから続けて来たときには、最敬礼したいほど有りがたかった。これで明

日は久しぶりにメアリイに肉を焼いてやれる。

母親のいない留守に、生れたばかりの赤ん坊の世話を六歳にみたない子供がしているのだ。時間にはミルクを温め、泣けばあやしてやるという仕事を、メアリイがしているのだった。大胆なようだが仕方がなかった。トムよりも、メアリイの方が、私は安心して預けることができるのであった。親の苦労が分るせいか、この娘は長女としての役目を早くも自覚しているらしく、言われたことはよく果した。

メアリイは、この九月から学校に上る。ハアレムの中にある小学校は、学費免除だということだったが、親として出来るだけのことはしてやりたかった。利発な子だと信じていたから、それだけに勉強はさせてやりたかった。

そのためにも私は働かねばならない。さしあたって買わねばならないものも多かったけれども、貯金も一生懸命しなくてはならない。チップをはずんでもらうためには、顔《かお》馴染《なじみ》の客を作る必要があった。のろのろしているもう一人の上前をはねて、彼女の担当のテーブルの注文もとった。客が来ればめざとく飛出していって、自分の持番のテーブルへ坐らせた。みんなチップめあての働きである。

「いらっしゃいませ」

小田老人が姿を現わしたとき、私は入口まで飛んで行った。

「おお、ベビーはどっちだったな」

「女の子でした」

「そりゃあ、おめでとう。しかし後はまた直ぐできるよ」

「嫌やなこと言わないで下さいよ」

老人は、まばらな歯を見せて、あは、あは、と笑った。

「天どんですね」

「ああ、そうだよ」

熱い番茶を注ぐと、老人は目を細め、音をたてて啜《すす》ってから、

「笑子さんだったね」

「ええ」

「ユウ、俳句をやるかね？」

「ハイク？」

「古池や、というのさ」

「ああ、芭蕉なら女学校で習いましたよ」

「ほほう。ユウは女学校を出ているのか」

ちょっと客の空いたときだったので、天どんを運んでから、しばらく相手をする気になった。小田老人は例の調子で箸を割り、一口頬ばると、

「うまい」

と呻くように言って、それから話を続けた。

「春寒《さむ》や、というのだがね。どうもこの上の句がうまくいかない。が、後がいい」

「どういうんです」

「春寒や明治の旅券紙魚《しみ》走る、というのだがね。どうだい。昨夜できた句だがね」

「小田さんは、そんなに昔にいらしたんですか」

「大昔だな。日本は変ったってねえ」

「その俳句、書いて下さいよ」

「オーライ」

老人は天どんを食べ終ると、胸ポケットから手帳を出して白いページを裂き、そこに書いて私に渡すと、

「ユウ、子供は何人になったね？」

「二人ですよ」

「まだまだ殖えるな」

「嫌やなこと言わないで下さいよ」

小田老人はまた歯を見せて、あは、あは、と笑いながら出て行った。二十五セントがなかったのか、十セントが二つテーブルの上に残っていた。

紙片を帯の間にしまっていると、先刻から私たちのやりとりを目ざとく見ていた女将が近寄ってきて、

「何を話してたの？」

と、胡散《うさん》臭い顔で私を見た。

「俳句ですよ」

「俳句？」

「ええ。小田さんは随分前に日本を出たんですね」

後が面倒になってはいけないと思ったので、私は紙片を出して見せてやった。

「春寒や明治の旅券、ええと紙魚走る。なんだろう、かみざかなって」

「しみと読むんです」

女将はつまらなそうな顔をして私に返してよこしながら、

「本当に、こんな話だったのかねえ」

と、まだ疑っている。

「ええ。でも、どうしてですか？」

「何をしてるか分らない人だからね。女衒《ぜげん》みたいなこともやるって噂だから、心配したのさ」

「女衒？」

「まあ、よく言えば周旋屋だね。なんでも近いところへ日本料理屋が出来るって話だから、油断はできないよ」

「日本料理屋が？」

「ああ、五五丁目だってよ」

「隣の通りじゃありませんか」

「そうなのさ。日本人の数は限られてるのに、一皿十ドルもする料理を出すなんて、気がしれないよ」

女将は忌々《いまいま》しそうに言ったが、これが語るに落ちた結果になった。私が来たとき腰掛けのつもりなら承知しないと言った理由がこれだったのだ。五六丁目に「ヤヨイ」があるのに、隣の五五丁目に十ドルの一品料理を出すレストランが開店すれば、これはすぐ「ヤヨイ」の客足に影響するに違いない。女将が神経を尖らすのは無理もなかったが、この話は私の好奇心をひどく刺戟してしまっていた。

その夜、帰りに私は廻り道をして五五丁目に行ってみた。六番街に近いホテル・ブルボンの一階全部がそのレストランのために改装されているところであった。ホテル・ブルボンは古い七階建てのホテルだが、一階のレストランは表から見るだけでもかなり大きな規模のものであるように思われた。「ヤヨイ」などは比較にならない。

しかし一皿十ドルとは、思いきった値段をつけるものだ。三ドルの天どんでさえ、小田老人も毎日食べられないのに、私たちの家では三ドルかければ大した贅沢な食事になってしまうのに、十ドルだなんて！　外貨の枠に抑えられているドル貧乏の日本人たちが、果してそんな料理を食べにくるものだろうか。

そんな心配をしながらも、私はそれからというものは「ヤヨイ」に通う前後に、ちょくちょく五五丁目へ出ては改装の様子を見守って行った。通りに面したところには大きな硝子がはられ、右にスタンドバアと、左には天ぷらの屋台店のようなものが見えるようになった。料理を食べるテーブルは、ずっと奥まった部屋の中にあるようだった。あるときは、障子や畳がバアのスタンドに立てかけてあって、私を驚かせた。想像したよりも、もっと大仕掛けな料理屋らしい、と私は当りをつけると、もう矢も楯もたまらない気持で、ホテル・ブルボンの事務室の前に立っていた。いつ開店するのか。ウェイトレスに応募するにはどうしたらいいのか、訊くつもりだった。「ヤヨイ」の女将が怒るのは分っていたが、かといって義理を立てなければならない筋合は私にはなかった。

7

レストラン・ナイトオの開店日《オープニング》は素晴らしかった。それは私がアメリカへ来て初めて出会った豪華な出来事であった。日本の大使や総領事たちが家族連れで現われた以外に、「ヤヨイ」では見ることもなかった白人の金持が、形のいい背広と女は素敵なトップモード姿で打連れて、定刻にはまるで雪崩《なだ》れこむように店の入口から入って来たのである。しかし決して混雑したわけではなかった。「ヤヨイ」と違ってここには黒ネクタイの支配人がいた。ボーイ頭もいた。七人のボーイは白い制服を着ていて、入口のバアと、中のテーブルの幾つかを受持っていた。彼らの指示のもとに、私たちウェイトレスは、みんな支給された美しい着物姿でそれぞれの受持のテーブルを守って働いた。客は多かったが殆ど全部が予約席を持っていたから、席がかちあうことも、空席を争う必要もなかった。

朱塗りのテーブルと椅子。食堂の周囲には日本間が数室あって、そこは靴を脱いで畳に坐る仕組になっていた。スピーカーからは軽快な三味線の音が流れ、あちこちのテーブルでは日本語を流暢に操る白人がいた。だが、ニグロの客は一人もなかった。

それは日米親睦の夕のような光景だった。各テーブルには注文外の日本酒が粋な徳利に詰って配られていた。フォークを持ってくるように頼むアメリカ人は全く無かった。みんな器用に箸をつかい、御飯を食べた。スキヤキの肉が日本で食べたのと同じ霜降だといって薄切をつまみあげて大喜びしている者がいた。皿も、小鉢も、吸物椀、箸に到るまで心の行届いた上等の品々であるのに人々は一様に満足していた。「ヤヨイ」が大衆食堂級なら、ここは確かに料亭だった。ここには誤魔化しでない日本式というものがあった。

日本間に寛いだ日本人が忽ち日本にいると錯覚して上着を脱ぎネクタイをゆるめたのもあながち無理からぬことであったが、店の女主人はそれを認めるとつかつか入って行って、

「それ、ちょっと工合が悪いですね。ここはニューヨークですからね。日本式はだらしないと思われては困ります」

率直に言って風紀を粛正している。

年からいえば初老の域にある人だが、どんな娘たちよりその小柄な躰はぴちぴちと勢がいい。彼女は日本でもかなり名のきこえた偉い人であるらしかった。英語が一言も出来ないのに、このニューヨークのド真ン中でこれだけ本格的なレストランを経営しようというのだからよほど度胸のある人に違いなかった。私はアメリカに来て以来ひどく惨めな生活に慣れていたので、こういう人が同じ日本の女かと思うと、眼が覚めるような思いになった。小さなひとだが肥満していて、躰中が闘志の塊りのような女だった。怒ると痛烈な皮肉が機関銃で撃出されるように飛出してきて、ウェイトレスたちはもとより、一世の支配人や二世のボーイたちを圧倒した。万事アメリカ式に慣らされた彼らと仕事の方針で対立すると、彼女はすぐに癇癪玉を爆発させて叫ぶ。

「アメリカがなんですか。ニューヨークにあっても、この店の中は大日本帝国ですよ。いつまで戦争に敗けた気でいられるものですか。日本式が嫌やな人は、日本料理屋で働く資格はないのだからさっさと出て行きなさい」

彼女の威勢のいい啖呵《たんか》は私を奮い立たせた。私は自分自身が叱られるときでさえ、心が洗われるようでいい気持だった。私は日本にいるときでさえ日本式の礼儀作法をわきまえる暇なく育ってしまったので、客との応対や言葉づかいをぴしぴし直される度に、遠くなっていた日本が叩き込まれるような気分になった。私はこの店に来てから、日本人であることをよかったと思うようになっていた。ニグロの妻であり母であるということで、ともすればハアレムの空気にのめり込みそうになっていた私には、全く有りがたい生活だった。

　だが使用人の全部が私のようであったとは限らない。ウェイトレスの中では彼女の叱正に辟易《へきえき》している女たちも少くなかった。叱られることを好まないという女たちもいたが、叱られてもどうにもならないという種類の女たちもいたのである。前者の中に志満子がいた。後者の筆頭は竹子だった。

　ナイトオが開店日前に使用人たちの訓練《リハーサル》をするため全員を集めた日、私は十二人のウェイトレスの中に船の中の仲間を三人も発見していたのだ。

　志満子と竹子。船の中の犬と猿は、私を認めると両側から走り寄ってきた。

「いやあ、ひょっとしたら会えるかもしれんと思うてたんや」

　竹子は懐かしそうに私の手をとったが、志満子に会ったのはもっと意外だったから、

「あんたもか。へええ」

　と、これはまたひどく正直な声をかけたので、たちまち志満子の態度は硬直してしまった。

「私は頼まれて来たのよ。人手が足りないからって」

「ふうん、志望者は押すな押すなやったというのに、な」

　志満子がぷいとあちらに行ってしまうと、

「これだけの給料払うて、あの奥さんが頼んでまで人を使うかい、や」

　と竹子は後姿に悪態をついた。

「竹子さん、あなた赤ちゃんは？」

「ふん、今度は女《おなご》やった。ケニイがな、ちゃんと面倒みるんやで。亭主は何の役にも立てへんけども」

「相変らず仕事がないの？」

「あってもじき馘になりよる。私が来たら急に怠け者になりよってな。黒は、やっぱり黒やな。黒と一緒になった不運は一生ついてまわるやろうと思うと、もう嫌やになってきたわ」

竹子の声は船の中もレストランの中も同じ大声で、聞き耳をたてなくても話は誰の耳にも聞えてしまう。私はハラハラした。私は彼女のように勇ましくないから、夫がニグロであることは親しい人以外には内緒にしておきたかった。

「隠すことないよ。どうせ働かな食べられへん者の寄り集りや。女はみんな戦争花嫁《ワーブライド》やろ。学生がレストランへ勉強に来てる筈はないさかい」

これは当てつけだった。船の中の留学生が一人、向うの方でツンと澄ましているのが見えたからである。アルバイトなのだろうから、私はこれにもハラハラした。竹子の猛々しさには敬意をはらうけれども、この調子では多勢の働く職場でたえず悶着を惹起しはしないかと私は心配になった。

だが、それは私が案ずるほどのことはなかった。志満子も留学生たちも竹子の悪態は黙殺したし、それに仕事はなかなか忙しかった。正十二時と午後六時の開店時間から、三十分もすると椅子は大方満員になってしまったし、ここの客は「ヤヨイ」のように天どん一つなどという注文は出さない。丼もののメニューはなかったし、一品料理でも盛りつけが凝っているから運ぶのも注意がいったし、器物がよくて破損しやすいから下げるのも雑にはできなかった。それに、お茶とおしぼりの特別サービスがあったので、どうしても一人の客について五回はテーブルとキチンの窓口を往復しなければならない。「ヤヨイ」と違って客の半数以上がアメリカ人なので、中には日本料理に不馴れな者も混っているから、その人たちにメニューの説明から食べ方のコーチまでするのも私たちの役目だった。その英語については、女主人の秘書をしている二世娘が、丁寧な言葉というものを私たちに教えこんだのだが、咄嗟の場合や習っていない類の質問に答える場合にはどうしてもそれぞれの我流になってしまう。私のニグロなまりの英語は、またしてもここでは糾弾されることになった。ここは日本を代表する一流の店であることを忘れるなというのが、ナイトオで働く日本人のモットーなのである。そしてニグロの英語は、決して一流のものではないのだった。

　それが生活と直接の繋りのあるところから私は必死になってニグロなまりを直そうと努力をした。女主人は英語が分らないので、この方の指導は専ら大学教育を受けた秘書がしていた。日本語はまるで下手だったが、その分確かに英語は素晴らしい女だった。彼女に言わせると日本式の発音や下手な英語の方がニグロなまりよりはずっと客の感じをよくさせるということだった。外国人の使う日本語でも、舌足らずや文法の間違いは愛嬌があって悪くないが、下品な日本語、崩れた日本語、乱暴な日本語がアメリカ人の口から出ると実に嫌やなものだと私も経験して知っていたから、これは確かに彼女のいう通りだと納得することができたが、それにしてもそういう野卑な言葉を私は知らず識らずの間に使っているのかと思うと情なかった。

私のように直そうと思い、少しずつでも直っている者はまだよかったが、竹子は直される度に、

「ああ、さよか」

と実に簡単に首肯くかわりに、すぐ忘れてしまって、たとえばこんな工合の英語を使うのである。

「サシミはまだ出来ないんだ。でも研究してるからな、待ってろよ。うん、スキヤキにするか。二人前か。あとは天ぷらにするか」

これでは秘書嬢が金切声をあげるのも無理はなかった。竹子ばかりでなく、ボーイ頭にしても、いや支配人にしてからが、いわゆる「一流の英語」というものは使った経験がなくて、客がはいってくると支配人は、

「やあ、よく来たな。何人だい？」

という調子で訊くのである。その都度、ただ一人のインテリである二世嬢は頭痛を起していた。

「いちどきに直そうたって無理ですよ。言葉づかいはその人の生活程度の反映なんだか

らね。とりあえず言葉の終にサー（敬語）をつけるようにさせるんだねえ」

と、女主人の方が達観していた。

言葉づかいは生活の反映だという女主人の意見に、しばらく私は拘泥していた。ニグロなまりというのは、たとえば大阪弁や九州弁などという工合に、ニグロという人種特有のなまりだろうかと思っていたのに、それが礼節のない暮しの反映であったのだとしたら――私は私たち親子の穴ぐら暮しを思うとぎくりとするものがある。

日本語の方は、女主人が指導して、客の前でもびしびし注意された。私に限らず昭和の初期生れの女たちは学校でも家庭でも躾《しつけ》らしいものを与えられる暇がなかった。戦後は敬語というものが全く廃れてしまったようにさえ思われた。それがニューヨークで、俄かに「ございません」「存じません」「少々お待ち下さいまし」「それは何々でございます」と言うように命令されたので、戸惑ったのは私ばかりではなかった。

三人ばかりが鼻をうごめかして「上品な」日本語を使ってみせたが、これは丁寧すぎてはなもちならなかった。

「それじゃまるで御殿女中だよ」

奥さんが吹出したくらいである。

この方面でも竹子は個性的で、なかなか改まらなかった。まだしも大声でさえなければ奥さんにも見つからずにすむものを、店中に響くような声で、

「メニューよう見て下さいや。書いてあるものしかあれへんよ。てりやき二つか。へえ、

すぐ持って来まっさ」

といった工合にやるものだから、流石の奥さんも眉をしかめた。

「竹子さん、その大阪弁はなんとかならないかねえ」

「へえ、大阪は私の生れて育ったところですさかい、ここで江戸ッ子になれ言われても、土台無理ですがな、奥さん」

「大阪弁が悪いと言ってるんじゃないんですよ。大阪弁にだって、もっと品のいい言葉づかいがあるでしょう？　あんたの言い方は、まるで場末のチャブ屋の女みたいですよ。どんないい道具を置いたって、あんたの日本語で滅茶滅茶だ」

竹子はキチンの窓口で私を見かけると傍へ寄って来て愚痴をこぼした。

「三十年使うて来た言葉やさかいな、どないしても直れへんわ。私が船場や芦屋で育ったんやないことぐらい、分りそうなもんやけどな。なんちゅうたかて黒の女房に向いてるんや」

ニグロと結婚していることを自分から吹聴して歩く竹子が、実はそれについて強い劣等感を持っているのだということに私が気づいたのはこのときである。日本にいたときだって育ちが悪かったのだ——と竹子は嘯いていた。だが、奥さんに注意された後の彼女は、しばらく勢がなかった。他の言葉を器用に使うことができないので、そうなると寡黙になるのであり、お喋りな人間が口を封じられたときほど哀れっぽく見えるものはないからであった。だが、そんな彼女が生色を取戻すのは、志満子が叱られるときであった。

「なあ気取っていても化の皮は剝がれるわ。あれも育ちはええことないんやで。白人ちゅうたかて、あんな女と一緒になる男に碌な奴がいるもんか。黒より上等のつもりでいても、白いのにもピンからキリまであるさかいにな」

目の敵にしていた志満子が、休みの日に男と手をくんで一四丁目の安物百貨店をうろついていたのを見たといって、竹子が鬼の首をとったように私に報告したのは、それから一か月もたたない頃であった。

「あんた、やっぱりそうやったで！」

彼女は眼を輝かしていた。

「志満子の亭主はイタ公や」

「イタリヤ人？」

「それそれ、フランチョリーニて妙な苗字や思うてたけど、やっぱりそうやったんや。あの男、どう見てもイタ公やったよ。背が低うて、鼻の形は絶対アイリッシュと違うたな。志満子より十センチも低いんや。しょぼしょぼして貧相な奴や。どこがようて一緒になりよったんやろ。あのな、私が傍へ寄って背中叩いちゃったんや。ほんなら飛上って吃驚してたわ。よう紹介もせんと逃げるように行ってしもうたんは、私に亭主がイタ公なんを見られて恥かしかったんやで。もう威張れんものな」

日本からの船の中で絶えず見下されていたのが、これですっかり溜飲が下ったと言って、竹子は晴れ晴れとした顔をしていた。

私もそろそろニューヨークを見渡すことができてきていて、白人の社会にも奇妙な人種差別があることに気がついてきていた。ジュウヨークと呼ばれるくらいユダヤ人の多いところであったが、それでもユダヤ人は蔭では指さされているようであった。アイルランド人も、白人の中では下層階級に多く属しているようであった。イタリヤ系の白人はなぜか軽んぜられていた。汚物処理車《ガベジカー》に乗っているのはイタリヤ人が多かったし、イタリヤ料理屋は二、三の例外はあったが他は最も安上りな大衆食堂であった。彼らの職種で代表的なものは、魚屋、床屋、洗濯屋で、それらは他の白人たちの経営するものより料金が安い。

あるとき志満子が額に大きな吹出物をこしらえて出勤してきたことがあった。顔つきが変るほど腫上《はれあが》っていて、先は黄色い膿を持っている。面疔になりはしないかと、私まで心配になるほどで、だから開店前には皆の話題になった。ボーイ頭がドラッグストアで売っている塗り薬の名を教えた。思いきって潰したらいいという者と、そんなことをして咎めたら大変だから、そっとしておくのが一番いいという意見とがあった。炎症をとる飲み薬がある筈だと私もいい出して、一生懸命その名を思い出そうとした。

「そうそう、ダイヤジンよ。ダイヤジンって、日本の薬かしら。アメリカに売っていない？」

そう私が言い出したのと、竹子が無遠慮な大声で、

「気にすることはないわ。どうせ、スパゲッティの食べ過ぎや」

と言ったのと、同時だった。

次の瞬間、私は志満子の両眼が飛出してしまったかと思った。何が彼女を怒らせたのか咄嗟には判断ができなかった。志満子の喉が布を裂くようにヒィッと鳴ったと思うと、狂気した彼女は竹子に摑みかかって行った。

竹子もこれには驚いたらしい。だが勇ましい彼女は逃げずに両手を振廻してあしらいながら、

「どないしたんよ。スパゲッティちゅうたんが、なんで気に障ったん？　おかしな女《おなご》やなあ」

と言ったものだから、ますます志満子の火に油を注ぐ結果になった。喘ぎながら、志満子がようやく言返した。

「お前なんかなんだい。ニグロの亭主を持ってるじゃないか」

「いかにも私の亭主はニグロやとも。それがどないした」

「色つきの子供を産んだくせして、偉そうな口をきくな」

「なんやと」

ケニイを引合いに出されたので竹子の血相がみるみる変った。

「イタ公相手のパンパンが何をいうか！」

「パンパンとはなんだよ。私はね、お前なんかと違って白人と結婚してるんだよ」

「何を、イタパン！」

「黒ン坊の女に、馬鹿にされる覚えはないよ！」

取組みあい、床に倒れ、喚き、引掻き、転げまわり、口々に罵《ののし》りあって大騒ぎになったところへ運悪く奥さんが入って来てしまった。ボーイたちも瞬くうちの出来事だったので仲裁する暇がなかったのだ。

「よしなさいよ。みっともない！」

鶴の一声でボーイ頭が割って入り、二人はそれぞれ二人の男たちに取押えられた。竹子の顔は憤怒に歪んでいたが、志満子の方は吹出物が崩れて膿も血もしたたかに半面に流れていたからもっと凄じい形相になっていた。それはたった今のやりとりだけで怒り狂ったものとは思えなかった。たかがスパゲッティと黒い子供という言葉から始まった喧嘩にしては、引分けられてからも沸々と煮えたぎっている二人の瞋恚《しんい》は根が深すぎた。それは私にとってその場だけのものとしてなおざりにすることは出来ない陰惨な光景であった。この私だって触発されればいつだって二人の仲間入りはするに違いないのだ。日本にいた頃、母に怒り、妹を呪ったことがあるのを私は思い出した。竹子の怒りは、私には分りすぎるほどよく分るのであった。同時に志満子をも私はこの事件で一層よく理解することができた。スパゲッティという代表的なイタリヤ料理の名を口にされただけで吾を失ってしまった志満子。それは吹出物が熱を持って不快な気分でいた折からだったかもしれない。竹子の口調に私には気のつかなかった底意地の悪さが宿っていたからかもしれない。しかし志満子が激昂したのは、そんな単純な理由からではなかった。イタリヤ人。いや、イタリヤ系のアメリカ人を、日本にいるとき誰が識別することができただろう。あの当時、ニグロでさえアメリカ人だったのだ。まして色の白いイタリヤ系の男を、誰が本国で軽視されている人種だということに思いついただろう。勝気で虚栄心の強い志満子は、日本料理屋に働きに来ることにさえ屈辱を覚えていたのに、満座の中で夫をイタリヤ系だと嘲笑されたのは我慢がならなかったのだ。

イタリヤ系白人の妻とニグロの妻との、この宿命的な争いに対して、女主人は深く問糺さなかった。

「誰の女房だって、私の店の中じゃ日本人同士なんですからね。仲良く出来ないなら今から辞めてもらいましょう。お客の大方はアメリカ人なんですから、こんなところを見せるのは国辱です」

睨みあっている二人を震え上らせたのは国辱という言葉ではなく、今からでも辞めさせるという女主人の叱正だった。たちまち勢をなくした二人は肩を落し眼に涙を浮かべて奥さんに詫びると、どうぞ馘だけは堪忍してほしいと言った。支配人や私たちも口を添えた。ぼつぼつ客が入って来ていたので、奥さんはその方に気をとられていて、

「それじゃ竹子はキチンで当分の間皿洗いをしていなさい。志満子は、その顔じゃ何も出来ないから今日は帰って、明日から私の部屋の掃除に来なさい」

と口早に裁下してしまった。

ともかく馘は免れたので、竹子は私たちに挨拶もせずに通用口の階段を駆降りて行ってしまった。皿洗いに下落したって、ここの働き口をなくすよりどのくらい有りがたいか分らない。

そうなのであった。ここより他に、ここより以上に条件のいい職場があろうとは思われなかった。固定給が「ヤヨイ」のときの三倍以上あったし、おまけにこの店の客は一人で十ドル二十ドルの勘定書を作らせる金持ばかりなのだ。チップは総計の一割から一割五分だから、一つのテーブルから五ドルのチップがくることだって珍しくないのだった。もっともこの店のやり方は例によってアメリカ式を採用せず、チップは全部勘定場《レジ》の横に置いてある木箱の中に投げこむことになっていた。週に一度ずつ開封して、中身を頭割にするのである。これは金払いのいい客を争奪したり、悪い客を不愛想にしたりする醜態を封じる効果があった。それに銘々が受取らないので、計算係や支配人や板前たちまでが分け前にあずかれて皆が機嫌を揃えるという利点もあった。頭割にすると、それでも多い月には二百ドル近い収入になることがあった。信じられないほど、私の収入は上ったのである。チップと合わせて四百ドル近い月給取に私はなっていたのだ。トムの三倍以上の金を私は稼ぐことができるのだった。私は足袋や草履を新しく買い整え、着物も化繊の花模様をつい買い足し、嬉々《きき》として働いていた。お金が入るのはなんという幸福感であろう。私は人間がだんだん上等になって行くような気さえしていた。

メアリイは九月から小学校へ上った。私は「アレクサンダー」に出かけて行って、彼女のドレスを何枚も買ってやることができた。私の通勤着も買い整えた。秋口には、もうメアリイの冬着と私の外套を買う準備ができていた。それでなくてもメアリイには出来る限りのことをしてやりたかった。七歳の彼女は、学校から帰ってくると妹のバアバラをまるで自分の娘のように愛《いつく》しみ育てるのであった。いつの間にか日本語は片言しか記憶に残さず、バアバラをあやす言葉はすっかり英語だった。ミルクをやりながら、抱いてやりながら、下着を替えてやりながら、メアリイは学校で習った歌を唄い、先生の口調をまねて妹にさまざまなことを言いきかしている。

「バアバラ、早く大きくなって私と一緒に学校へ行こうね。学校は楽しいよ。みんな同じことを習うのよ。A、B、C、D、E……。言ってごらん。これは世界中の人が使う言葉よ。A、B、C、D、E……。アメリカだって、イギリスだって、ドイツだって、フランスだって、それから日本だって使う言葉なのよ。バアバラには来年になったら私がみんな教えてあげる。いい子だから、早く大きくなるのよ」

私は日本ではアルファベットを使わないかわりに、片仮名や平仮名があるということを教えてやりたかったが、メアリイの独言をかき乱すことはできなかった。メアリイは私の予想した通り勉強好きな子供に育っているようだった。成績も悪い筈はなかった。道端で漫画新聞を拾ってくると、文字を拾って、読める単語にぶつかると鉛筆で印をつけて喜んでいる。またそれを一々バアバラに見せてやるのだった。

「ほらdogよ、ほらboyよ、ほらgirlよ、読めるでしょう？」

両親が疲れきっているのを心得ているのか、メアリイは滅多には私たちに甘えて来ないのであった。バアバラが唯一絶対の肉親のように、たえまなく彼女はバアバラに話しかけている。

バアバラは、静かな子だった。メアリイは生れたばかりのころには傍若無人な哭《な》き声をあげたものであるのに、この子は決して火のつくような泣き方をしない。いつでもひっそりとして、けれども眠っているのではなく、黒く伸びた髪の下で黒い眼を瞠ってメアリイの口演を眺めている。この子の肌は、いつまでたっても姉のように黒くはならなかった。形のついてきた顔は間違いもなく日本人の赤ン坊の顔であった。この子ならば純粋の日本人だと言っても通りそうであった。

私は夜おそく帰ってきて、トムが出かけてしまったあと、ひっそりとそれぞれの寝場所で眠っている二人の娘を見るとき、較べるともなく二人を見較べて、ふとバアバラが先に生れていたらどうだったろうかと思うことがある。この子だったら、銭湯へ連れて行っても日本人たちがじろじろと眺めまわすこともなかっただろう。母も愚痴をこぼさなかったのではないか。妹の節子もトムと別れさえすれば文句はなかっただろう。メアリイが生れても一度も寄りつかなかった節子のことを、私はぼんやりと思い出していた。

トムもマリリンも近所の人たちも、バアバラを私にそっくりだというけれど、私にはどうも彼女が節子に似てくるような気がして仕方がなかった。節子は私と違って色白で器量よしだったから、その方がいいと思いながら、そう思っている自分に気がつく度にギクリとする。節子が、あの私の妹が私とメアリイを日本から追出したのではなかったか。

メアリイは長椅子の上に、躰を縮めて横になって寝ていた。無邪気な子供とも思えない侘しい寝姿だった。私はそっと彼女の横にかがみこみ、長椅子の下腹を両手でまさぐって私の貯金箱からお金をひき出していた。今日渡された月給とチップの中から、あらかじめ百ドルを天引きして長椅子の腹の破れ目にしまいこむのである。今のところ貯金が相当額に達したら買いたいと思っているものが二つあった。一つは食事のための椅子とテーブルであり、一つはメアリイのベッドである。バアバラは間もなくベビー用のベッドには納まらなくなるにきまっていた。

だが買物のためとは別に、私は千ドルを目標にして貯金している。それにはメアリイの腰の下あたりにあるかなり深い穴の中を宛てていた。手を突っ込んで奥をまさぐると、螺旋《らせん》型のバネの隙間に大きな紙包が蔵《しま》ってある。私はそれを取出すとそっと包を開けた。何枚もの十ドル札の上に、私は更に七枚の札を足し、それから元通りに包んで元の場所へ蔵った。全額が幾らになるかは勘定しなくても分っている。私は一日のうちに幾度となくこの貯金のことを思い出していた。その度に金勘定はしていた。千ドルというのは――日本へ帰る片道の旅費だ。

苦しく惨めな生活が続いていたけれど、私は日本へ帰りたいと思ったことはまずなかったと言っていい。ハアレムに住む限りでは、私は暮しの中で人に蔑《さげす》まれることはなかったし、何よりもメアリイが友だちを持ち、誰からも苛められず、近所隣を駈けまわっているのを見ると、ここが私たちには安住の土地だと思わないわけにはいかなかったのである。

ナイトオで働き出してからはニグロの妻としての複雑な心理は竹子が代弁して派手にやってくれるので、ここでも私はあまり傷つかずにすんだ。それに思いがけないほど多額の収入――私が日本へ帰る旅費を貯め出したのは、むろんナイトオに勤めてからのことである。今のところ結構な収入があって、メアリイもバアバラも養って行くことに不安はない。だのに、人間というものは余裕の出来たときに逃げ道も用意することを思いつくのだろうか。日本に帰りたいという気は少しもないのに、私にはこの貯金が毎日の働きのいい励みになっていた。あと一年で千ドルになる――そうなれば私は落着いて、今の暮しの中でゆっくりと先を見るようになれるのではないだろうか。そういう気がしていた。

だが私の計算が計画通りに運ぶには障害が多すぎた。その年のクリスマスが近づく頃、私は生理の異常に気がついたのである。かなり正確に周ってくる月経《ピリオド》がいつまで待っても現われない間に、乳が胸をしめつけるほど固くなってきていた。疑いを抱いたとき、私は全身から血の気がひくのを感じた。バアバラはついこの間生れたばかりではないか！　二人の子供が三人になる！　私は嘔吐をもよおし、眼の前がまっ暗になったと思った。「まだまだ生れますよ」と言った小田老人の声が突然耳鳴りのように聞えてくる。

マリリンの忠告もきいていたし、充分気をつけていた筈だったのに、ああ、なんということだろう。私は自分の躰に手をかけて、股から引裂いてやりたいと思うほど口惜しかった。私は客の注文を幾度も間違え、料理を満載した盆をぐらりと傾けて夥しい数の皿を割り、その都度ボーイ頭から叱言を喰った。

「笑子、しっかりせんかいな。あんた、ニグロの女房は亭主に揉まれすぎるさかい昼間は使いものにならんて蔭口叩かれてるんやで。私らは何をやってもニグロのせいやと言われるんやから、よっぽど気ィつけなあかん」

竹子は一か月の皿洗いの体刑から釈放されて、またウェイトレスに舞い戻っていたが、男たちの囁きを耳にすると血相を変えて私に忠告にきた。ニグロの性欲は白人や黄色人種に較べて遥かに強いというのが一般の通説なのである。ニグロと一緒になった女は、そのためにだんだん莫迦になるなどとも言われていた。明方に疲れきって帰ってくるトムを思い出すと、私には一笑に付すことのできる珍説なのだが、彼らの黒い肌は逞しさを連想させるのかもしれない。あるいは奴隷であった過去から今に到るまで肉体労働に就業しているニグロが多いところから、こんな考えが生れたのかもしれない。南部で起きる強姦事件の犯人は、たいがいニグロだという話もあった。私には実感としてどうもピンと来なかったが。

いずれにしても私には竹子のように憤慨する気力はなかった。私がまたも妊娠したと知ったら、彼らは一層彼らの考えが間違っていなかったことを確信することだろう。

私が打明けたとき、竹子はしばらく開いた口がふさがらずにぽかんとして私の顔を眺めていたが、やがて、

「阿呆やなあ」

と言ったものだ。腹の底からそう思って言ったものらしく、言ってからもしばらく私を呆れたように見守っていた。

「そう思うわ、私も」

「もうどのくらいになるのん？」

「三月《みつき》が終るところでしょう」

「でしょうやなんて、自分のことやで。阿呆やなあ。ほんまに焦《じ》れったい女《おなご》やなあ。あんたは気のええ女やさかい、亭主をよう拒絶せなんだんやろ。なんで注意せなんだんや」

「むろん注意はしてたわよ。だけど出来ちゃったんだから情ない」

「阿呆やなあ。しょうない女やなあ。ほいでも他人事やないわ。私もせいぜい褌《ふんどし》しめ直さなあかん。あんた、悪阻《つわり》は？」

「私はごく軽い方なの」

「それだけ運がええんやな。私は十か月飲まず喰わずの苦しみ続けやった」

「まあ、そうだったの？」

「それでも子供はがめつう生れよるで。いのちというのは、しぶといもんや」

「本当ねえ」

私は食物にも事欠きながらバアバラを出産したときのことを思い出していた。また、あの苦しみを繰返すのか。私は長椅子の中の貯金がすうっと消えて行ってしまうのが見えた。が、私はそれを取戻したかった。未練がましく、私はこう言った。

「竹子さん、どうにかならないかしら」

「日本ならなあ、簡単なんやけど」

「日本で簡単にやりすぎた罰かしらね」

「罰やったら私も当ることになるわ。桑原桑原やな」

しかし竹子は急に大真面目な顔になって、

「これは笑子、私の他は誰にも言いなや、隠せるだけ隠さなあかんで」

と言った。

私も働けるだけ働いて、お金を貯めなければならなかったし、出産後も働けるように人々の心証をよくしておかなければならないと気がついて、それからは皿も落さないように気を配った。しかし躰の疲れ方は前よりひどくなったし、顔つきの暗いのだけは隠しきれなかった。

年がかわると私は決心して、いつもより早い時間にナイトオへ出かけて行った。ホテル・ブルボンの七階に女主人の家があるのである。ノックすると中から開けたのは志満子だった。彼女はあれ以来ずっと奥さんづきのメイドになって納まり返っていたのである。

「どうしたの？」

「奥さんに会いに来たんだけど」

「なんの用事？」

「うん。奥さんに直接言うことなのよ」

志満子は胡散臭げな顔をしたが、取次ぐと奥さんは直ぐに会ってくれた。運よく日本からの客もなく、豪華な部屋着を着て熱帯魚に餌をやっているところだったのだ。

「お早う。どうしました？」

いきなり威勢のいい声をかけられて、私はたじろいだ。

「あの、お願いがあって……」

「躰でも、悪くしてるんじゃないかって心配してたのよ。そうでしょう？」

「はあ、いえ、あの、私にキチンの皿洗いをやらせて頂けないでしょうか」

奥さんは水槽の向うからようやく顔をあげると、黙って応接セットの方に歩いて、テーブルから煙草をとり、ゆっくり火を点け、煙を吐きながらソファに身をうずめた。

「どうしてです。皿洗いは重労働ですよ」

「はい、でも」

「あんた、おなかが大きいんだね？」

「………」

「何人目の子供なの」

「三人目です」

「キチンの洗い場は地下ですよ。知ってるでしょうけど。冷えて躰に悪くないかなあ」

「かまいません」

「かまいませんって……。流産でもしたら大変じゃないの」

「流産したっていいんです」

「罰当りなことを言うもんじゃない」

奥さんはピシリと言い、大きな眼で私を睨むと、しばらく物を言わずに煙草を吸っていたが、

「クロークも、キャッシャーも、見えちまうねえ」

などと呟き始めた。客のコートや帽子を預かるクロークの仕事は、私もずっと前に「パレス」でやっていたから出来ないことはなかったが、客から大きなお腹が見えるのは、どうもまずいというのであろう。

「ここはどう?」

しばらくして、奥さんが訊いた。

「はあ?」

「志満子の代りに、ここで働いたら?　大きなおなかでお客をぎょっとさせるのも面白いよ。志満子はそろそろ店へ出そうと思っていたところだし。ここなら掃除と洗濯だけ

で、どっちも機械がやることだし。お昼から出てきてもらうことになるけど皿洗いより楽ですよ。どう？」

こんな思いやりをかけて貰えるとは思ってもいなかったので、私は感動し、涙ぐむばかりで、碌に感謝の言葉も出せないのにじれったい想いをした。

奥さんは志満子を呼んで、私と交替させる旨を申渡し、仕事のやり方を今から私に教えるようにと言った。

私たちは奥さんの居間を出ると、隣の清潔なキチンに入り、志満子は奥さんが昼の十二時前後に起床することや、朝食の用意の仕方、掃除のコツなどをかなりの早口で私に説明し始めた。

「でも、あなたおなかが大きいんでしょう」

「ええ」

「そんな躰で、できるかしら。あの奥さんはかなり人使いが荒いのよ。電気掃除器だって、ここのは特別製《スペシャル》だから大きくって、そりゃ重いの。ソファだって、一々とりのけてバキュームするのよ。絨緞《じゅうたん》だって三日に一度は巻き上げて掃除するのよ。力がいるわよ。妊娠していて力を入れる仕事はいけないんじゃないの？　無理しない方がいいわよ、笑子さん」

親切ごかしの言い方だったが、口調はねちねちと嫌味だった。奥さんの好意で私に与えられる職場なのに、一々私の躰にケチをつける志満子の底意地の悪さが、私の神経には逆鉋《かんな》をかけるようで私は苛々していた。

「ベッドの掃除も大変なのよ。やってみせてあげるわ。ついていらっしゃい」

黄金色の部厚いカーテンと、繊細な糸レースとが二重にかかった窓。桃山時代の襖絵のような華麗な壁紙を張りめぐらした壁に、毛足の長い絨緞を床に敷きつめ、家具はといえば鏡台も、洋服箪笥も、ベッドも、彫刻をほどこしたヴィクトリア風だった。この見事な寝室で眠ったら、どんな豪奢《ごうしゃ》な夢を結べることだろうかと、私はしばらく茫然としていた。

「さあ、手伝って」

志満子は荒々しい手つきでベッドから二枚のシーツを剝ぎとると、新しいシーツを二枚重ねてから端を私に投げて寄越した。厚さ十五センチもある特製の大きなマットを持上げてシーツの端をはさみこむのは、なるほど力のいる仕事だった。

「駄目よ。ちょっとでも皺があると、そりゃ叱られるんだから。やり直しなさい」

志満子は腰に手をあてて、まるで姑が嫁をいびるときのような態度だった。私は歯を喰いしばって、やり直した。

「もう一度、ほら、右と左が違ってるでしょ」

私は頭に血が上りそうだったが、またやり直した。思いきって力を入れ、マットをえいっと持上げた。そのはずみに、志満子が向うの端からぐいと押してきたからたまらない。私は仰向けに床に倒れた。幸い上等の絨緞だったから、ふわりと躰が雲の上に乗っ

たようで、どこも打たなかったからよかったけれども、私を見下した志満子は冷笑して、

「駄目ねえ。あなた本当にやれるつもり？　大丈夫なのかしら、心配だわ」

と言ったものだ。

それでも私は耐えた。私は黙って立上ると志満子の手順を真似て仕事を続けた。

豪華な三面鏡の前に、香水の瓶が乱立して、何種類ものクリームや白粉が、櫛やブラシと一緒に展げられていた。それを片づけて、一つ一つの器を丁寧に拭いて、抽出しの中まで整えるのも一日の仕事の内だと志満子は自分の鏡台のように自慢しながら説明していた。それから装飾の多い容器を取上げて、

「このクリーム、なんだか知ってる？　五十ドルもするのよ」

と言って、匂を嗅いでから、ふと鏡の中の私を見た。

「あなた、三人目だって？」

「ええ」

「困ったわねえ。あなたたちは殊に気をつけなくちゃいけないのよ。ニグロやプエルトリカンは繁殖率が高いんだからね、鼠みたいに」

ガチャンと音がし、志満子が大袈裟な悲鳴をあげた。私が手に持っていた化粧水の瓶を投げつけたのだった。瓶は志満子を外れて、彼女の背後にある小卓《サイドテーブル》の上の人形ケースにぶつかり、硝子を割り、人形の首を落していた。

なおも摑みかかろうとする私の手をすりぬけて、志満子は、

「奥さん、奥さん」

と叫びながら部屋から逃出して行った。

私は最初の望み通り地下室のキチンに降りて皿洗いをやることになった。竹子に続いて、私も同じことをしでかしてしまったのだ。ニグロの女房は兇暴だという誤解を女主人に植えつけてしまったとしたら、それだけが残念だった。だがあのとき私が我を忘れて逆上してしまったのは、今から思っても当然だったと思う。妊娠で精神がかなり苛《いら》ついていたこと。志満子のねちねちした口調で一層苛々していたところへ、あなたたちと見下され、鼠のような繁殖率と蔑まれ、しかもプエルトリコ人と同列に扱われたのだから、私でなくてもニグロの妻なら誰でも志満子に一瞬の殺意を覚えたに違いないと思う。プエルトリコ人というのは、ニューヨークではニグロ以下に扱われている最下層の種族のことなのだから。

8

一九五六年七月、また女の子だった。マリリンがベティと名をつけてくれた。メアリイの生れたときとそっくりだったから、今度はバアバラのような工合にはいかないだろうと思っていたが、果してその通りで、二か月もするとどこからみてもニグロの子に間違いないようになってしまった。今度もマリリンを始め、近所の人たちに随分世話になったが、貯金がたっぷりあったので前のようには迷惑をかけずにすんだ。あれだけ注意を与えてくれたのに、いざ生れるとなるとマリリンは大変に喜んでくれた。隣のお婆さんも祝福してくれたし、向いの八人子持ちの小母さんも、

「生れてみれば可愛いよねえ」

と言って、私に片眼をつぶってみせた。

トムは相変らず無感動で、私が妊娠を告げたときには驚いて顔を歪めたが、それだけだった。こういう場合に限らないが、東京時代の彼と、ニューヨークの彼とでは全く別人のようだ。彼にはもはや再びあの栄華は戻らないのだ。

このあいだまでバアバラの寝ていたベビーベッドにベティが入ると、バアバラは夜は私と、昼はトムと一緒に寝ることになった。夜昼交互に使うベッドのことを貧乏人のホットベッドと言うのだそうだが、バアバラはその熱いベッドの住人になってしまったのである。

私は例によってすぐ働き始めなければならなかった。一日も早くベッドをもう一つ買って、メアリイを長椅子から解放してやらなければならないのである。彼女が熱愛しているバアバラを私やトムに取られるのが大層つらいらしかったから。

レストラン・ナイトオとは了解がついていたので、私はなんの支障もなく前々通りの職場につくことができた。しかし、ほんの三か月ばかりの間に、随分顔ぶれが変ってい

るのには私は驚かされた。奥さんは怠け者や小ずるい人間が大嫌いなので、そういうのはぴしぴし辞めさせたし、新しい志望者には少しも困らなかったのだろう。

だが私が何より驚いたのは、新入りの中に麗子を発見したことだった。

「まあ、麗子さん！」

私が目を丸くしていると、麗子はこころもち含羞《はにか》んだ表情で軽く会釈をしたきり、てれくさいのか何も言わずに傍を離れた。大きな蝶の飛んでいる浴衣がよく似合って、彼女は相変らず美しかったが、下船のときから少しも肥っていないように思われた。華麗な化粧をしていたが、白粉の及んでいない首筋や喉のあたりは、ひどく血色が悪いようにさえ思えるのである。それ以上に私が心配だったのは、麗子がどうして働きに来ているのか、ということであった。

あの美男のマイミ氏はどうなったのだろう。麗子は離婚でもしたのだろうか。それだったらレストランなどでうろうろしていないで、早く日本へ帰ればいい。それとも夫の許可のもとに、日本恋しさから日本人の集るナイトオに来ているのか。この想像はおかしかった。お金に不自由がないのなら、ナイトオに来たければお客になって来ればいいのだから。しかし私があれこれ想像をめぐらしたのには理由があった。私は麗子の結婚について、ある疑いと懼れを感じていたからである。どうかそれではないようにと私は祈りたいような気持でいた。

竹子はまた志満子相手に問題でも起したらしく皿洗いの体刑に服役中だったので、昼のお客が終ると私はそっとキチンに降りて行って竹子の手が空くのを待った。

「生れたかい？」

竹子は私を認めると汚れた器を皿洗い機におさめる手を止めもせずに訊いた。

「ええ」

「どっちや」

「女の子よ」

「又かいな。女ばかり三人になったんやな」

「うん」

皿洗い機が唸り声をたて始めると、私は竹子の顔を見て、

「麗子さんが来ているじゃないの」

と言った。竹子のことだから、麗子の事情は訊いて知っているだろうと思ったのである。

「あんた、あの人なあ……」

竹子は声をひそめた。

「あの人の旦那はプエルトリコやったんや」

ボイラーと皿洗い機の音の詰っているキチンの一隅では、殆ど聞きとれないほど小さな声であったのに、竹子の言葉は私の耳朶《じだ》を突刺すように聞えた。それは私が疑い懼れていた通りのことだったのだ。

麗子の夫であるマイミ氏はプエルトリコ人だった……。こう聴くだけで麗子のニューヨークでおかれている地位というのものは総て理解された。彼らの住所であるウェストの八四丁目はスパニッシュ・ハアレムと呼ばれるプエルトリコ人街の中にあることを私は思い出した。船の中で麗子が語り、私が想像していた夢のような生活が、その通り麗子にとっては夢でしかなかったのだ。あの美貌の青年の顔だちは、黒い髪も唇許《くちもと》も日本人に酷似していたけれども、深い眼と形よく通った鼻筋は疑いもなくスペイン人とプエルトリコ島の土着民やニグロとの混血の特徴であった……。

だが、日本にいる誰が、彼をプエルトリコ人だと見破ることができただろう。アメリカ連合軍の制服を着て英語を喋る彼は、日本人にとっては普通一般のアメリカ人と異なるところはなかったし、ニグロと違って肌も白いのだ。また日本の誰が、ニューヨークにおけるプエルトリコ人の状態を知っていただろう。彼らは、その存在さえ知らなかった。私が全く無知であったように、麗子だって、麗子の両親たちも美男のマイミ氏がニューヨークでは最下層とみなされている人種だなどとは考えることもできなかったに違いない。

それだけに、ああ、私は思っただけでも胸がつぶれる。麗子があの日、船からマイミ氏に迎えられたときの驚きを……。おそらくそれは、私がハアレムに一歩入り、地下室を我が家と発見したときのショックとは較べものにならないくらい大きく、絶望的なものだったのではあるまいか。私は少くともニューヨークでは共稼ぎを覚悟して出かけてきたのだが、麗子は甘美な夢を描くばかりでこの世界の大都会にやってきたのだ。そして麗子は、おそらく私以下の生活――私たち以下の生活があるとは私にも想像がつかないのだが、プエルトリコ人はニグロ以下の貧窮の中で暮しているというのが一般の常識なのである――ひどい生活に直面して、私以上に蒼白になっただろうと、私は容易に想像することができた。お嬢さん育ちの麗子が、いきなりプエルトリコ人の暮しの中にはまりこんでしまったのだ……。

今日までの三年近い歳月を、麗子はいったいどうして生きてきたのだろうか。

夜の開店時間前に、私たちは一斉に食事をとる。外に食べに出てもいいのだが、ここで食べる方がお金もかからないし第一おいしいので、私たちは銘々に丼にとって飯をよそい、肉や魚の煮こみを惣菜にしてキチンの片隅で箸をとって食べるのである。勤務時間中は私語することをかたく禁じられていたので、この時間は天下御免の女たちの饒舌《じょうぜつ》がきかれる。しかし食欲に専念しているときのことだから心が和むのか、喧嘩になることは滅多になかった。

「麗子ちゃん、あんたにしつこく話しかけてたK商事の奴は気をつけなさいよ。ちょっとでも相手をするとすぐいい気になって、角のドラッグで待受けたりするからね。いけ好かないったらありゃしないんだから」

「麗ちゃん、お客は注意した方がいいわよ。デイト申込まれたら私たちに言いなさい。どこの誰か、はっきり分ってから付合う方がいいからね」

「まったく日本の男は飢えてるって感じだね。私たちに猪介《ちよつかい》出すのは、白人と碌にデイトも出来ない腰抜けガイなんだから、さもしくっていけないよ」

「本当にそうね。戦争花嫁《ワーブライド》なんてどうせパンパン上りじゃないかって言ったのがいたわよ。私が手ひどく断ったらさ」

「誰よ、それ」

「カメラ会社の名倉って男」

「いやだあ、私デイトの約束したばかりだわ」

「馬鹿だね、すっぽかしておやりよ」

「すっぽかすより会ってさんざん金を使わして、最後のドタン場で引っぱたいてやるといい」

「駄目駄目、とてもケチなんだから、いきなり自分のアパートへ連れて行こうとするのよ。すっぽかす方がいいわ。それで文句言ったら、私がそうしろと言ったって言いなさいよ」

「麗ちゃん、こんな工合のが多いんだから、よっぽど気をつかわないと馬鹿をみるわよ。いい？」

　麗子は黙々として食べながら、先輩たちの話を注意深くきいている。私も気がついたが、麗子はナイトオで働く女の中では目立って器量よしだったので、若い男が何かと話しかけたり、帰りがけには麗子の手を握りしめてチップを渡したりするのである。あんまりもてすぎるのも身をあやまるものだと思うから皆が自分たちの経験にてらして注意するのだが、それも麗子がいかにも育ちがよさそうに見えるからに違いなかった。

しかし船の中と違って、麗子は実によく食べた。痩せの大喰いという言葉があるけれども、まるで飢えた者がいきなり丼飯を与えられたときのように、丼に顔を突っ込むようにして、箸を動かしている。

私はそっと竹子に訊いた。

「あのひと、いつから来ているの？」

「ええと、そうやな、まだ五日になれへんで」

竹子は私の視線を追ってから私の心を読んだらしく、

「碌に喰わせてもうてへんのやで、きっと。初《はな》からあの調子や。あれみたら男は口説く気ィにもなれへんと思うわ。飢えに飢えていたんやな」

と言った。

十時過ぎに店を閉めると、ウェイトレスたちは更衣室に入って通勤着と着更える。学生は学生らしく、ダンサー上りの戦争花嫁はそれと見える服装に戻るのである。概して誰もあまり趣味のいい洋服は着ないのだが、麗子だけは日本から持って来たドレスがまだいたんでいないのか上品なピンクのワンピースを着て、まっ直ぐな髪を長く肩に垂らすとまるでハイスクールガールのようになった。

私は船の中での友情を取戻したく、なんとか麗子に声をかけて話しあいたいと思っていたのだが、プエルトリコときいてからは私の方が気おくれしてしまって、なかなかきっかけが摑めなかった。帰りがけになって、やっと私は、

「麗子さん、一緒に帰らない？」

と肩を並べて外へ出ようとしたのだが、

「ええ……」

麗子は困ったような顔をした。

スパニッシュ・ハアレムに住んでいると知られたくないのだろうか。それとも住所が変ったのだろうか、どうして私と一緒に帰るのが迷惑なのだろうかと私は思い迷いながら、ひっこみのつかない気持で麗子より先に街路へ出ると、横縞の丸首シャツを着た小柄な男が店から少しはずれたところに佇《たたず》んでいる。すれ違いに、おや、と思ったのだが、角まで歩いてから振返ると麗子とその男が立止って話している。あれがマイミ氏に違いないと私は確信した。黒い髪と、すれ違うだけでも印象に残った深い大きな眼には、写真で見覚えがあったのである。

夫が迎えに来ている……？

毎晩のことなのだろうか。とすれば、いったい、なぜ……？　それが愛情の故だとは流石の私も思えなかった。私は二度と振返らなかったし、どんどん足を早めて、彼らと一緒にならないように心をつかったが、そういううちにもマイミ氏の服装がトムに劣らずみすぼらしかったのが思い出された。トムと違って小男だったのも貧相な印象を私に

持たせた理由だろう。その美貌といい、あの体つきといい、彼は典型的なプエルトリコ人であった。

プエルトリコについて、私の知っているだけのことを書いておく必要があるかもしれない。

プエルトリコというのは、なんでもキューバの隣のハイチやドミニカのもう一つ隣にある島の名前であるらしい。大西洋の西インド諸島の一つ。この島を最初に発見したのはコロンブスだといわれ、十六世紀の初にはスペイン領になっていた。豊かな海（RICH PORT）というのがプエルトリコの言葉の意味だが、小さな島に二百万からの人間がひしめき、その人口密度は日本以上だというから、ハリケーンの吹きまくる住みにくい国で日本よりもっと苦しい生活があるのだろう。十九世紀の終にアメリカ領となって以来、今も米国属領とか準州とかになって大幅な自治を許されている。だからプエルトリコ人の国籍はアメリカなのだ。彼らは貧乏神にとりつかれた生活から脱出し、あるいは放り出されて、何かいいことがあるのではないかとニューヨークにやってくるようになった。首都サンファンからニューヨーク港に貨物船が着くと何百人の貧しいプエルトリコ人が上陸する。ニューヨークに住みつくその数は年にして四万人近いという話だ。今では四十万人ほどのプエルトリコ人がマンハッタンにもぐりこんで、すさまじい勢で殖えているといわれている。プエルトリコから渡ってくる者の数以上に、彼らの繁殖力は旺盛なのだ。貧民窟の中で、彼らは鼠のように殖えている……。

麗子が、プエルトリコ人の生活の中に巻きこまれてしまっているのを想像するのは、いかにも痛々しかった。彼らの生活について伝説めいた話が数々流布していた。母親のために客を見つけてくる子供の話。娘の客を漁《あさ》っては連れて帰る母親の話。女房を買えといって、しつこく御用聞きのように日本人のアパートをうろつきまわる男の話。狭い部屋に三世帯もの人間が犇《ひしめ》きあって暮している。客がくると彼らは、女ひとりを残してぞろぞろと街路に出て、客が帰るまで道に腰をおろして待つという話。そういう陰惨な絵の中に美しい麗子を置いて考えることに、私は耐えられなかった。

だが、麗子が何故か私を避けているときに、近づくことも話しかけることも私にはできなかった。私は気がかりを、つい竹子相手に洩らしたが、竹子は船の中での交際にもかかわらず冷淡な態度を示した。

「気の毒やけど仕様《しやあ》ないわな。私らより運が悪かったというだけの話や」

「なんだか見ていられないわ」

「どうしようもないやないか。一緒にいるもんに夫婦別れもすすめられへんし。まあ子供はないんやさかい、なんとかするやろ」

「どうできるって言うの？」

「知らん。なんせ人殺しも何も気にせん相手なんやから、うっかりしたことはできんわな。下手な真似したら殺されるやろう」

「まさか」

「ほんまやて。うちの黒も言うてるで。ニグロはどんなに困ってもプエルトリコの真似はようせんて。黒の方が、あんた、まだしも教養があるし文化的や。産児制限《バスコントロール》の知恵もあるしなあ。プエルトリコちゅうたらあんた、ぼろぼろ鼠みたいに産みよってからに、手ェつけられへん言うで」

竹子の口調にあるプエルトリコへの侮蔑の響は私を鼻白ませた。前に書いたプエルトリコ人の生態の大半は、竹子から与えられた知識なのである。竹子はそれを、いかにも面白そうに私に話してきかせた。麗子の話となると多少は情にかかるので竹子は嫌やがったが、もっと一般的にプエルトリコの話になると竹子は興じていくらでも喋り出す。女房に客をとらせる男の話などは、竹子は幾度でも笑いながら繰返すことができた。

「でも、麗子さんの場合は決してそんなことないと思うわ。旦那さんが毎晩迎えに来ているもの。大事にはしてくれているのよ、きっと」

「甘いなあ、笑子は……」

私がまた本題へ話を引戻すと、

竹子は呆れたように私を見て大声をあげた。

「逃げたらいかんと思うて捕らまえに来てるんやないかいな」

「そうかしら」

「そうでなくて女房を毎晩迎えにくる男がどこの世界にいるものか。おまけに、あのプエルトリコは働いてェへんのや。いうたら紐やな、麗子の」

私はどういうわけか急に腹が立ってきて、竹子に毒づきたくなった。

「じゃ、竹子さんのとこと同じじゃないのよ」

竹子の夫も、竹子が働き出してからは怠け癖がついて、どこへ勤めてもすぐ馘になると聞いたのを覚えていたのだ。プエルトリコなみと言われれば、竹子も怒るかもしれないと思ったのだが、彼女はケロリとして答えたものだ。

「私とこは違うで。働き口はなんぼでもあるんやけど、うちの黒の肌に合わんのでじきに馘になるだけの話やもの。そやから長いこと家でぶらぶらするようなことは無いがな。プエルトリコはあんた、傭う方がどだいあれへんのや。大違いやで、笑子」

竹子の言うことが正しかったのに気がついたのは間もなくのことである。その日は私が出てきてから最初の給料日だった。当然、それは麗子にとっても初めてナイトオの給料とチップの分け前を受取る日でもあった。

帰りの身支度を整えているとき、珍しく麗子の方から私に躰をすり寄せてきて、

「笑子さん、ちょっと御相談があるのだけれど……」

と言出した。

「いいわよ。帰りにドラッグストアにでも寄る?」

麗子はそれは困ると言い、ここでいいからと部屋の隅に私を引張ってから、小声で私の貯金の仕方について質問したのであった。

「私は、家の長椅子の裏に突っこんであるのよ。家中誰も気がつかないわ。スプリング

の間に挟むから、落っこちる心配もないのよ」

麗子は考え深そうな顔をしてから、自分の分も一緒にそこへ預かってもらえないかと言い出して私を驚かせた。

「いいけど、どうして……?」

「どうしても預かってほしいんです」

「いいわ」

麗子はハンドバッグをあけると十ドル紙幣を十枚数え、ちょっと考えてまた二枚足して私に渡した。

「こんなに沢山。いつまで?」

「ずっと……」

「それなら銀行へ入れなさいよ。六番街の角がナショナルシティバンクだから。あなたのサインで入れとけば、通帳預かっても私は使えないし、そうしなさい」

麗子に知恵をつけながら、私自身の分も明日からそうしようと考えついた。麗子も首肯《うなず》いて、ではそうして下さいと言い、また三十ドル足して、全部明日まで預かってほしいと言うと、私の返事もきかずに外へ飛出して行ってしまった。

後から出て行くと、案の定マイミ氏がまだ人通りがあるのもかまわず麗子を抱擁しているところだった。何を話しているのか、麗子の明るい笑い声が聞えた。

私は受取った百五十ドルについて、しばらく考えていた。レストランはまだ書入れの秋を迎える前で頭割のチップはそう多くはなかった。麗子の手には全部で三百ドル切れる収入しかなかった筈なのだ。麗子は今夜、百二十ドルをマイミ氏に渡して、それが一か月の給料の総てと言うのであろうが、働いていない夫との生活を、おそらくはマイミ家の家族も同居しているに違いないのに、その生活を、それだけの金で支えるつもりでいるのだ。全体から見れば百五十ドルは、臍《へそ》くりというには多額すぎた。私でさえ、どんなチップの多い月でも五十ドル以上のお金を貯めたことはないのに。麗子はいったいその金を、何につかうつもりなのだろうか。いや、何の目的をもって彼女は貯金を始めたのだろう。マイミ氏と別れて、日本へ帰るための旅費の貯金だろうか……。

それから毎月の給料日に麗子が積立てる金は百ドルを下廻ったことは一度もなかった。私が産後の体力を回復するにつれて、麗子の預金口座の総額が殖え、麗子は目に見えて肥りはじめ、血色もよくなり、いよいよ美しくなってきた。スパニッシュ・ハアレムで、彼女は殆ど栄養失調になっていたのではないだろうか。マイミ家で長い間、彼女は喰うや喰わずの生活を送っていたのに違いない。ナイトオの従業員用の二度の食事が、彼女の健康を取戻させたのだ。

美しい女は装うことを好む。麗子は鏡を見て次第に自信を芽生えさせたのかもしれない。どんどんお洒落になっていった。秋に入ると、ナイトオのお仕着せが地味なのを嫌って、どこから手に入れたのか華やかな友禅模様の着物を着て働くようになった。帯も、草履も、新調した。趣味は悪くなかったし、こういうお嬢さん風の装いは麗子には実によく似合った。それでなくてもウェイトレスで一番美人であった麗子なのだから、お客の人気は圧倒的になったのも無理はない。アメリカ人でも麗子を目当てで来る客が殖えたし、日本から来た客はまず麗子に眼を瞠って、

「アルバイトですか」

と訊ねたりした。

帰りがけに、紙幣を丸めて麗子の胸許へ押しこむ日本人客もおり、麗子がそれを事もなげにレジの横の木箱へ押し込んでしまうのを見て、ボーイたちの評判もごくよかった。麗子はどの客に対しても言葉少く控え目で、決して自分の方から媚《こび》を示すようなこともなかった。

だが、女たちは麗子の人気をあまり快くは思わなくなっていた。

「こないだアメリカ人のお客が、あれはどういうガールかって訊いたから、プエルトリコのワイフだって言ってやったら、呆れたような顔をしてたわよ。それきり振りむきもしないのさ」

と、志満子。

「そうと知ったら誰でも興ざめするんやろ。本人は充分もててるつもりやろけどな」

と、竹子。

プエルトリコの悪口を言う段になると、この二人は妙に仲が良くなった。

前には親切に先輩ぶって麗子に様々な注意を与えていた女たちも、次第に麗子を疎外

するようになったので、この頃は食事のときも、休み時間も、麗子は私の傍に寄ってくる。私も不憫さがつのって、船の中でのように麗子が愛しくなっていた。

「笑子さん、今夜一緒に帰って、ね？」

「いいけど……、旦那さんは迎えに来ないの？」

「来るわよ。だから」

「やっと紹介してくれるってわけね」

麗子はうふんと鼻を鳴らして笑ってから、

「お礼を言うと思うけど、どう致しましてッて言ってね」

と言った。

「お礼って、なんの？」

「いろいろね、靴やドレスや、みんな笑子さんからのプレゼントだって言ってるのよ」

「ああ、そう……。いいわ」

秋に入っていて、更衣室で着かえると、麗子はなるほどウールジャージィのドレスも靴もハンドバッグも新品でかためていた。百ドルの貯金の他に五十ドルは私に預けて、彼女は毎月そういうものを買うのに当てていたのである。私のように寒くさえなければいいという安物で身がためしたのと違って、煉瓦色のワンピースに大きなネックレス、黒の踵が思いきり高いハイヒール。大型のモダンなバッグという麗子のいでたちは、マンハッタンのオフィス街から出てくる白人のサラリーガールと変らなかった。いや、それ以上に華麗だった。子供がいなければ、これだけのことは私にだって出来るのだと思うと、私はふと麗子が羨ましくなった。

しかし、麗子の夫の格好はというと、これは相変らずお粗末の極みだったのだ。夏の間中着ていただんだら縞の丸首シャツに、ジーパンをはいて、上にはもう今から皮ジャンパーを羽織っている。おそらくこれが彼の衣裳の総てであるのに違いなかった。真冬でも、きっと彼はこの格好で麗子を迎えに来るのだろう。

皮ジャンパーといえば日本でこそ金目のもので、金持の息子や中年男の遊び着と思われているけれども、ニューヨークではこれはギャングか最低生活者のユニフォームみたいなものなのである。子供のある私でさえ余裕を作ってはトムの着るものを季節ごとに何か一つ二つ買っているのに、麗子は徹底して自分だけを飾るつもりでいるらしい。

「笑子さん。私のホセよ」

「ホセ……？」

麗子がマイミ氏を紹介したとき、その幾度かきいたことのある名前に私が驚いて眼を瞠ると、麗子もホセも声を揃えて明るい笑い声をたてた。陰鬱なものに見える彼の深く黒い眸が、笑うときにはまるで別のものに変貌するのに私は気がついた。プエルトリコ人の本性は実はかなり陽気なのではないかと私は思った。

「笑子さんはカルメンの恋人のドン・ホセを思い出したんでしょう？」

「ええ、そうだわ」

「ホセという名は、スペインにもメキシコにも掃いて捨てるほどあるんですって。日本の太郎や次郎ぐらいに当るらしいのね」

「まあ、そうなの」

麗子は私と話すときは英語をつかい、ホセ・マイミと話すときは英語の中にスペイン語をふんだんに混ぜた。

「ホセ、シニョーラ笑子がくれたのよ、このドレスも、靴も、ハンドバッグも」

「ムーチョ・グラシャス・シニョーラ」

ホセは丁寧すぎるほど丁寧に私に向って頭を下げた。片手を胸に当てて、まるで闘牛士が貴婦人に挨拶するときのように、である。

「どう致しまして。麗子さんは私と日本を一緒に出た友だちですもの」

麗子に約束した通りに答えながら、私はなんとも妙な気持だった。

私は麗子とは比較にならない粗末な装《な》りをしていた。私のどこを見れば、友だちに高価な贈物をする余裕があると思えるのだろう。ホセがもし疑いもせずに私に礼を言っているのだとしたら、よほどの馬鹿かお人よしだという他はなかった。

だが、そんなことより、しばらく私が拘泥していたのはホセという名前についてであった。いくらありふれた名前だと聞かされても、私には激情のあまり淫奔なカルメンを刺し殺したドン・ホセへの連想を断つことができなかった。麗子が美しいからかもしれない。

　ある日、私はナイトオの休日で久しぶりにのんびりと洗濯などしてから、午後になって起きてきたトムと揃って晩御飯をとり、メアリイにもバアバラにも食べるものだけでなく、着るものもまず不自由なく暮させていることを、あらためて感じたが、それはプエルトリコ人の生活と比較することを覚えたからだろうか。私は羊肉の煮こみを掻廻しながら、トムに話しかけた。

「ねえトム、一度私の友だちを家に呼びたいんだけど、どうかしら」

「ナイトオで働いてる連中かい？」

「そうよ。竹子と麗子の二人。日本を出るとき船で一緒だった人たちなの。本当は志満子も呼びたいけど、竹子と仲が良くないし、私もあんまり好きじゃないから」

「その中でプエルトリコの亭主持っているのは誰だね？」

　トムの質問は私を驚かせた。麗子のことは、三年前、私がニューヨークに着いた日に所番地で麗子の住居のありかを彼に訊いたことがあっただけである。それがスパニッシュ・ハアレムと呼ばれるプエルトリコ人地区だと後になって私は知ったが、トムはそれを忘れていなかったのだ。

「麗子よ」

　私は答えた。

「そりゃ美しい人なの。トムも会ったら、きっと吃驚《びっくり》すると思うわ。まだ二十二か三で若いし、色が白くて、眼が大きくて、本当に魅力的な娘《ガール》よ」

「なんだってそんな素晴らしい娘がプエルトリコにひっかかったんだ?」

「さあ、それなのよ。日本人にはプエルトリコ人なんて知識がなかったんだもの。単純にアメリカ人だと思ってしまって、それで結婚したんでしょ。麗子の家は、かなりいい家なんだけど」

「どうして帰らないんだろう」

「え?」

「日本へ帰ればいいんだよ。麗子は男を愛しているのかい?」

「それがどうだか分らないの。ともかく麗子の旦那さんは毎晩ナイトオまで迎えに来るわ。ホセっていう名前なのよ」

「ホセ? そりゃ大変だ」

トムは大仰に驚いてみせ、それから笑い出した。私はニューヨークに来て以来、こんなに陽気なトムは見たことがなかった。

「うまくやらないと麗子は殺されちまうぜ!」

トムもまたカルメンの物語を連想したのに違いなかった。

メアリイが口を出した。

「プエルトリコ人の子が、私たちの学校にも来ているよ。きたない服を着て。でも女の子は、とてもバアバラに似てる」

「何を言うんだ、何を!」

トムが白い眼を剝いてメアリイに喰ってかかった。

「メアリイ、いいか？　バアバラはお前のお父さんとお母さんの子供だよ。お父さんはアメリカ人で、お母さんは純粋の日本人だ。それでどうしてバアバラがプエルトリコ人に似てるんだ？」

「でも、髪が黒いし、眼も黒いし……」

「いいか、バアバラは、アメリカ人だ。プエルトリコ人とは違う。二度と言ったら承知しないぞ」

メアリイはおずおずしながら、もう一度訊返した。

「ダディ。プエルトリコ人はアメリカ人じゃないの？」

「違うとも。プエルトリコ人はプエルトリコ人だ。あいつらは最低の人間で、アメリカ人じゃあないんだ！」

メアリイを叱っても言いきかせても、トムはすこぶる陽気だった。食事が終ると、ひとしきりバアバラの相手をして、

「お前をプエルトリコと呼ぶ者があったらダディに知らせろよ。ぶん撲ってやるからな。いいな、バアバラ、分るだろう？　あんなものに間違えられてたまるかってんだ！」

バアバラは父親の黒い腕の中で激しく揺すぶられながら当惑した表情だった。私にもバアバラがプエルトリコ人には見えなかったけれども、彼女が日増しに妹の節子に似てくるのには全く妙な気がする。もっとも、性格は一口に言って、おっとりしている方ら

しい。

ベティが小さなベッドの中で急に泣き出した。これはメアリイより癇性で、泣き出すと泣きやませるのに大層手のかかる娘である。

「おおよしよし、ベティ、可愛いベティ。お前はどこからみたってプエルトリコには間違われないぞ！　いい子だ、いい子だ」

トムはバアバラをおろし、急いでベティを抱き上げ、目の高さまで差上げては喋り続けた。日頃はとろんとした眼をしていて、泣いている子をうるさげに見るだけの父親が、俄かにこんなことをするものだから、ベティの方も驚いたのかもしれない。ぴたりと泣きやんでしまった。私は私で、まだ首もすわっていない赤ン坊に、はらはらしていた。

時間がくると、トムはピョンピョン飛び跳ねながら着更えて出勤の支度をした。

「笑子。その麗子という娘を早く家に呼んで、日本へ帰るように二人ですすめることにしよう。それが一番いいよ。ホセに突殺されない前にさ。明日にでも招《よ》んでやれよ」

出がけにトムは私を振返って、ひどく物分りのいい態度を示した。

私はしばらく呆然として勢よく閉まったドアを見ていた。トムがこんなに活き活きしていたのを見るのは、いったい何年ぶりのことだったろう。何が彼をこんなに急に勢づけたのか私には分らなかった。だが私は見ることができたのだ、そこにトムの東京時代の片鱗を。

トムが折角賛成してくれたのに、麗子を招待することは実現しなかった。ある夜の帰り道で、私はホセの前で麗子に私の家へ遊びに来ることをすすめたのだが、麗子はちょっと当惑したようだったし、ホセは急にスペイン語で麗子に何事か喋り出した。やがて麗子は私に向き直って、

「ご免なさい。いけないって言うのよ」

「どうして？　竹子さんと一緒に御飯を食べるだけなのよ」

「ええ、私は行きたいんだけど、ホセがハアレムでは迎えに行けないからって」

「あら、一人で帰ればいいじゃないの。なんなら私たちが送っていってもいいわ」

私はホセに何を心配することもないし、ちゃんと時間には帰れるようにするからと、直接話してみたが、彼は態度を硬化させてしまって、私の英語は分るくせに返事はスペイン語で麗子に言うのである。

「ご免なさい、笑子さん。いずれ話すけど、駄目だわ、どうしても」

「あなたを信用しないの？」

「そうじゃないけど」

「まるで自由がないみたいじゃないの。あなたがこの人を養ってるんでしょう？　それで何を遠慮することがあるのよ」

私も到頭腹を立ててしまったが、それでどうなるものでもなかった。ホセが何を懸念しているのか分らなかったけれども、麗子が来ればトムも私も彼女に日本へ逃げて帰れと忠告する筈だったから、私もホセに向ってシラを切りぬいて説くわけにもいかなかっ

たのである。その意味ではホセのとった態度は利口だったと言えるかもしれない。いずれ話すと言ったけれども、麗子はその後も自分の方から打明け話を持ってくる様子は見せなかった。

竹子の方は私の招待を大層喜んでケニイと下の娘を連れてやってきた。日中はトムが眠っているので、私たちはメイプルトリーが黄金色に色づいている美しいセントラル公園に出て遊ぶことにした。メアリイとケニイは最初は互いにてれていたが、すぐ船の上と同じようにうちとけて、広い公園の中を手をとって駆けまわり始めた。

この日も麗子のことが話題になった。彼女が来なかったというだけで、話に花が咲いてしまったのである。麗子がホセに内密で貯金をしているということを、私はこのときうっかり喋ってしまったから、よけい話が沸騰した。

「やっぱり帰るつもりなんやな、それは」

と、竹子。

「自由を奪って縛り上げているつもりでも、ぬかったな、ホセの奴め。まさかカルメンが船で逃げるとは思わなかったろう」

と、トムは手を叩いて大喜びした。

麗子の貯金が五百ドルに達したとき、彼女がそれをこっそり引出してホワイト・フォックスの豪華なストールを買ったのには、私は驚いてしまって声も出なかった。麗子がどういう気でいるのか、さっぱりわけが分らなかったからである。ストールなどというものは貧乏人に必要なものではなかったし、しかも五百ドルという大金を惜しげもなくはたいて一つの品を買うという度胸は、それだけでも驚く値打があった。ナイトオで働く女たちには浪費癖のある者が多かったけれども、まだ誰一人として毛皮のストールを買ったのはいなかった。しかも眼のさめるような白い狐の襟巻きを。だが私が驚き呆れたのは、そんなことではなかった。私は麗子の真意が分らなくなったのだ。日本へ帰るつもりではなかったのか……。そのための貯金だとばかり思っていたのに、ストールを、いったい何の必要があって……？

ナイトオの従業員更衣室にはロッカーがあったが、麗子は買ったストールはその中へ蔵って家に持って帰らなかった。ドレスや靴でさえ私からの贈り物だと嘘をつかなければならないのに、まして高価な毛皮などいくらホセでも変に思わない筈はない。とすれば一層、私にはなぜ麗子がストールを買ったのか分らなかった。

だが、ある日麗子は昼の部が終ると、念入りに化粧をし直して、肩の空いたカクテルドレスに着更え、

「今日は帰ります」

と言って出て行ってしまった。白い毛皮がふかふかと彼女の背に揺れて、麗子の後姿は人目を惹いた。それ以上に彼女の足どりは軽やかで、私たちはみんな呆気にとられて後を見送ったのである。

「誰とデイトするんだろう」

「秘密主義ね、あの子。今にひどい目に遭うわよ」

「ねえ、ねえ、日本人だと思う？　アメリカ人だと思う？　その相手」

「日本人の筈はないわね、あのストールで来られたらオタオタするようなのばっかりだもの」

「だけどさ、ストールとしちゃあ一級品じゃないわよ。ミンクやセーブルってわけじゃなし」

「そう、そう。ブロードウェイのストリートあたりで、よく見かけるスタイルよね。あれ、プエルトリコのパンパンでしょう？」

丼飯をかきこみながら女たちは声をあげて笑った。

「そんなひどいことを言うものじゃないわッ」

　私は憤然として叫んだ。麗子のストールは麗子が働いて貯めた金で買ったものではないか。それが悪口の種になるのは私には耐えきれなかった。人が自分たちより美しい格好をしたからといって、それがどうしたというのだ。自分たちの手には届かないストールを麗子が着たからといって、それでパンパン呼ばわりするのは、私には許せなかった。プエルトリコの女たちが喰うに困って娼婦になっているのを私も否定することはできなかったけれども、たとえ嘲罵《ちょうば》にもせよ麗子をその仲間にして嗤《わら》うことは、私は我慢がならなかった。

　私の剣幕に驚いて、皆がそうそうに食事をすまし、キチンから散らばってしまうと、竹子がにやにやしながら傍に寄って来た。

「あんたはええ人やと思うてたが、ほんまは相当人の悪いところがあるんやな」

「どうして？」

「そうやないか。プエルトリコをかばうのはええ気持やろ？　黒より下の亭主持ってる女《おなご》やと思えば、単純な私らは嗤いものにするけど、あんたはもう一つ手ェこんでいるだけや。同じことなら嗤うたり悪口言うたりする方が私は好きやな、正直で」

私は咄嗟に返事ができなかった。血の気がひいているのが分る。それは竹子の言うことが、まるきりの見当外れというわけではなかったからだろうか。

その夜、レストランが閉《ひ》いて、私たちが更衣室で着更えているところへ麗子が戻ってきた。赤く上気した顔で、手早くストールをとるとロッカーにしまいこみ、かわりに外套を出して羽織ると、こそこそと出て行ってしまった。ホセがまた迎えに来ているのに違いなかった。

9

日本商社の外国駐在員が妻子連れで赴任してくるという例は少かったので、ニューヨークでも若い日本の男たちは無聊《ぶりよう》を喞《かこ》っていた。東京のように男同士で遊べる場所というのは少く、どこでも男女一対が単位になって出入りする仕掛けになっているから、一度胸とドルのない男たちは手も足も出ないのである。それでホームシックにかかったりノイローゼになったりするのがいるのは気の毒だったが、病気のよりつかない図々しい男もいて、そういう連中は白人女の前ではへどもどするくせに、私たちのような日本料理屋で働いている女たちには鉄面皮な誘いをかけてくる。レストラン・ナイトオの料理は高いから、彼らの財布では通うこともできないので、たまに日本から来た重役のお伴でやってくると、テーブルの係の女の子の名前をきいて、それからしつこく電話をかけてくるのだ。それはもう相手かまわずなので、必ずしも麗子のように美人である必要はなかった。私のような者にでも、幾度も幾度も映画を見ようとか、お茶を飲まないかとか誘いかけてくる男がいた。

　ベティがそろそろ立ったり歩いたりするようになると、私もニューヨークに四年というキャリアが出来、ナイトオで働いている限りは収入もハアレムの軒並よりましな暮しができるから、前のように我武者羅《がむしゃら》に働こうという気はなくなっていた。男たちから誘いがあれば退屈しのぎに相手になってやろうかという気もおこる。一日や半日ナイトオを休んだところで、すぐ生活に困ることもなかったし、定休日以外に休みをとるのはその分の日給を差引かれるかわり、この世界での常識になっていた。

　大阪に本社のある多田商会の社員で、井村という男が、どういうものか私に興味を持って、映画を見ないかと言って誘いかけてきたとき、私はひどくうきうきして、それが最初の誘いであったにもかかわらず金曜の夜の食事を約束してしまっていた。当然、店は夜の分だけ休まなければならない。ボーイ頭に前以て休みをとると言うと、金曜の夜は一番忙しい時なのにと迷惑そうな顔をしたが、私はかまわなかった。客の注文をきいて料理を運ぶという単調な仕事にも、私はすっかり倦きがきていたのである。

井村と、ブロードウェイの映画館の前で待ちあわせた。タイムス・スクエアから四二丁目を西へ向って歩くと、両側に五軒ずつ十軒の映画館が一ブロックの間にある。その他にはおのぼりさん目当ての安物のニューヨーク土産や、ヌード写真を満載したエロ雑誌を売る小さな店などが犇きあっていて、ここは謂わばニューヨークの浅草であった。井村の指定したビクトリー劇場は怪奇映画の専門館らしく、醜怪な顔をした大男が上半身を血まみれにして悶えている前で、ブロンドの女が恐怖に顔を歪ませている絵看板が懸っていた。先に着いた私は腕時計の必要を痛感しながら、この絵看板としばらく睨めっこをしていた。井村が来るか来るかと道の両側を探すよりはこの方が気がきいていると思ったからである。

「やあ、待ちましたか」

振返ると彼の顔がすぐ私の目の前にあって、私は息を呑んだ。

「この映画は嫌やだわ、私」

咄嗟の挨拶がわりにこう言うと、彼も絵看板を見上げて小首をかしげ、

「あれ、変ってしまったな。確かにここだと先週見ておいたんだがな」

と呟いた。

「それじゃ、先に食事しますか」

「ええ」

「どこへ行きますか」

「どこでも」

「弱ったな、僕は実は碌なところを知らんのですよ。君に教えてもらいたいと思っていたんだが……」

「私も知らないんですよ」

「それじゃ行き当りばったりで……」

この辺りで見つかるレストランも、いわば一膳めし屋のようなものばかりで、目立つのはイタリヤン・レストランが多いことだ。私たちは「ロメオ」という店に入ったが、スタンドの向うではイタリヤ人のコックが大きなフライパンでスパゲッティを炒《いた》めているところだった。

私はチキン・スープとスパゲッティを頼み、井村はピザとキャンティ一本を取寄せて、

「飲みませんか」

と私にその赤い葡萄酒をすすめた。

「飲めないんです」

「そんなことないでしょう」

誘う方の気持が分って出てきているのだから、飲めなくても飲むべき場合であった。

私は悪く遠慮していると見せまいために、おそるおそるキャンティを口に運んだ。赤いのに甘味がなくて、そのかわり渋さが唇に残る。

井村は口下手な男らしく、ピザを一片二片食べただけで、あとはがぶがぶキャンティを空け、またたく間に一本空けてしまった。

「林さんはニューヨーク何年になるんです」

「足掛け四年になりますわ」

「ほほう、じゃあ僕の大先輩だ。いろいろ珍しいところを知ってるんでしょう。案内してくれませんか」

「それが出歩いたことないんで、何も知らないんですよ。デイトだって今日が初めてなんですもの」

「初めて？　それはいい」

早くもアルコールがまわってきたのか井村が声をあげて笑い出した。私が下手な嘘をついたと思ったのだろう。私もムキになって本当ですよとは言い難かった。

足掛け四年──まったく何をしていたんだろうと思う。バアバラを産んだ。ベティを産んだ。あとはアップ、アップしながら子供を育てたり働いたりの毎日だった。地下室の中の家と、店と、あとは格安物のデパートと、近所のマーケットと、私の知っているニューヨークはこれが総てだ。映画館だって、イタリヤン・レストランだって、私にとっては初めての経験なのだ。

「林さんは英語はペラペラでしょうな」

「ええ、まあ、不自由はしませんけど」

「それは羨ましい。僕ら、聞くだけはまあまあだが、喋るとなると全くの苦手でねえ。日本語でさえ億劫《おっくう》な方なんだから」

二本目のキャンティを、しつこく私にすすめながら、彼はこれから見に行く映画は何にするかと私に相談した。

「なんでもいいですよ、私は」

「西部劇でもいい？」

「ええ」

井村は首筋を掻きながら、この辺の映画は軒並もう見尽してしまっているので、見落しているのは西部劇と、それから先刻の怪奇映画だけなのだ、と言った。

「井村さんは、そんなに映画が好きなんですか」

「いやあ、夜の時間を潰すためですよ。一人でアパートにいると淋しくってねえ」

スパゲッティとにんにくと油で口紅はすっかり滅茶滅茶になってしまっていた。私はハンカチで拭きとると、塗り直すために席をたった。キャンティがまわったせいか、口紅を塗り直すということにひどく気が浮いた。私は鼻唄も出そうな有様でボーイにトイレの在りかを訊いたが、相手はひどく迷惑そうな顔して、調理場の裏へのドアを示した。用を足してから、私はひどく惨めな気持になっていた。便所のひどさが私の酔いをさましたのである。水洗便所でも、それがレストランのトイレであっても、こんな穢《きたな》いところは滅多にないだろう。鏡もなかった。あいにくなことに私のハンドバッグの中にも鏡がない。ナイトオの更衣室には大きな鏡があって不自由なかったものだから、迂闊であった。私は備えつけの紙で唇をきゅっきゅっと拭うと、紙を丸めて床に叩きつけた。テーブルに戻ると、井村はすぐ立上った。二本目のキャンティも空っぽになっていた。

「井村さんは、お酒が強いんですね」

「いやあ、時間潰しに飲むものだから、だんだん強くなったんですよ。一人暮しは、酒でも飲まなきゃ淋しくってねえ」

じゃあ慰めてあげましょうかと言いさえすれば、話は苦もなくまとまるのだと分ったが、私はすっかり気持を滅入らせていたので彼の誘いにはのらなかった。しかし、僅かのアルコールで、なんだか自棄を起しそうな気持が募っているのは自覚できた。初めてのデイトだというのに、どうも無事では終らないような気がする。

幌馬車隊が疾駆する。インディアンの襲撃。鉄砲とピストルの乱射。インディアンの奇声。いななく馬。倒れる馬。駈ける馬。めくるめく画面が急に切れて、展がる静かな西部の大地。ヒロインとヒーローが向いあって、一歩一歩距離を縮めると、それまで口笛を吹き、足を踏みならして熱狂していた観客席も同時にシーンと鎮まり返って固唾《かたず》を飲んだ。この映画館の観客たちは実に正直な人たちだった。彼らは画面の進行につれて、全くその通りに反応していた。

私たちは観客席の真ン中あたりに腰かけていたが、スクリーンで男女が抱きあい接吻を交す場面にくると、まわり中の観客が二人ずつ抱きあって、音高くキスしたり、もう画面そっちのけで抱擁し、もだえ、求めあっている。気がついてみると、例外なく客は男女一組ずつになっているのであった。私は苦笑しようとしたが、躰にじわっと汗をかいているのも同時に感じていた。映画は私をも例外とせず、充分に作用していたらしい。井村の手が私の膝を這い、おずおずと私の手を握りに来た。

私は抗いもせずに彼の汗ばんだ手の中に私の掌を委《ゆだ》ねたが、そうしながら思い出していたことがあった。初めてのトムとのデイト。アーニー・パイルのショオを見ながら、トムに掌を鷲づかみにされたときのことを。あのときの私の愕《おどろ》きと、トムの臆するところなかった大胆さが、記憶の中に次第に色濃く浮かびあがってくる。

そう。あの頃のトムは、ニューヨークで今こうして映画を見ている井村より、ずっと男らしく頼もしげに振舞っていた。食事をしたのも当時の私にとっては豪華そのもののクラブであったし、アーニー・パイルのショオもこんな西部劇とは較べものにならないほど素晴らしかった。あのトムと、この井村と、私は思わず比較し続けていた。

東京時代のトムは、どこか誇らかだった。私の機嫌をそこねまいとして大層気をつかってはいたけれども、自分の欲望を示すとき、彼は勇ましく男らしかった。あの頃のトムには、この井村のような貧乏たらしさがなかった。物欲しげな様子もなかった。生活の翳や疲れもなく、活々していた。肌の黒さなどは少しも気にならなかったし、むしろそれは彼の男らしさを強調するものであった。トムは若かった。トムは瑞々《みずみず》しかった。お金にも物にも不自由していなかった。私に惜しみなくそれらを与えた。

考えてみると、井村とのデイトは、私が生れて初めての日本の男とするデイトなのである。同じ血の流れている男に、かりそめにもせよ近寄られ、手を握られているというのに、私はなんの感激も呼びさまされなかった。

映画が終ると、私たちは黙って外へ出た。

「飲み足りないな。付きあってくれませんか」

「そうね、少しなら」

そこから遠くないスタンドバアで、井村はバーボンウィスキーを注文すると矢つぎ早やに三杯の水割を空けた。早く酔うための魂胆と見えた。私は戦争花嫁ならパンパン上りだろうと悪態をつかれた同僚のいたことを思い出して惨めな気持になった。私はいったい何をしているんだ、と舌打ちしたい思いになった。それならば席を立って帰ればいいのに、私は長い柄のついたカクテルグラスを持って、その縁を舐め舐め井村の傍から離れようとしないのである。そんな私を、私は持余《もてあま》した。自分が何を求めているのか、わけが分らない。

「私もウィスキーにしようかしら」

「あ、どうぞ、どうぞ」

一息にコップ半分をあけて私は眉をよせた。苦い。こんな不味《まず》いものを、人はただ酔うために飲むのだろうか。

「飲めるんじゃないですか、強いんだね、なかなか」

「いいえ、初めて飲んでみたのよ」

初めて、という言葉で、井村はまた前のように、けたけたと笑った。

「初めて、そいつはいい」

反射的に私は訊いた。

「井村さんは、お子さんは」

「いますよ」

「何人ですか」

「二人」

「男の子？　女の子？」

「なんだっていいじゃないか」

彼は明らかに気分を害していた。これから寝ようかと迫っている女から子供のことを訊かれるのは、彼の神聖な家庭を冒すものだと思ったのかもしれない。だが、私は怯《ひる》まなかった。

「私は女ばかりなんですよ。三人とも。一人は日本で産んだんだけど、あとはニューヨークへ来てから次々と生れちゃって、だから、丸三年たっても、どこも知らないんですよ」

「旦那さんは何をしてるんです」

「……病院で働いてます」

「お医者さんですか、なるほど」

何がなるほどだ。私は可笑《おか》しくなった。それで、先刻の井村のように、けたけたと笑い出した。

井村は、もう全く面白くなさそうな顔つきになってウィスキーをまた注文してから、

「帰らなくていいんですか」

と馬鹿な質問をした。帰れという意味だったかもしれない。

「そりゃ帰らなきゃ。待ってるもの」

「ニューヨークには何年いる予定なんです」

「え？」

「いや、いつ日本へ帰る予定なんですかと言ったのですよ」

「日本へ？　帰る予定なんかありませんよ」

言いかけて、私は井村の誤解に気がついた。彼は私の夫が日本人だと思ったのだろう。

「ずっとニューヨークに永住を？」

「ええ。私は市民権をとったばかりですけど」

井村は妙な顔をしたが、勘定を払うと家まで送ると言った。最初の目的は放擲《ほうてき》したらしい。

「どこです、林さんの家は」

「ウェストの一二五丁目ですわ」

「……?」

「ハアレムですよ」

彼の顔が歪んだのを見ると私はもう一つ言ってやりたくなった。

「私の主人はニグロなんです」

こんな痛快なことはなかった。井村の表情が立直って、私に対して黄色人種の優位を取戻す前に、私はずんずん歩き出していた。振返らなかった。地下鉄に降りて、電車の椅子に落着いてから辺りを見廻したが、井村はもういなかった。

翌日、ナイトオに出て行くと、竹子が待っていたように、

「どないしたん? 昨夜は」

と訊く。

「つまらなかった。食事して、映画みて、それで別れて帰ったら、いつもより早い時間だったわ」

「ふうん。なんでまっと遊ばなんだんよ。スリルがなかったやろ、そんなことでは」

「スリルなんて、まっぴら」

「まあどうせ、それで終ることはないわな。また誘って来るやろ。日本の男もアメリカではしつこいさかい。……羨ましいな。私《うち》にも誰ど誘惑しに来んかいな。待ってました

で浮気でもなんでもしてやるのに」

口調も自棄《やけ》っぱちだったし、眼がぎらぎらして言うことも物騒なので私は心配になった。

「どうかしたの、竹子さん」

「どうしたもこうしたもあるかいな。親爺が浮気しよったんや」

「まあ」

「働き口が続くのでな、これはええ塩梅《あんばい》やと思うていたら、このざまや、月給日《ペイディ》の後は二晩も三晩も帰って来よらん。帰ってくるときは熟柿臭うなって、口紅そこら中につけさらして……。なあ笑子、黒はやっぱり骨の髄まで黒やな。人間は下等や。下司や。私はなあ、決心したんやで」

「決心って、何を」

「離婚するんや黒と。あんな者にかかり合うていたら身の破滅やで。あんたも考えた方がええわ」

「離婚なんて出来ないっていうじゃないの。ニューヨーク州では離婚を認めないのよ」

「ネバダ州へ行けばいい。ラスベガスでも離婚ができるで」

「旅費が大変よ、竹子さん」

「さあ、ほやから浮気でもして稼ぎたいんやんか。私はなあ、これからなんでもして、がめつう金貯めるんや。そうして、あの黒と手ェ切るんじゃ」

「子供はどうするの？」

「それやねん。なあ、えらいことしてしもうた。今から腹の中へ押込めるわけやなし、子供だけが苦労の種や。放って逃げるわけにもいかんさかいなあ」

更衣室で和服に着更えながらの会話であったが、竹子の声は次第に高く大きくなっているので私ははらはらしていた。誰もこちらを見る者がなく、みんな顔をそむけて着更えたり、化粧を直したりしている。アルバイト学生と白人の妻になっている女たちの手つきはのろのろしていて、全身を耳にしているのが分った。対照的に他のニグロの妻たちは、みんな急いで着更えをすませ、逃げるように部屋を出ていった。

麗子はといえば、これは鏡の前で念入りに化粧していて、私たちの会話よりも自分の顔に専念しているかに見えた。ニグロ以下と思われているプエルトリコ人の妻が、ニグロの夫婦のいざこざ話を聞きながらこうして泰然としているのはどうしたことだろう。

「あんたなあ、黒には愛情はおろか責任感もあれへんのやで。子供の教育に悪いさかい酒飲むな、女に狂うても家まで妙なもの持越してくるなと言うてもな、どだい感じィへんのや。女の口ふさぐには抱いたらええと思うのか、何を言うてもこたえェへん。子供の前で女房にふざける男かと思うと、ほんまに情無うなって来るわ」

「でもねえ、竹子さん」

「黒が世間で軽蔑されるのも無理ないと思うで、ほんまに。教育がないさかい筋道立てて物をよう考えんやろ。やることなすこと行当りばったりや。黒は根っから阿呆なんやな」

「竹子さん」

　私の声が強かったので、竹子はようやく口を噤《つぐ》んだ。麗子の手も止ったのが見えた。するとと思った以上に私の口からは興奮した言葉が飛出していた。

「あなたの話をきいてるとニグロがみんな馬鹿で怠け者で女にだらしがないみたいだけど、気をつけて口をきいて頂だい。私のトムもニグロだけど、深酒はしないし、女もつくらない。子供たちにはいい父親だわ」

「それは笑子がよっぽど運がええというだけの話や」

「そうね。あなたは運が悪いだけの話なのよ。あなたの旦那さんが女狂いするのは、色が黒いからじゃないわよ。別の理由がある筈だわ。日本人にだって、アメリカ人にだって、酒飲みで、女にだらしのない、しようのない亭主はいるものよ。あなたの旦那さんは、そういう男の仲間なので、ニグロだからじゃあないのよ」

「そうやろか」

「そうよ。なんでもかんでもニグロだからと言ってしまっては、あなたの旦那さんも浮かばれないわ。日本人だって面白くなければ、むしゃくしゃすることもあれば、特に酒癖の悪い人でなくても飲んで酔っ払うことがあるじゃありませんか」

「ニグロには面白うないことや、むしゃくしゃすることが特別多いんやで、つまり」

「それとニグロだから酔っ払うのとは違うわよ」

「そうやろか。同じことやと思うけどな、私は。いや私の亭主の場合は同じことやな」

開店時間なのに出て行かないものだから、ウェイトレスが一人呼びに来て、それで私たちの言いあいは中断された。慌てて店へ出る私と竹子の背後から、麗子もそっと従《つ》いてくる。この子は私たちの会話を聴いていて遅くなったのか、それとも近頃の彼女がますます濃化粧になってくるので、そのために時間を喰ってしまったのか、私には分らなかった。

竹子に対して、私はかなり理屈っぽい反駁《はんばく》をしていたが、それは私が気障《きざ》なヒューマニズムを信奉しているからでも、私の妙に正義派的な性格からでもなかった。私には確信があった。それは井村とのデイトの後で一層強いものになっていたのかもしれない。

もしニグロに特有の性格というものがあるのだとしたら、東京時代のトムとニューヨークのトムとの性格の違いをどうやって説明できるだろう。一九四九年前後のトムは、東京にいてUSアーミイの制服を着、颯爽とジープを乗り廻していた。家の中の彼は陽気で潑剌としていた。メアリイが生れる前後の彼の狂喜した有様を私は今でも思い起すことができる。だが一九五四年に私がニューヨークに来て再会したトムは、もう全く別人のようだった。彼は寡黙になり、無気力で、家では眠ってばかりいた。夢を語ることはもうなかった。彼はジープのかわりに地下鉄に乗り、毎朝疲れきって帰ってくる。バアバラが生れても、ベティが生れても、彼の顔はメアリイのときのようには輝かなかった。東京とニューヨークで、トムに変っていないものがあるとすれば、それは彼の黒い肌だけである。

そう。黒い肌だけなのだ、変らないのは。その他は全部変ってしまった。東京ではUSドルを闇で売って日本金を使いきれないほど持っていた彼が、今では一週間くたくたになるほど働いて三十二ドル持って帰ってくる。東京では充分以上に妻子を養えて、普通の日本人にはできない贅沢をさせることのできた彼が、ニューヨークでは私の働きでようやく家庭生活を維持している。日本では黒くても戦勝国の兵隊だったが、ハアレムのニグロとなった今は威張ることのできる相手はプエルトリコ人だけなのだ。なんということだ、だから彼は麗子の話を聞いたとき急に浮かれだしたのか。

竹子は夫のふしだらを黒い肌の故だとして喚いたが、私ははっきり言うことができる。色ではないのだ、と。

得意の絶頂から失意の境涯に陥ったら、日本人でもトムと同じ変化を示すのではないだろうか。白人であっても竹子の夫と同じように酒や女に溺れ狂って捨鉢な生活にのめりこんでしまうのではないだろうか。しかもニグロの歴史は、奴隷としてアフリカ大陸からこのアメリカへ送りこまれて以来、奴隷解放後の今に到るまで下層階級というものからは完全に脱けきれていないのである、ハアレムの黒人街が物語るように。だからトムの東京における喜びはハアレムから脱け出た喜びであったのだし、ニューヨークの失意は永遠に繋る失意なのかもしれない——ここまで考えてくると、さすがの私も同じまっ黒な失意の淵にのめりこんでしまいそうになるのだけれども、泥に足を吸いこまれそうになってもなお私は声をあげて言いたいのだ。色のためではないのだ、と。

私は家に帰ると、眠っている三人の娘たちをかわるがわる見較べてみる。ベビーベッドの中のベティは一年たつともうベッドから溢れるような大きさだ。向いの小母さんのような大女に育つのではないだろうか。バアバラは私がこれから眠るベッドに、静かに横たわっている。この子は慎ましくて滅多に寝返りをうたない。まだ三つなのに、寝顔をみるといつもながら節子にそっくりなのだ。このバアバラがメアリイのかわりに生れていたらどうだったろう……と私はいつも想うのだ。それなら私はニューヨークなどに出てくることはなかったのだ。だが運命というものは、過ぎたことをどう考えてみたところで始まらない。節子に似たバアバラは、黒いメアリイの後で、ニューヨークに来てから生れたという事実は動かせない。

メアリイは、もう九歳になった。長椅子に寝ているが、かなり窮屈そうだ。早晩ベティをベビーベッドから私のベッドに移さなければならないから、そうすればバアバラとメアリイのために大人用のベッドを買わなければならないと前から考えていたが、いよいよ今年中にはなんとかしなければならない。

九歳とは思えないほどメアリイの躰はよく伸びて、足も腕も逞しい。この子は私にかわってバアバラもベティも育ててきた健康な子であった。もう近頃は掃除でも洗濯でも食事の支度でもいっぱしの主婦と同じくらい働くことができる。学校の帰り道に安い鶏肉を見つけてきて私に報告することもあった。だがそういうメアリイも寝顔は小鼻がふくらんであどけない子供の顔をしている。頰も顋もはち切れるほど肥って、肩も胸も——メアリイはもう女の体つきに近寄り始めていた。今も彼女の頭は異様な工合である。油で黒光りに固めた髪には無数のピンやリボンがさしたてられて、なおその上から金網のように太いネットを冠っている。

家の経済状態を知りすぎるほど知っているメアリイが、生れて初めて親にねだって買ったもの。それは十九セントのディキシー・ピーチだった。女性用の、いや、特にニグロの女性用の特別粘っこいポマードである。鏡の前で、メアリイがこの鬢《びん》つけ油のような異様な臭気を立てるねばねばを根元から縮れ上った髪につけて揉み始めたのは、まだ彼女が七つになったかならない頃だったと思う。ハアレムの子供たちは日曜の朝は教会へ行くので、メアリイはここで同じ子供の口からポマードの名前を教わったらしかった。以来、ニグロ用の特製ポマードを髪になすりつけてセットしてから眠るのが幼い彼女の日課になっていた。臭気は部屋の中に充満し、慣れるまで私は夜中に胸苦しくなって幾度も眼があいて困ったが、止めることはできなかった。

ニグロが黒い肌以上に気をつかうのが、その細かく縮れ上った髪の毛の始末だということに私は気づいたのである。朝、私が髪を梳《と》かしていると、メアリイは潤んだ眼でじっとそれを眺めていることがある。バアバラをあやしていて、ふと黙りこむメアリイは、いつも妹のまっ直ぐで黒い髪をいじっている。特製クリームをつけなくてもまっ直ぐでいる毛髪を持っている私やバアバラが、メアリイは心底から羨ましいのだ。

トムが年に一、二度病院から持って帰る雑誌の中に『エボニ』という大判の週刊誌があった。どの頁にもニグロの写真があり、ニグロの中の有名人やその立身出世物語で埋っている。いわば『ライフ』の黒人版といったものだ。その中に、殆ど十頁おきぐらいに、様々な特製ポマードの広告が出ているのに私は気がついた。

十九セントのポマードは三オンス足らずの中身しかなくて、二晩でなくなってしまった。針金のようにこわくてぎしぎしと縮れている髪をしなやかにして大きなウェーブに変えるためには、顔に流れてくるくらいどっぷりとつけなくては効果がなかったのだ。メアリイが泣き出しそうな顔をして、瓶の底を眺めているのを見ると、私は私の方から積極的に次の瓶を買ってやらないわけにはいかなかった。

それから今日までの二年間に、私はまあどれくらい多くのポマードを買ったことだろう。最初のポマードが臭いばかりで効果がないと分ると、私とメアリイは『エボニ』をひっくり返して次々を製品を変えていった。「風や雨や汗や湿り気で元に戻らない最新のポマード」という謳《うた》い文句を信じて四ドルも出して買ったものもある。それもまた猛烈にいやな臭みがあったが、私は我慢してメアリイの背後に立ち、念入りに櫛で梳きながらつけてやった。櫛の歯に髪がひっかかり大層梳きにくいのが、油をつければつけるほど櫛の歯の通りがよくなり、そのうちにウェーブが大きくなって、髪は思うように私の指先の言うことをきくようになる。だが、それでセットして夜寝れば、朝はもうちりちりなのだ。またポマードをつけ足して念入りにブラシをかけ、鏡の前で形をつけてから、メアリイは学校へ飛出して行く。

風も、雨も、汗も、湿り気も、その髪型を損うことはないという宣伝文句は、しかしあてにならなかった。風の吹かない日でも、子供は自分から風を巻き起して駆けまわる。すると髪は向い風に割られて一本一本ちぢれ上ってしまうのだ。子供は大声を出して汗を掻く。すると大きなウェーブが見るまに縮かんでしまうのだ。雨の日に学校から帰ってくるメアリイの姿は惨めだった。髪は、電気パーマをかけたばかりのように、ちりちりになってしまっていて、メアリイがそれで気も狂わんばかりになっているのが一目で見てとれた。

様々なポマードを試してみた結果、要するに縮れ毛を伸す薬はないのだと私は悟った。男が禿につける薬と同じことで、どのポマードも気休め程度にしかならない。しかしこれはあくまで縮れ毛を持たない日本人である私の結論だった。メアリイはまだ諦めていない。多分彼女は永遠にポマードをつけ続けるだろう。そして誰がそれを阻止することができるだろう。

この子も黒い。ベティも黒い。私は竹子の考えをどうしても反駁しなければならなかった。色ではないのだ、と。メアリイやベティが私より低級だなんて！　そんなことはない！　この子たちも私と同じ人間だ。肌の色で中身をきめられてたまるものか！

私が強くそう主張するよりどころとなっているのは、メアリイだった。この子の賢さは日増しに磨きがかかってくる。妹たちに母親がわりの面倒を見て、家の中一切を切りまわしているだけでなく、学校は一日も休まずに出て、成績は抜群だった。特別に許可されて図書館の本を借りて帰ってくるが、それは最優等生の特権というものらしい。寸暇を惜しんで彼女は本を読んでいる。彼女の知識は小学校三年生のものとは思えないほど該博なものであった。

ある日、メアリイが持って帰った作文は、私を驚嘆させた。それは「私の家族」と題する綴り方であったが、その全文を書いてみよう。

“My Family”

メアリイ・ジャクソン

私のお父さんはアメリカン・ニグロです。第二次世界大戦に出征して、占領国日本に進駐し、そこで私のお母さんと出会いました。ですから私のお母さんは日本人です。日本人は黄色人種ですが、私のお母さんの肌は黄色よりもコーヒーミルクに似た色をしています。彼女は髪が黒く、眼も黒く、痩せていますが、英語は上手に話します。ただLとRの発音が、まだ区別ができません。でも私は彼女の言葉をよく理解することができます。時々彼女は日本語で私たち姉妹を叱ることがあります。が、不思議なことに日本語を一つも知らない私がその瞬間だけ日本語を理解することができます。本当に不思議です。きっとどちらも人間の言葉だからでしょう。

妹たちはニューヨークで生れましたが、私だけ日本生れです。でも、もう国籍はアメリカに移りました。私は日本のことを少しも憶えていないのですが、これも不思議なことになんでもみんな覚えていると思えることがあります。お母さんがたまに日本の話をすると、それは私も見て知っていることのようです。

上の妹はバアバラといいます。三歳と二か月です。下の妹はベティといいます。一歳と一か月です。バアバラはお母さんに似ました。髪と眼が黒いのでプエルトリコの子のようだと私が言ったとき、お父さんが大変怒りました。プエルトリコ人はアメリカ人ではないと言いました。でも、学校の先生はプエルトリコ人もアメリカ人だと言います。私のお母さんも、もうじき市民権をとればアメリカ人になります。アメリカ人という言葉は少し複雑のようです。

ベティは私とお父さんに似ましたが、お父さんより色がうすいのです。お父さんのお祖父さんはアイルランド人だという話ですから、それで少し色が白いのでしょう。よく眠って、時々大きな声で泣きます。

私は、お父さんとお母さん、バアバラとベティの二組をよく見較べて、私の家族は素晴らしいと思います。アメリカン・ニグロの先祖は三百年前にアフリカからこの国へ渡って来ました。三百年の間には十の世代《ゼネレーション》があると先生が言います。そうすると、私の家では八代目に白人が、十代目に黄色人種が混じったわけなのです。だから私と、日本人似のバアバラと、少し色のうすいベティが生れたのです。この三人が本当の姉妹だなんて、なんて素晴らしいことでしょう。いつの日か私たちの家系にプエルトリコ人が混じることも考えられます。プエルトリコ人はそれを歓迎するでしょう。

そうすれば誰もあの人たちをアメリカ人ではないなどとは言わなくなるでしょう。

でも私自身はプエルトリコ人とは結婚しません。お父さんが嫌やがりますから。


「先祖」と「世代」の二つの大きな言葉《ビッグ・ワード》の下には先生が赤鉛筆でアンダーラインをひいてあった。講評には I love your family. と書いてあり、最高点をもらっている。綴りに一つの間違いもないのが第一に素晴らしいことだったが、私は幾度も幾度も読み直しながら、ああこれはアメリカの子供の作文なのだと感じ入った。

トムが帰ってくると私は飛起きて、早速この作文を彼に読ませた。いや、私が朗読して聞かせたのだ。トムもこれが子供の綴り方かと大層驚いたらしい。眼を丸くして聴き、文章《センテンス》の切れ目ごとに、唸り声をあげた。

「なんて素晴らしいんだ」

「メアリイは有名な文章家《ライター》になるぞ、うん」

「そうだ、アイルランドだ！」

「凄いぞ、メアリイ」

だが、最後のところで彼は握りしめた拳を頭の上に振りあげて叫んでいた。

「そうとも。誰がプエルトリコ人なんかと結婚させるものか！　とんでもない話だ！」

親馬鹿の私は、その日出勤前に家の外に出て、隣のお婆さんと向いの小母さんにも、この作文を朗読してきかせた。二人とも両手をひろげて、素晴らしい、メアリイはなんて賢い子だろうと言って感心してくれたが、私はまだ自慢し足りなかった。私はそれを持ってレストラン・ナイトオに出勤し、休み時間に竹子をつかまえて読ませたのである。

「ふうん、これ、ほんまにメアリイが書いたんか」

「署名があるでしょう、メアリイ・ジャクソンって」

「ふうん、大したもんやな。やっぱり日本人は優秀なんやで。あんたに似たんや」

「そんなこともないけど」

私は鼻をうごめかしながら、ケニイの成績はどうかと図にのって質問してしまった。

「あかん。あれは父親に似よってな。頭は悪いわ」

「あなたはなんでも悪いことは御亭主のせいにするのね」

「本まやもの、仕方ないわ」

「下の子は、あなたに似た？」

「私に似たかて、どうで頭の方は大したことはないけどな」

竹子は気楽そうに笑っている。

「その後どう？」

「私《う》っとこの黒かい？」

「ええ」

「勤め先、馘になりよってな。家にごろごろしているわ。金の切れ目が縁の切れ目で、女も誘いに来よれへん。ぽしゃってますわ、家のおっさん」

「それじゃ、あなたもまあ落着いているわけね」

「ふん。家のおっさんも、あれでええとこあってな、下の娘には目ェないんや。一日中相手していて飽きへんらしい」

どうやらネバダ州まで出かけて行って離婚する気はなくなっているらしい。竹子の穏やかな顔つきを見て私は他人事でなくほっとしていた。

夏が終るとどのレストランも客がたてこむようになる。ナイトオも十月になると忙しくなっていた。私は注文をききながら、日に何度となく何十度となくテーブルとキチンの窓口を往復した。

井村から二度目の電話がかかったのは三か月ぶりだった。

「やあ、また映画みませんか」

電話口で彼は薄ら嗤いを浮かべているようだった。口調が軽すぎるくらい軽い。初めてのときの、おずおずした口のきき方とは別人のようだったので、私は応じていた。

「いつですか？　明日？」

「今晩そこが終ってからどうです」

「十一時過ぎますよ」

「いいじゃないですか」

「そうね」

「この前と同じところで待ってますよ」

「また西部劇?」

「いやあ、スイートなメロドラマですよ。今度は間違いなし」

どちらも無責任な笑い声をもらしながら電話を切った。

仕事が終ると、私は更衣室に入って急いで着更えた。髪も少しはブラシを当ててと、珍しく鏡の前を動かずにいると、

「麗ちゃん、あなたチップ誤魔化しているでしょう? 隠したって駄目よ」

志満子の大声が響いてきた。

ぎょっとして振返ると、麗子が部屋中の視線の中央で蒼ざめている。志満子の手が無遠慮に麗子の胸の合わせ目に突っこまれた。

「これは何よ、これは」

小さく折畳まれた紙幣が二つ。志満子が展げると、十ドルと五ドル紙幣だった。

「隠したって駄目よ。私は見てたんだから。細かく折ってしまったから妙なことするなと思って目をつけてたのよ。キャッシャーの箱にあなたが投げこんでたのは硬貨《ダイム》だけじゃないの」

志満子の言葉は仮借なかった。

10

「ご免なさい、遅くなっちゃって」

ビクトリー劇場の前に着くと早々に私は謝らなければならなかった。十二時近いのであった。

「いやあ、もう五分だけ待つつもりだったよ。君がひどい人だというのは知ってたから」

「ああ、この前は失礼したわね」

「驚いたよ。あれは、どうしたんだい？」

「酔ってたんでしょ。それより井村さんこそどうして又電話かけてきたの？　怒ってなかったんですか」

「いやあ、一人で飲んでいるうちにそぞろ人恋しくなりましてね。また一緒に映画でも観たいものだと思っただけだよ」

夕方からずっと飲んでいたのだろう。相当酔っているようだった。言葉遣いも二度目というせいかずっとぞんざいになっている。だが、私は別段それで不愉快にもならずに、すぐ彼と肩を並べて映画館に入った。

大きなスクリーン一杯に金髪の男と赤毛の女が喘ぎながら接吻を交していた。大写しになると白人の肌の醜さが拡大されて、女の頬から喉許にかけてびっしりと雀斑《そばかす》が浮き出ている。女を愛撫する男の指に金色の毛が獣の毛のように光り輝き、男の背にしがみついている女の指先の濃厚なマニキュアが獣の爪のように躍り閃く。それは煽情的な映画だった。まるでブルーフィルムのように、様々な男女の様々なベッドシーンが次々と写し出されていた。井村の片手は私の背をまわって肩にかかり、彼の掌が私の二の腕を揉んでいる。

だが私は息を詰めて画面を眺めていた。が、映画の筋とは全く別のことを考えていた。麗子はどうしてあんなことをしたのだろう……それればかり考えていた。

麗子は何も弁解がましいことを言わなかった。最初、しまったという顔をしただけで、志満子にどう面罵されても、後はまるで無表情になってしまい、その平然とした様子ですっかり同輩たちの心証を悪くしてしまったのだ。チップを誤魔化《ごまか》すのは、店の金を誤魔化したのではない。それは店で働く者たちの金を誤魔化したのだ。いわば麗子は自治の制度を乱したのだった。

「何かの間違いよ。麗子さん、うっかりしただけなんでしょう？　え？　そうなんでしょう？」

私はなんとかして麗子を救いたいと思ったが、麗子は覗きこむようにしている私を見もせずに、身じろぎもしないで石のように黙りこくっていた。発見された以上は隠しだて出来ないと観念したのか、ふてくされているのか私には分らなかった。

「間違いなもんですか。硬貨は箱に入れたのよ。私は見ていたんだから。小さいお金は入れても紙幣はしまいこんだのよ、それがどうして間違いなの？」

と、志満子は言いはって譲らない。

「でも何か事情があるんだと思うわ。ね？　麗子さん、このお金は箱に返すことにして、それで皆も無かったことにして頂だいよ」

私が取りなしても、皆は着更えに忙しいふりをして誰も知らぬ顔をしている。私は途方に暮れた。肝心の麗子が泣きもしなければ、誰よりも冷淡な顔をして、さっさと着更え始めたのだから。

「麗子さん」

私はたまりかねて彼女を呼びとめた。帰り支度をした彼女が私より先に部屋を出ようとしたからである。

「…………」

「待ちなさいよ、訊きたいことがあるわ」

「ホセが待ってるから」

「待たせたらいいでしょう。私だって今晩は……」

約束があるのだと言いかけて私は口を噤《つぐ》んだ。

「ねえ、麗子さん、どうしてあんなことをしたの？」

「…………」

「貯金だって出来ているのに、どうしてなのよ、いったい」

「…………」

「黙っていては分らないわ。十五ドルや二十ドルのことなら私だって貸せるわよ。今夜にもいるお金だったの？」

「…………」

「どうして黙ってるのよ。あなたが黙ってるから、みんな怒って帰ってしまったのよ。ちょっと事情があったので、二度としませんからって謝ってしまえばなんでもなかったのに。出来心なんて誰でもあるんだからね」

麗子はもじもじし始めていたが、それは私に告白するためではなくて、ただもう帰りを急いでいるかららしかった。それに気がつくと私もかっとなった。

「麗子さんッ。私には言ったっていいでしょう？　今まで悪いようにしたことが一度でもあった？　貯金通帳も預かっているのだし、ホセに嘘をついてあげたことだってあるじゃないの？　あなたが盗みなんかする人じゃないと思うから、心配してどうしたのかって訊いているのに、なによ、その顔は！」

麗子は、ようやく口を開いた。

「お金を取ったのは、お金が欲しかったからだわ」

まるで我儘《わがまま》娘が怒っているような、不服そうな口ぶりだった。

「どうして欲しかったのかって訊いているんじゃありませんか」

「いるからよ！」

投げつけるように言って、麗子は部屋から飛出して行ってしまった。

なんという態度だろう。私は憮然《ぶぜん》として、床に投げ落とされていた十五ドルを取上げると、しばらくどうしたものか迷っていたが、今夜私が箱に戻すより、明日誰かの目の前で箱に入れた方がいいと気がついた。

それから突然井村との約束に遅れていることに気がついて、宙を飛ぶように駈けてきたのだった。映画館のあるところまで十ブロック以上も離れていたけれど、そのくらい歩けないこともなかったし、何より私はたった今の事件にすっかり興奮していて、混乱していた。

映画館の中で、私はようやく落着いて、あらためて、どうして麗子はあんなことをしたのだろうかと考えたのだった。

貯金は、例のストールの後も、三百ドルとか五百ドルとか貯まるとさっとおろされて、私などがたまげるようなカクテルドレスとか、ついこの間は宝石を買ったのである。小さいけれどダイヤモンドだった。麗子はそれをロッカーの中に大切にしまいこんで、店に来るとそれをはめて客の注文をきき、スキヤキやテリヤキを運んでいた。客たちは彼女の指に燦《きら》めくものをまさか本物だとは思わなかっただろうが、ウェイトレスたちは知っていたから、だから十五ドルのチップを誤魔化したのを許す気にはなれなかったのかもしれない。夜おそく帰り支度をする麗子は必ず指からダイヤを外して置いて帰った。

ストールと同じように。

ロッカーの中の麗子の財産は、だから私などには夢とも思われる豪華な品々ばかりなのである。その麗子が、どういうわけでチップを誤魔化そうとしたのか。私には想像することができなかった。私の頭の中には、麗子が育ちのいい娘だから盗みなどを働く筈はないという考えがあったし、それに十五ドルくらいくすねて積立てたところで麗子の欲しいものをすぐには買うことができないという判断がある。ではどうして麗子はチップを独り占めにしようとしたのか。

考えられることは二つあった。一つは、麗子が客の間に人気があって、他の人たちよりずっと割のいいチップを受取っていたこと。おそらく頭割にしてしまえば麗子が日頃受取っていたものの総計の半分ぐらいになってしまうのではないか。それは当人にしてみれば馬鹿馬鹿しく損をしているように思えないこともなかっただろう。他人のために働いているような錯覚だって起きたかもしれない。貰ったチップは自分のものではないかという意識が美しい麗子の胸に傲然と首をもたげたのかもしれなかった。

もう一つは、私が口に出して皆に言ったように、何かよんどころない事情があって、どうしてもお金が欲しかったという理由——。麗子が私の追及を受けて、「いるからよ！」と口走ったのを私は思い出した。金が欲しかったのは必要があったからだという最も尤もな理由について、では何のために必要だったのかといえば、それがさっぱり分らなかった。

贅沢はし始めればキリのないものだというから、もっと沢山のドレスや毛皮や宝石がほしくなってきたのだろうか。

それにしても私には麗子の金の使い方は不思議でしかなかった。私がやっている貯金は不慮の出来事に備えた全く小心なものであったから。

麗子には子供がなかったけれども、それでも働きのない夫を持っていて、そこから逃げ出そうという気は……ないらしい。しかしプエルトリコ人の社会にいる限り老後の保障というものは考えられないし、麗子の将来を思えば他人の私でさえ暗澹《あんたん》とした想いに閉ざされてしまうのに、当の麗子は金が貯まればさっさと使ってしまうのだ。いったい何を考えているのか、私には麗子は謎だった。話をしてみれば馬鹿ではないのだから、私には彼女にまるきり経済観念がないとは思えない。

途中から見た映画だったので四十分もすると話は急にハッピーエンドになって、終った。明るくなってもぼんやり坐り続けている私に、井村は肩を叩いて出ようと言った。

この界隈《かいわい》の映画館はみんな明方までやっているので、一時二時は客席が一番盛況を呈している時間だ。十二時過ぎると料金も六十セントから三十セントに下るので、井村も確か二人分で一ドルかからなかった筈だった。麗子のように毛皮のストールで出かけて行くデイトもあるのに、こんな場末の安い映画を見に誘われて出かけてきている私は何だろうと、ふと吾に返った。

「僕のアパートに来ない？」

井村がまっすぐに私を見ていた。道の上だった。

「え？」

「それとも少し飲んでからにするかな」

「帰りますよ。もう一時過ぎでしょう？」

「いいじゃないか、遅くなりついでだ」

「そうはいかないわよ。こんな時間に、アパートって、あなた一人の部屋なんでしょう？」

井村は呆れたらしい。が、すぐ怒気を含んで訊返してきた。

「君、それじゃなにか、君は僕と映画だけ見るつもりで出て来たというのかい？」

「ええ、そうだわ」

「子供じゃあるまいし」

言いかけて、井村は思い返したのか急にニヤリと笑った。

「まあいいだろう。それじゃ呑みに行くとするか」

私の背から腰へまわした手に強引な力がこもっていた。

「何をするのよ」

「アパートに連れて行くのさ。そこで乾杯だ。スコッチがまだ少し残っていたと思ったな」

「御冗談でしょ。それからどうするつもりなの？」

「男と女が夜中に乾杯するんだよ」

「見そこなわないでよ。私をそんな女だと思っていたんですか」

「ああ思っていたね。それでなくて此の時間に誘って出てくる筈はない」

「私、帰るわ」

「今夜は帰さない」

「放してよ」

「放すものか」

井村は酔ってはいたが、正気だった。欲情が次第に短気な怒りに変っているのが分った。

「井村さん、そこらのプエルトリコ人と私を間違えないで頂だい。そんなに女に不自由しているの？　十ドルぐらい何が惜しいのよ！」

タイムス・スクエアからブロードウェイの通りを徘徊《はいかい》している街娼婦は例外なくプエルトリコ人なのだった。ほんの十ドル前後だという値段も聞いて知っていた。だが私が金切声をたてると、井村は全く居直ってしまった。

「金なら払うつもりだよ。いくら欲しい？」

「なんですって！」

「今晩お前さんを買ってやると言ってるんだよ、分らないのか」

「私はプエルトリコじゃないのよ！」

「知ってるよ。ニグロの女じゃないか」

「何を言ってるの！　それがどうしたっていうの！　私はニグロの女房だけど、プエルトリコの真似はしないわ！」

「プエルトリコ、プエルトリコと何べん言うんだよ。ニグロがプエルトリコより上等だとでもいうのかい？」

私の全身が震え出した。唇はわなわなと脈絡のない言葉を吐くばかりだった。

「私は……、ニグロは……、プエルトリコは……、ニグロは……、なによ、なによ、なによ！」

「さあ、行こう。僕は面倒なのは嫌いなんだ」

「誰が行くもんか。私はそんな女じゃないんだ！　馬鹿にするな！」

私が悲鳴のように叫んだのと、井村が古き日本男子の面目を発揮したのは同時だった。次の瞬間、私は道路に倒れていた。

人通りはかなりあったが何しろ一瞬の出来事だったから誰も止めようはなかった。井村は倒れた私を睨みおろすと、さっと踵を返して人混みの中にまぎれこんでしまった。

私はしばらく立てなかった。左の耳がぐゎーんと鳴っていた。痛みより、熱さがひどく、頭蓋骨が亀裂《ひび》だらけになってしまったような気がする。が、立たないわけにはいかなかった。道を行く二人連れが立止ったり、振返ったりして、私の様子を見ていたし、一人で歩いている男たちは今にも舌なめずりして寄って来そうだった。私はともかく歩き出した。いや、夢中で歩き出した。左の眼からたえず涙が流れてやまなかった。私はそれを拭う気にもならず、地下鉄に乗り、夜道を歩いて、家に帰った。何を考えることもできなかった。

翌日になると顔半面が腫上って化け物のようになってしまった。朝帰ってきたトムは仰天したし、バアバラは眼をさまして私を見ると驚いて泣き出す始末だった。倒れた拍子に腰を打ったのか、寝返りをうってもずきんずきんと骨に響く。顔の痛さときたらも う譬《たと》えようがなかった。重く、熱く、私は唸り声を上げ、トムは飛出して行ってドラッグストアから塗布剤を買ってきた。

どうしたのかと訊かれても、本当のことはいえないから、私はナイトオでキチンの道具が上から落ちてきたのだと嘘を言った。熱が出ていたから、とても出かけるどころではなかった。トムは入院しろといい、その費用はナイトオで出してくれる筈だといって私を慌てさせた。

「後で請求書を見せればいいのよ」

「それじゃこの薬のレシートも取っておかなくてはいけないな」

「そうね。私のハンドバッグに突っこんどいて頂だい」

運のいいことに新しいベッドを買ったばかりだったので、トムはメアリイの起きた後へもぐりこんで眠ることになり、時々私の唸り声に薄眼をあけたが、彼も疲れているのか起きてまで様子を見ようとはしない。しかし、放っておいてもらうのがこの場合の私には有りがたかった。

ベティが泣く。バアバラが床を這いまわっている。

薬が効いてきたのか顔がひりひりし始めた。はっきりしない頭の中で私はぼんやり昨夜のことを反芻していた。

なぜ出て行ったのだろう……？　井村が言った通り、あの時間の誘いに応じたのでは
誤解されても文句が言えない筈ではないか。初めてのデイトであんなにも毅然《きぜん》としていいて、あんなにも痛快に止どめを刺していながら、どうしてまたうかうかと出かけて行ったものだろう。

映画館の中でだって、酒臭い男の躰が淫らに動いて寄りそってきていたのに、いくら麗子の事件に屈託していたからといって、彼の欲望に気づかなかったのは私の迂闊という他はなかった。いや、ひょっとしたら私は、いや、確かに私は、井村がその気で私を呼び出したことぐらいは承知していたのではないか。いわばそんなことはニューヨークでは常識というものだからだ。それに井村からの電話に応じて行きますと答えたのは、麗子の事件が起る前だった――。電話のときの井村の口調は、明らかに最初のときと違っていて、どこかに冷笑を含んでいた。ニグロの妻と知って、彼は最初は驚いたが、やがて私を軽蔑したのに違いない。それなら何を遠慮する必要があるか、そう思い直して誘いかけてきたのに違いなかった。

抵抗しながら、私はプエルトリコじゃない、私はプエルトリコじゃないと、譫言《うわごと》のよ

うに喚いたのを想い出す。

ニグロがプエルトリコより上等だとでも言うのか……！

井村が叫んだ。私はあのとき私の魂をぶん撲られたのだ。ニグロがプエルトリコより上等だと思っているのは、ひょっとするとニグロだけなのではないだろうか！　少くとも井村にとっては、ニグロもプエルトリコも同じことだったのだ、彼らの妻も含めて。

私も恥じた。が、何に恥じてるのか分らなかった。ただ悔恨が、羞恥とないまぜになって、腫れ上った顔の奥で混乱していた。何を悔いているのか分らなかった。ただはっきりしているのは、井村を怒ることも憎むこともしていないということだけだ。ニグロにとって最大の侮辱を口走った男であるのに。

私は、いつだったかの竹子の言葉を思い出していた。あんたはええ人やと思うていたけど、相当人が悪いなあ。プエルトリコをかばうのは、ええ気持やからなんやろ……？竹子の言葉も、井村の怒声も、同じことを言っている。私は反省しなければならなかった。しかし割りきれなかった。どうして私にそんな気持が起ったのか……。

トムが鼻息をたてて寝返りをうった。日中でも有難いことに半地下室にさしこむ陽光は鈍いから、昼夜入れ替ったトムの睡眠時間を妨げるものはなかった。上半身をねじり、枕から落ちた顔がこちらを向いている。閉じた瞼がうっすらと色浅く、それが時々ひきつれるからは夢でも見ているのだろう。

突然、兇暴な欲情が私の肉体を揺さぶり起した。私は重く燃える頭を振り立てながら、トムのベッドに襲いかかった。

眼を覚したトムは、私の醜怪な顔に驚いて半身起したが、だが彼は心優しい夫だった。私から求められたことに充分満足して、彼は私を受入れ抱きしめると、激しく愛し始めた。私は私の躰が顔と同じように熱を持ち、やがて頭と同じように混乱してくるのを感じ、やがてその中に溺れこんだ。

溺れながら、しかし必死で祈っていることがあった。この行為の間に、私の躰がトムと同じ色に染まればいい。骨の髄まで私はニグロになってしまいたい。メアリイのように、ベティのように……。私は、そう念じた。

気がつくと、メアリイが帰っていて、ベティにミルクを飲ませていた。トムは古い方のベッドに寝ている。あのとき入れ替ってしまったらしい。私は全身がけだるく熱っぽいのを感じた。

小学校が近いので、メアリイは昼食の時間に帰って来たのだった。私が眼をさましたのを見ると、コーンフレークスに牛乳をかけたものを持ってきて食べろとすすめる。私は眼から涙の溢れるのを抑えることができなかった。

「マミイ、大丈夫?」

「大丈夫よ。帰りにドラッグストアで解熱剤を買ってきて頂だい。それから」

私は志満子が吹出物をこしらえたとき化膿止めの薬の名をボーイ頭が言っていたのを思い出して、それも頼んだ。

メアリイがまた学校へ飛出して行くと、入れ違いに隣のお婆さんと向いの小母さんが見舞にきてくれた。メアリイが頼んで行ったのである。

この人たちの看病を受けて、私はそれから三日寝たきりだった。井村は見かけに似合わない力持ちだったらしく、左の眼にできた隈がなかなかとれないものだから、起きられるようになっても客商売のナイトオで働けるようになるまでには、それからも三日かかった。キチンで物が落ちたのだという説明は、トムをだますことはできたが向いの小母さんの眼は誤魔化せず、

「やったのはトムだろ？　え？　ひどいねえ。夫の暴力は警察へ訴えていいんだよ」

と憤慨してくれるのには、困ってしまった。

ようやく一週間ぶりで出て行くと、ナイトオの支配人は大層機嫌が悪く、

「困るねえ、いきなり無断で休まれちゃあ。テーブルの数が同じなんだから、急に人数が減るのは一番困るんだよ」

「主人が電話かけた筈だけど」

「キチンで怪我をしたなんて、言いがかりは困るねえ。よっぽど奥さんに言おうかと思ったんだが」

「すみません、誤解だったんですよ。家のキチンで転んだんです」

「そんなことだろうと思ったがね。あんたらの居ない間はみんな大変だったんだから、今日から三人前働いて貰うよ」

あんたら？　三人前？　妙なことを言うと思ったが、理由はすぐ分った。あの日からずっと麗子が休んでいるのだ。おまけに竹子も三、四日来ていないという。元気な竹子が急に休んだのもどうしてかと心配だったが、麗子があれ以来ずっと姿を見せないというのは気懸りだった。

「荷物取りにきた？」

「さあ、知らないけど、来なかったんじゃない？」

「随分冷たいわね。あなたが恥をかかせたから来れないんじゃありませんか、志満子さん」

「あら、変なこと言わないで。泥棒を摑えて何が悪いのよ」

「そっと注意する方法だってあるでしょう？　同じ船で来た友だちじゃないの」

「私は友だちだなんて思っていないわ。あちらにそう思われたら迷惑だとは思うけど」

「どうして」

「どうしてって……」

志満子は唇を曲げて嗤《わら》った。察してもよさそうなものではないかという顔だ。それを見て私は口を噤んだ。私の唇も曲っていたかもしれない。私には今日、志満子を咎めだてすることはできなかった。麗子がプエルトリコ人の妻であるというただそれだけで志満子が許せないというのが、私にとって実に嫌やな気分になった。

更衣室で麗子のロッカーを下の隙間から覗いてみた。どうもドレスや毛皮はいつもの通りに吊ってあるらしい。いったいどうする気なのだろうと私は心配になった。例の貯金通帳も私が預かったままなのだ。第一、この店をやめて、麗子がどうやって暮しているのか、それがひどく不安だった。私は井村に向って、私はプエルトリコじゃないと喚いたことを思い出した。——まさか、とは思うけれど、プエルトリコ人の間では妻に売春をさせるのをなんとも思わない男たちが多いと聞いているから、美しい麗子がスパニッシュ・ハアレムでどうやって生きて行くのか、私は心配でたまらなかった。

明日も明後日も麗子が現われなかったら、次の休みにはスパニッシュ・ハアレムへ訪ねて行って様子を見に行こうと私は思いながら、こんなに心配しているのに、麗子は全く何をしているのだろうと腹だたしくなった。

だが私が出かけて行く必要はなかった。翌日の朝、麗子が私の家を訪ねてきたのである。

「まあ、どうしていたの？　心配してたのよ。私があの次の日から病気で一週間休んじゃったものだから、あなたが休んでるなんてちっとも知らなくて、昨日出ていって、それで、どうしたのかな、お休みの日には訪ねて行こうかしらって考えていたところよ。さあ、さあ、入って頂だい」

私は間断なく喋りながら、麗子を家の中に請じ入れた。トムはベッドで眠っていたが、ニグロの生活をそのまま見せて、麗子を寛《くつろ》がせたいという気持があった。もっとも、それだけではなかった。新しいベッドを買うとき、思いきって椅子とテーブルを買い、部屋の中央にはカーテンを吊って、寝室と食堂の境として、ともかく家らしい体裁を整えたばかりなので、それを見せてひけらかしたいという考えがあったのも否めない。

麗子は私の出勤時間直前を狙ってやってきたらしく、私の執拗な招きに本意なげに家に入って椅子に腰をおろしたが、部屋の中を眺めまわす気にはなれなかったらしい。一週間の間にげっそりと瘦せてしまって、麗子の首は痛々しくなっていた。眼を落して、私が落着くのを待っている。

「あなた、どうしていたの、麗子さん」

「ええ……」

「どこか別の働き口でも見つけたの？」

「いいえ……？」

「それじゃ困るでしょう？　私が口をきいてあげるから、今日からでもナイトオに出なさいよ。まだ奥さんから辞めさせられたわけじゃないんだから」

「ええ……」

何を言ってもはかばかしい返事をしなかったが、やがて突然麗子は顔をあげて、

「あの、お願いがあるんです」

と言って私を真正面から射るような眼で見た。

「いいわよ、なあに？」

「お金、貸して下さい」

「あなたの貯金に三百ドルある筈よ」

「ええ。その他に要るんです」

「どのくらい？」

「五百ドル」

私はドキッと胸を衝かれ、それから呆れてしまった。五百ドルというのは途方もない大金である。それを事もなげに言った麗子の神経が分らない。しかし、麗子の黒い、切なげな、思い詰めた眼の色を見ると笑って誤魔化すわけにはいかなかった。

「何に要るの、そんなに」

「…………」

貯金が三百ドルあって、更に五百ドルといえば八百ドルの必要があるというのか。私はだんだん驚きがふくらんで行くのを感じた。第一、私の貯金は麗子と違って総額五百ドルに達したことなどは一度もないのである。いつでも貯まりかかると妊娠したり、メアリイが病気になったり、冬服を新調しなければならなかったりして、ごそッ、ごそッと減ってしまう。殊に今はベッドと椅子とテーブルを買ったばかりで百ドルも残っていない有様だった。

「五百ドルだなんて、私にそんな大金があるわけないでしょう？」

「…………」

「無茶よ、麗子さん」

「何に要るの、そんなに」

麗子はまた意を決したように私を見てから、

「……要るんです」

と言った。

「何に要るのか言えないの？」

「ええ」

「あなた、いろいろと買ったものがあったじゃないの。売って作るわけにはいかない？」

「売れそうなのは指輪だけでしょう？　毛皮は、もう大分使っているから」

「でも、誰かにひきとって貰ったら？」

「ええ、そうできたら」

「あの指輪は幾らだったの？」

「三百ドルで買ったんだけど、売るとなったら半値かしら。毛皮なんか、もっと安くなるんですって」

「私が皆に訊いてみてあげるわよ。それでなんとかなる？」

「いいえ、その他にどうしても五百ドル要るんです」

「どうして？　何に要るのよ」

「………………」

金の使い道ということになると、麗子は口を緘《とざ》して、下を向いてしまう。伏せた眼の長い睫毛《まつげ》が苦しそうにしばたたくのを見ていると、私も根掘り葉掘りきくのは控えたくなった。

時間が来たので、預かっていた貯金通帳を渡してから、並んで外へ出た。麗子はもうナイトオで働く気はないらしく、ナイトオの前で待っているから私に更衣室のロッカーから指輪を取ってきて欲しいと言った。

「ホセはどうしているの？」

「ビルの窓ガラス拭きの仕事で、出かけてるわ」

「働いているのね。それはよかった」

「…………」

「ねえ、麗子さん」

「ええ」

「あなた、日本へ帰った方がいいんじゃない？」

「…………」

「千ドルもの大金を何につかうつもりなのか私には見当もつかないけど、そのお金ができたら、それを旅費にして日本へ帰ったら？」

「…………」

「どうしても要るお金だったら、ナイトオの奥さんに訳を話して打明けて貸してもらったらどうかしら」

「………」

「日本からは送金してもらえない?」

最後の問に麗子はまるで憤然として答えたものだ。

「そんなこと! できないわよ!」

この口調は私を驚かせた。お嬢さん育ちの身勝手なのだろうか。麗子の我儘には私もほとほと呆れてしまった。いったいどういう考えでいるのだろう。

麗子から受取った鍵を持って更衣室に飛込み、

「ねえ、ちょっと、このストール買う人ない? 麗子さんが幾らでもいいから売りたいんだって」

大声をあげて宣伝した。三人の女が寄ってきて、少し黄ばんでいる白狐の毛をさわってみながら、考えている。私は指輪の箱だけ取出すと、すぐ店の裏口へ引返した。

「はい。ストールは二、三日の内に売れると思うから、電話かけてみて」

「ええ」

麗子は箱を開けて指輪を出し、美しい右の指にさして、その光を楽しんでいたが、その間中考えていたらしく、

「これも、笑子さん、売って下さらない?」

と言った。いかにも手放すのが惜しそうな響があって悲痛だった。

「買った店で引取らないかしら」

「同じことだと思うし、それに百五十や二百ドルだけ持って帰っても仕方がないの。ロッカー鍵ぐるみ預かっていて」

「じゃあ、売れるかどうか分らないけど」

「いろいろ済みません」

麗子は丁寧に頭を下げた。靴の爪先をきちんとつけて、掌は膝の上で指を揃えている。こういう行儀のよさを見ると、私には麗子の育ちが見えて、それが今プエルトリコ人と結婚しているのだと思いあわせて、胸が痛む。

麗子と別れて更衣室に戻ると、もうみんな着更えて店に出た後であった。茣蓙《ござ》の上にストールがまるで死んだ兎のように投げ出されていた。それを指輪と共にロッカーに蔵いこんでから、しっかりと鍵をかけ、私は急いで着物に着更えた。先刻、竹子をチラと見かけたのを思い出す。顔色がひどく悪かったが、ともかく顔を見れば、どうしていたのか様子がきけるというものだ。日本にいた頃の私は、かなり個人主義で他人のことなど気にかけなかったのに、どうして此処では友だちのことがこんなに気になるのだろう。

店に出ると、もう客が二組も来ていて、私はボーイ頭にじろりと睨まれた。それでなくても勤務中は私語することを禁じられているので、竹子の様子を窺いながらも話しかけることはできなかった。

その日は昼から客がたてこみ、私の受持った和室の客は殊に健啖家揃いで、かなり忙しかった。キチンの窓と座敷を幾度も往復するうちに、ふと竹子の姿が見えないのに気がついた。

休憩時間になって、ボーイ頭に、

「竹子さん知らない？」

と訊くと、

「気持が悪いと言って更衣室へ行ったよ。病気《シック》らしいね」

と言う。

駈けこむと、竹子はロッカーの前の莫蓙の上に、長くなって横に臥《ね》ていた。

「どうしたの？」

顔色が蒼い。だが私を認めると竹子は起上って、

「えらいことになったわ」

と言った。

「病気？」

「いや、宿《やど》ったんや」

「え？」

竹子は苦笑しながら掌で下腹部を意味ありげに撫でまわした。

「ああ」

「よっぽど気ィつけてたんやけどな、躰の方の調子が狂ったんやな。ぬかったわ」

「私のとこと同じ数になるわね。生れてみれば可愛いから」

「そんなこと、今から考えられるもんか」

「……気持が悪いの？」

「ふん。無理して来てみたんやけども、肉の匂嗅いだらもうあかん。吐《あ》げてしもうた」

思い出しただけで気持が悪くなったらしく、竹子は口を開けると喉をげえと鳴らして黄色い水を吐いた。タオルで口許を拭いてから、竹子は情なさそうに、

「食べても吐く、食べいでも吐く、や」

「ひどいのねえ」

「ふん。私は生れるまで十月十日《とつきとおか》これが続くんや。えらいわ」

と、もう肩から力を落している。

私は同情したが、悪阻《つわり》の苦しみばかりはどうする術《すべ》もない。気持を紛らすのに話題でも変えてみようかと、それでなくても誰かに喋りたいところだったから、蒼い顔の竹子を相手に、麗子の話をした。

「ふうん、千ドルか。何につかうつもりやろかな」

「私も見当がつかないのよ」

「私《うち》に千ドルあったら堕《おろ》してしまうけどな」

「え？」

「日本は楽やったなあ」

「あなたも経験があるの？」

「ふん。ケニイの後で二度、な」

「私は三度やったわ」

「簡単なもんやのになあ。ニューヨークは、それだけが不便なとこや。千ドル出しても生命の保障なしやというし。仕様《しやあ》ない、産むわ！」

大きな声を出したのがいけなかったのか、胸許をまた突上げてきたらしく、竹子はげえと喉を鳴らした。今度は吐瀉物《としやぶつ》を口の中で、飲み下したらしい。胃液の苦く酸い味に竹子は顔をしかめた。

11

どう無理しても働けないと悟った竹子は、その日のうちにナイトオの奥さんに事情を話して休むことになった。彼女が休んでいる間の生活費はどうなるのか心配だったが、訊いてもどうなることでもないから私は訊かなかった。おおかた彼女の夫が奮起一番して働きだすだろう。麗子のホセのように。

その夜、客の一番たてこんでいる時間に、

「笑子さん、お客さんだよ」

支配人が渋面を作って呼びにきた。

「私に？　誰ですか？」

支配人はそれに答えず、

「忙しいときなのだから、早く帰ってもらうんだね」

と言って、顋をしゃくった。

出て行くと、入口近くのスタンドバアに、小田老人が腰をおろしている。

「まあ。しばらくです」

「どうだね？」

「ヤヨイ」以来、二年ぶりの再会だったが、小田老人はまるで「ナイトオ」の常連のような顔をして私に頰笑みかけてきた。

「ええ、おかげさまで」

バアの向うでバアテンダーも渋い顔をしているので、見ると老人の前には水の入ったコップがあるきりだった。

「何か御用ですか」

「ああ、相談があってね」

小田老人が悠々としているので、私は反対に苛々してきた。私は口早に、それなら仕事が終ってからにしてくれといい、六番街の角のドラッグを指定した。

「では、そうしましょう」

小田老人は小さな躰を動かしてバアの高い椅子から降り、悠々と夜の街に出て行ってしまった。その後姿は相変らずくたびれた背広を着ていて、頭から踵まで全体に古ぼけていた。バアテンダーが妙な顔をして、私がどうして小田老人を知っているのかと訊く。

「前に『ヤヨイ』で働いていたときのお客さんなのよ。どういう人なんだかよく知らないわ。何をしているの、あのお爺さん。あなた知ってるんでしょ、教えてよ」

二世のバアテンは肩をすくめて、英語で、知らないよ。ただ前から口はきいたことがあるのだが、なんとも得体のしれない人だ。カリフォルニヤには、あんな日本人は決していないがね、と答えた。

店が終ってから約束通りドラッグへ顔を出すと、小田老人はコーヒーを舐めていた。

「何か食べないかね」

「そうね、チーズバーガーでも貰おうかしら」

「なるほど景気がいいねえ」

ハンバーガー・サンドイッチとチーズバーガーでは、ほんの五セントの値段の違いなのだけれども、「ヤヨイ」にいたころの私のしおたれた様子と較べれば確かに目を瞠るところはあったかもしれない。

「しばらくでしたね、小田さん」

私は小田老人の隣に腰をおろしてから、あらためて言った。あの頃は、この人のチップで、どのくらい助かったか分らない。

「ああ、元気にやってますね。ユウは子供何人だったかな」

「三人になりましたよ」

「三人ね」

小田老人は占いでもするようにコーヒーの底を見詰めてから、

「まだ殖えるなあ」

「嫌やなこと言わないで下さいよ。これより殖えたらお手上げだわ」

小田老人は歯のまばらな口を開けて声をたてずに笑っている。私はずっと前の彼の予言通り次々と子供が生れたことを思い出して、ぞっとしていた。

「用事って、何なんですか?」

金でも貸せということなら、ぴしゃっと断って帰るつもりだった。

「うむ」

小田老人はコーヒーをゆっくり飲干してから私に向直った。

「ユウ、踊りのできる人を知らないかね」

「踊りって、ダンス?」

「オー・イエス。ジャパニーズ・ダンスねえ」

私は訊直した。

「着物で踊る、あれですか?」

「そうなんだよ。実はね、さるところから頼まれたんだが、当てにしていたのがこれになってしまって」

小田老人は胸のあたりから下腹にかけて大きく弧を描いてみせた。

「なんでもいいんですがねえ。レコードは仏教会館で借りられるんですよ。童謡でも、春雨でも、越後獅子でも、なんでもある。『ナイトオ』で働いている人の中で、うまく誤魔化せる人はないかねえ。お礼は百ドルはりこむんだが」

百ドルという金額をきいたとたんに、私の頭の中で閃《ひらめ》いたものがあった。

「いい子がいるわ。若くて、飛びきりの美人《べっぴん》よ」

「それは有難い。踊りのうまいのより別嬪にこしたことはないと思ってたんですよ。ナニ、踊りの分る連中なんざ、来やしないのだから」

「どういうところなんです」

「日本文化の夕《ゆうべ》よ」

「へええ？」

「ジャパンは十人ぐらいでね、あとは白人ばかりで、日本を紹介する会なんですよ。たいして気のはらないところだから心配しないで。ところで、その子に何を踊ってもらえるかな、期日は来週の水曜日だがね」

「ちょっと、二、三日待って下さい。その子と連絡とらなきゃ。それに、忙しい人だから都合もきかなきゃならないし。木曜の夜でも私に電話してみて下さい」

「木曜《サースデー》だね。じゃあ、また今日ぐらいに店に行こう」

「いいえ、店に来るより電話にして下さい」

「そうかね。では木曜日《サースデー》と……」

　老人は上着の内ポケットから手垢のついた手帖をとり出し、指に唾をつけて頁をめくった。どの頁にもびっしり文字が詰っている。老人はその中からようやく空白の個所を見つけ出して「木曜、N」と記した。こんなことで覚えておけるものかしらと私は少々不安になったのだが、手帖を覗きこんでいるうちに思い出したことがあった。

「小田さん、俳句はその後どうですか？」

　小田老人は顔を上げて、嬉しいことを訊いてくれたとばかりに、にっこりと笑った。皺の中から童児のような顔がのぞいた。

「近作ですがね、ちょっといいのが出来ていますよ」

　コーヒーは飲んでしまったのに、また茶碗に口をつけて一息入れてから、ちょっと調子を張って、

「秋風や、明治の旅券紙魚《しみ》走る」

　ドラッグの主人が驚いて此方を見ている。だが私は、もっと呆れて小田老人の陶然とした横顔を見ていた。

「小田さん、それ私、前にも聞いたことがあるわ。たしか春寒や、明治の旅券紙魚走るだったと思うわ。『ヤヨイ』にいたとき、あなた書いて下さったでしょう？」

「そうでしたかな」

　老人は動じなかった。

「これは傑作でしてね、上の句だけ時々変えるだけで、実にそのときの気分にぴったりとします。いい句じゃありませんかな。秋風や、明治の旅券紙魚走る……。紙魚というのは年々展がるものでしてねえ、だんだん旅券の文字が喰われてきます。あれが全く読めなくなる頃はミイもお陀仏でしょうなあ」

私は小田老人の話に心当りがあると言ったのは麗子のことだった。下町の菓子屋の娘なら遊芸のたしなみはあるのではないかと思ったのである。百ドルという金額が、麗子の必要としている金のためにも役に立つと考えた。かりに麗子が満足に踊れないにしても、美しい彼女がこってり白粉を塗って着物を着れば、充分の効果は上るのではないか。

麗子からの電話は木曜日の午後かかってきた。

「モシモシ笑子さん？　売れそうかしら？」

「ええ。指輪はね、安代さんが二百ドルで買いますって。喜んでたわよ」

「ストールは？」

「郁ちゃんが百五十ドルならって言ってるけど、安すぎるわね？」

「いいわ、かまわない。いつお金をくれるかしら」

「月給日《ペイディ》でしょ。二人とも、一遍で払えると言ってたから」

「笑子さん」

「え？」

「私のロッカーの中のもの全部出して、みんなに買ってもらってくれない?」

「そうねえ、……」

「百ドルぐらいにはなるでしょ? バッグや靴やなんか、ちっとも傷んでないのよ」

「そうね、訊いてみるわ」

私も吾ながらなんて気のいい女なのだろうと思う一方で、ハンドバッグはともかくとして、麗子のように細い華奢《きゃしゃ》な躰つきの女は他にいないからドレスは一寸売りにくいがなどと思案している。

「じゃ、お願いします」

「あ、待って」

私は急いで小田老人から持ちこまれた話をした。案の定、麗子は一回で百ドルとれるというので気持を惹かれた様子だ。

「お稽古したこと無いわけじゃないけど、人前で踊れるようなものは習ってないわ。それに、もうずっと前のことだし、……」

「童謡でもいいって言ってたわよ」

「ほんとう?」

「ええ、本当よ。お客も目の利く人たちじゃないって話よ。着物は持ってるんでしょ」

「よかったわ。一枚だけ残しておいたの」

「それじゃOKじゃないの。ところで、何を踊ることにする?」

「……花嫁人形は、レコードあるかしら」

「花嫁人形？」「ほら、金襴緞子《きんらんどんす》の……って、あれ」

「ああ、花嫁御寮は何故泣くのだろ」

「ええ。あれなら多分どうにか思い出せると思うわ」

「それにきめときましょ。あの曲なら外人も好きだわよ、きっと」

「笑子さん」

「ええ？」

「ホセが心配するし、でもついて来られないから、笑子さん一緒に行ってね」

「え？　ああ、いいわよ」

こんなわけで、当日は私も「ナイトオ」を休んで出かけることになってしまったのである。

「日本文化の夕」は、ウェストサイドにある仏教会館の一室をかりて開催された。一室といっても、ビルの中のことだから一室という他ないのだが、寺でいえば本堂に違いなかった。正面には大きな仏壇がはめこみになっていて、観音開きの中央に阿弥陀さまが鎮座していらっしゃる。私は前にも幾度かこの部屋に来たことがあった。映画会というのがあって、日曜の夜などに日本映画を映写してみせるのである。そのときには阿弥陀さまの前にするすると白い布を巻きおろしてスクリーンにするのであった。会費はたしか一ドルから一ドル五〇セントまでだった。

先生と呼ばれている背広姿の住職が、「日本文化の夕」でも会主に担ぎ上げられていた。集った白人たちが、どんな種類の人たちなのか見当がつかなかったけれども「ナイトオ」へ食事にくるアメリカ人とは格段に差のつく身装りだった。だが例外なく厳粛な顔つきをして、入口で靴を脱いで上ると、莫蓙の上で長い足を折りまげて坐った。禅ブームに招かれてきた学生たちが多いのかもしれない。年寄りはいなかった。

その日のプログラムは第一部が講演会で、住職ともう一人の日本人が、住職は通訳つきで、もう一人の方は自分の英語で演説をした。「仏教と世界平和」とか「仏教とは何か」という演題がついていた。日本のお寺のお説教よりは遥かに分りやすかったけれども、私はゆっくり聴いている暇がなかった。麗子の支度を手伝わなければならなかったからである。

「麗子さん、どこか悪いんじゃない？　顔色がよくないけど」

ハアレムへ訪ねて来たとき以来、彼女は痩せ細って、大きな眼がまた一廻り大きく見えた。五年前の長い船旅に船酔で弱りきっていた麗子を、また見るようだった。しかし麗子は大丈夫よ、と強い声音でいい、楽屋を与えられると、すぐに化粧にかかった。

かつらは冠らなくても、日本式の厚化粧にしてほしいと小田老人から注文があったので、白い粉白粉《こなおしろい》を買ってきて化粧水で溶いて水白粉を作り、刷毛でこってりと塗ることにした。紅も、わざと口紅を瞼にも頬にもさして伸ばした。そこまでは私も知恵を出したが、化粧にかかると麗子は鏡を見詰めて物も言わなくなった。まっ白に塗りつぶした上から、紅をさし、黛《まゆずみ》をひき、目ばりを紅筆で入れた上に、更に麗子がふだん使っている水色のアイシャドウを使って、その上に付け睫毛をした。美しく大きな眼が、より一層ぱっちりと開き、黒々と輝く。

「きれいよ、麗子さん」

私は溜息をついた。

麗子はパアマをかけずに結い上げていた髪をほぐして、背に長く垂らした。見事な黒髪だった。額から前髪をとって日本髪のように丸くふくらませ、純白のリボンを飾ったのは私のアイデアである。鏡の中の麗子は、まるで無垢の少女のようだった。この厚化粧の下に蒼ざめた肌が隠されていると誰が見抜けるだろう。

着物は、おそらく麗子が日本を出るとき、彼女の母親が心こめて整えた晴着だったのだろう。麗子もことの外大切にしていて、店にも着てきたことがない訪問着だった。白地をピンクに暈《ぼか》した縮緬《ちりめん》地に四季の花が色とりどりに染めつけられ、ところどころに金箔が散らされている。帯もずっしりと手応えのある上等の袋帯だった。

準備が出来上っても演説の方はまだ終っていなかったので、麗子は童謡を口ずさみながら、そっと袖を振って手順をさらい始めた。この三日ほど一生懸命で練習したと麗子が言ったのを私は思い出し、話しかけずにそれを見ていた。やはり少しでも子供の頃に習ったことのある様子は、こういう一夜漬けの場合でも見えて、首のふり方もなかなかのものだと私は安心した。百ドルの値打ちは充分ある。

麗子と小田老人の演出で、踊りは人形なのだから、箱から出てきて踊るようにしたいといい、会館の人たちに協力してもらって、舞台の中央に屏風を立て、その蔭で細工をした。用意ができると私はどうしても観客席の方から麗子の晴れの舞台を見たいと思った。で、麗子を無事に屏風の後に送りこむと、すぐに本堂の後に席を見つけて坐った。

解説は小田老人がしたのだが、彼の英語は私を驚かせた。大時代な文法と、発音がとんでもない割に、大きな言葉《ビッグ・ワード》が頻繁に飛出して、彼がなかなかのインテリだということが分ったからである。

「紳士淑女諸君、いよいよ日本舞踊の上演でありまするが、その前に私は若干の解説を加えたいと思います。そもそも日本舞踊というのは何であるか。それが西欧のダンスと根本的に違うところのものは、後者が肉体の美を示すを目的とするに対し、日本舞踊はあくまでも情緒を旨とすることであります。情緒こそは東洋の美の本源であり、西欧の生活に欠如しているところのものであります。殊に吾人が棲息するこの大都会、ニューヨークに欠如しているところのものであります。仏教および日本文化に多大の関心を持たれる諸兄諸姉が、この夕、日本舞踊によってその情緒に触れられることを、私が喜びとする所以《ゆえん》であります。

「さて、これからお見せ致しまする日本の伝統舞踊は比較的小品でありまするが、花嫁人形という題がついております。花嫁人形が、暮夜ひそかに箱の中から脱け出でて、情緒に基いて泣くという踊りであります。諸兄諸姉の生活感覚に於ては、花嫁が泣くというのは奇異なるものでありましょう。結婚は、諸君には最上の喜びであり、ましてや花嫁姿の人形が何故泣くか、あるいは分らん人があるやもしれぬ。しかしながら日本の花嫁は泣くのであります。

「それは明日を思って泣くのではない。昨日までの我が身を想って泣くのであります。結婚、それは乙女が青春と袂別《べいべつ》することなのであります。夢多く、幸多く、誰からも損われることのなかった乙女の日々と別れることなのであります。その日から彼女は未知の世界へ入って行かねばならない。そこに彼女の真の人生が待っているからであります。結婚は有頂天に喜べるものではない。峻厳なる一つの終止符《ピリオド》であり出発であります。そこにおいて、花嫁は戸惑って泣く。それが、これから始まる踊りの主題であります。

「私は歌詞の全訳をおきかせする必要はないと考えますが、最も大切な二行だけは諸君の記憶に止めたいと思います。それは、泣くに泣かれぬ花嫁人形は、赤い鹿の子の千代紙衣裳。というのであります。人形は、しかし涙を流すわけにはいかないというのでありいます。なぜなら赤い紙の衣裳を着ているから、泣けば涙でそれが破れたり、しみがついて汚れてしまうからであります。花嫁人形は泣いているが、泣けない。花嫁は泣きたくても泣くわけにはいかぬ。即ち現実の前には情緒は無用だからであります。だから花嫁は表は華麗に装い、人に見せぬように、誰にも分らぬように、泣くのであります。この、流れることなき涙を、吾人は真実の情緒と呼ぶ。そこにこそ、日本の、日本だけの美が存在するのであります。アメリカ婦人の雷の如き泣き声と共にころげ落ちる涙と比較して頂きたい」

堂々たる大演説であった。あの童謡に、こんな深遠な意味があろうとは思いがけなかった。麗子もさだめし屏風の向うで大変なことになったと思っているのではないだろうか。彼女は今、真実の情緒を秘めて日本だけの美を現わす使命を与えられたのだから。

小田老人の解説は前の二つの仏教に関する演説よりも大きな拍手を贈られた。彼は満足げに講堂を見渡してから、悠々と観客に背を向けると、自分の手で背後の屏風をとり払った。麗子が、京人形のように正面を向いて、瞬きもせずに直立している。

この演出もまた効果をあげた。会館の古ぼけた蓄音器《ポータブル》から音楽が流れ出るまで少しの間があったが、麗子はその間こゆるぎもせずに、瞬きもせずに、おそらく呼吸もせずに立っていたのだが、その間に観客たちは充分に麗子の美しさを認め、真実の情緒を感じてしまっただろう。

前奏音楽と同時に人形は動き出した。

　金襴緞子の　帯しめながら
　花嫁御寮は　なぜ泣くのだろ……

アメリカの踊り子と違って、ニコリともせずに無表情に動いている麗子の白い顔は、小田老人の解説もあって一層アメリカ人たちに感銘を与えたようである。私も息をつめて見惚れていた。この国に来て、こういうものを見ようとは思わなかった。と思うが、歌詞が三番にかかったかかからないとき、急に麗子の上半身がのめった。と思うと、彼女は両手で顔を掩い、くるりと客席に背を向けて、部屋から飛出して行ってしまった。

見物は呆気にとられていた。まさか情緒的な踊りの中にこういう部分があるとは思わなかったのだろうが、小田老人の大演説の後であっただけに虚を衝かれた形だったのだろう。だが私は違う。私は麗子の体がぐらりと動いたとき反射的に立上っていた。

楽屋に飛込むと、麗子はタオルで口許を拭っているところだった。私を見て、すぐ目を伏せて黙っている。肩が荒い息をしていた。

「どうしたんです」

小田老人が、流石に表情をこわばらせて入ってきた。

「気持が悪くなって……」

麗子は消えも入りそうな声で言った。

「子供が出来てたんだね」

麗子は黙っていた。否定もしないかわり肯きもしない。小田老人は私を見返って言った。

「これは無茶ですよ」

その言葉には私の迂闊を責める非難がこもっていた。私は狼狽《ろうばい》した。

「知らなかったんですよ、私は、ちっとも」

小田老人は唇を曲げただけで、何も言わずに引返して行った。

「紳士淑女諸君、私は本日の出演者が極度の緊張の余り、神経障碍《しょうがい》を起して踊りを続行できなくなったことを御報告いたします。諸君の期待に充分添うことができませず、まことに遺憾に存ずるのでありますが、しかしながら私は唯今の極めて小部分の日本舞踊が日本の情緒、日本の所謂《いわゆる》美なるものを……」

老人の演説が洩れ聞えてきたが、私たちは帰り支度を始めていた。何よりまず帯を解かなければならない。悪阻《つわり》の最中に胸高の帯を締めるのでは気持が悪くなるのは当り前だった。私は乱暴に麗子を引いたり突いたりして帯を解いて行った。私も無言なら、麗子も黙って引かれたり突かれたりしている。

伊達締《だてじ》めと腰紐を一度にとって、着物、長襦袢、肌着と重ねて脱ぎ落したとき、私は初めて麗子の裸身を見た。私の視線を受けて、麗子はすぐ上体を捻ったが、私の眼に灼きついたものは消えなかった。白い胸の隆起の先が、ニグロの肌のように黒紫色に染まっていたのだ。

クレンジングクリームで化粧を落すと、化粧前よりもっと蒼ざめた顔が現われた。

私たち二人は、誰にも見送られずに大きな荷物を抱えて外へ出た。百ドル貰えると思ったので来るときはタクシーで乗りつけたが、謝礼金が取れなかった今でも、荷物があるから歩く気にはなれなかった。だが、生憎《あいにく》なことに、ウェストサイドを流すタクシーというものは滅多にない。私はふくれ上って両腕に荷物を抱えたまま麗子の先に立ってずんずん歩いていた。ハドソン河がすぐ左に見える。川風は冷たく厳しくて、頬を切るようだった。

ＩＲＴ地下鉄の駅前で私は立止った。スパニッシュ・ハアレムへ出るにはこの線に乗らなければならない。私のハアレムに帰るには、もう二ブロック先のインデペンデント・サブウェイの駅まで歩く必要がある。麗子の状態を思い、大きな荷物のことを考えると彼女の家まで送るべきであったが、私はどうしてもその気になれなかった。私は黙って、腕の中の荷物を麗子の鼻先へ突出した。麗子は黙って受取り、彼女自身が持っていたバッグや風呂敷包と三つの割りふりに苦労していたが、私は冷然とそれを見るばかりで手を貸さなかった。

「笑子さん」

「…………」

「ご免なさいね」

私は答えなかった。黙って踵を返して、外套の衿を掻き寄せながら歩き出した。

どう考えても腹が立つ。頭の中が混乱している。

妊娠していた……。麗子が妊娠していた。千ドルの金は、そのために必要だったのだ。だが、何故それを私に打明けないのだ。理由が分らないままに指輪やストールを売って金を作ることに懸命になり、小田老人の耳よりの話にもすぐ麗子を思い出し、今日はナイトオを休んでまでつきあった私ではないか。まったく私は……。私は自分のおめでたさ加減に心底から腹を立てていた。私はいったい何をやっているのだろう。笑子さん、ご免なさいね、か。何がご免なさいね、だ。私は麗子が大きな荷物を抱えて、ふらふら階段を降りて行く姿を想像しながら舌打ちをした。どうにも気になって、やはり家まで送って行くべきではなかったかと悔む心が湧くのを持余したのである。どこまで人が好いんだ。麗子のことなど、もう放っておけばいいのだ。誰が構ってなんぞやるものか。

堕す……？

千ドルで……？　誰がそんな金作りに協力するものか。妊娠したのなら産めばいい。私だって、竹子だって、産んできたのだ。産むがいい、プエルトリコの子を……。なぜ麗子の妊娠がこんなにも腹立たしいのか私には理由が分らなかった。が、ともかく私は、この日からふっつり麗子のことは構うまいと心に決めた。

そして事実は、それどころではなくなっていた。これ以上に迂闊なことがあっていいものだろうか。私も、妊娠していたのだ！

私は躰までおめでたく出来ているのか、悪阻というものが殆どないので、竹子や麗子のように早くから変調を感じて気づくということはなかったのだ。おまけにこの度は量は減ったが月経《ピリオド》があったものだから、まさか妊娠していたとは思いもよらなかったのである。気づいたときには、だから四か月が終りかけていた。

私は麗子を呪った。まったく非科学的なことだが、私にはどうも感染したような気がしてならなかったのだ。悪疾と同じように妊娠も感染するという考えは、生命の神秘を冒瀆するものかもしれない。しかし、私は何もかも呪わしかった。麗子の顔に重なって小田老人の皺だらけの顔が見える。まだ産みますね。まだ殖えますね。私は彼の呪縛を受けたのだろうか。

ベティを妊ったとき私は私の肉体を呪ったのに、今度はそういう考えは思い浮かばなかった。私は逸早く私の肉体には絶望してしまっていたのかもしれない。あんなに注意していたのに、という未練げな後悔さえ浮かばなかった。

東京の、うら悲しい産院に三回横たわったことを私は思い出した。あのとき私は全く割切っていて、最初はかなり英雄的な意識があったけれど、二度目と三度目はごくなんでもなく手術台で脚をひろげた。だが、私はあのとき三つの生命を故意に流したのだ。その三つの生命は、この世に強い未練を持っていたのだろうか。生れて生きることに、よほどの執着を持っていたのではないだろうか——と私は愕然として思いついた。ニューヨークに来てから生れたバアバラとベティ、そして今この躰の中で育ちつつある子供は、あのとき抹殺された生命が死にきれずに息を吹返しているのではないか。彼らは、あの日から今日まで生きつづけたのだ。それなら私は、やはり産まねばならない。

私がこうして完全に絶望から立上ったのは胎動が始まる頃のことであった。そろそろコルセットをどうかたく締めても人目に立つようになったので、私はまたも、のこのこと「ナイトオ」の奥さんのアパートに上って行った。例によって、臨月までキチンで働かしてもらおうと思ったのである。

話半ばで奥さんは紫色のガウンの袖をあげて、

「分りましたよ。キチンで働きなさい。無理はしないようにね。荒い仕事なのだから」

と言った。

私は頭を下げ、ビジネスライクにそれで引揚げようとした。が、奥さんには一言だけ感想というものがあった。

「成り年なのかしらん、今年は」

竹子のことだろうかと咄嗟に私は思い、同時に麗子のことを思い出し、はっとして頭を上げた。奥さんがどうしてそれを知っているのか……？

奥さんは私の視線に肯いて、言った。

「志満子がげえげえやってますよ。あなたは悪阻が軽くっていいわねェ」

「志満子さんが！」

私は驚いて反芻した。そういえばこの一週間ほど姿が見えなかったが……。そうだったのか、あの志満子が、やはり妊娠したのか……。

横浜を出てからの長い船旅を、暗く、臭く、暑い部屋で共に過した仲間が、戦争花嫁ばかりが揃って四人、同じ年に子供を妊ったというのは、どこか因縁話めいていて、私を慄然《りつぜん》とさせた。竹子も、麗子も、志満子も、そして私も——。竹子はアメリカへ来て二度目の妊娠だし、私は三度目で、志満子はジャミイの次の子を殆ど十年ぶりで産むことになる。そして麗子は初産を控えて苦しんでいるのだ。成り年とは、しかしなんとうまいことを言ったものだろう。樹々が一斉に実をつける図を私は想い描いてみた。李《すもも》やオレンジや林檎の成っているところを私は実際に見たことがないのだけれども、すぐ目の前に色鮮かな果樹園が見えるようだった。その桃には一つ一つ色がついていて――竹子はどんな子を産むだろうか。ケニイの兄弟なら、やはり黒いだろうか。しかし私のバアバラの例もあることだし……、これは生れてみなければ分らない。志満子はどんな子を産むだろう。ジャミイのように鼻の高い白人そっくりの子供だろうか。それとも今度は志満子に似て、一重瞼で大きな口をした女の子が生れるかもしれない。麗子はどんな子を産むだろう。父親に似ても、母親に似ても、器量よしが生れることだけは間違いない。が、しかし、麗子は果して産むだろうか。私には、あの少女の俤《おもかげ》を残し持っている麗子が母親になるところはどうにも想像し難かった。しかし麗子は産むだろう。このニューヨークでは、たとえ千ドルの金が自由になったたって、産まないわけにはいかないのだ。

奥さんが言った成り年という言葉は、同時に私自身の果樹園をも省みさせた。トムと私の家には、もう三つの桃が成っているのだ。頭にこってりと油を塗った利発なメアリイ。節子と瓜二つの温和しいバアバラ。よく泣き叫ぶ小さなベティ。

四人目の子供ができたということをトムに告げた日、トムの反応は私を随分安心させた。彼は驚いて私を見てから、大仰な身振で天井を振り仰ぎ、そして言ったものだ。

「神さま《オウ・ゴッド》、もう沢山です《ウイ・ガット・トウ・マッチ》！」

彼は決して喜ばなかったのに、私が安心したというのは、バアバラやベティが生れて来る前とは較べものにならないほど彼の表情が明るかったからである。バアバラを妊ったとき、彼が白眼をぐるりと廻しただけで、碌にものも言えなかったのを思い出す。ベティのときには、彼は黙って眼を伏せて深い溜息を吐いたものであった。それは日本で、メアリイが生れる前後のトムの喜びようと較べると同じ人の態度とは思われなかった。私はその度に一層妊娠を悔んだものだ。


だが、ニューヨークに私たちが着いた当時と、それから、五年近くたった今とでは、私たちの生活は僅かでも楽なものになってきていた。私の収入が、暮しむきをかなり落着かせていたのである。ベッドも一つ殖えたし、食事は椅子に腰をおろし、人間らしくテーブルで食べるようになっただけでも、こんなに人間の心は和むものなのだろうか。神さま、もう沢山です！　こんな言葉でも出るというのは、何も言わずに溜息をつかれるよりどのくらい有難いか分らなかった。彼の給料もいくらかずつ昇給して今では週四十ドル持って帰ってくる。二人の休日がかちあう日には留守をメアリイにまかせてハアレムの中のアポロ劇場へ出かけたことも一再でない。私たちにはようやく「人間らしい」生活が出来ていたのかもしれない。あるいはトムの記憶から、あの東京の栄華の日々が遠く薄れてきたためかもしれない。

一時は動顛したが、胎動の始まるころには私は次第に心が柔和になってきていた。私には悪阻こそないが、妊娠初期に心が険しくなるのは、あれはやはり肉体の変調が精神に及ぼしている影響なのではなかったろうか。そう思うと麗子に当り散らしたのもその所為《せい》だったような気がしてきて、私は悪いことをしてしまったと反省するようになった。しかし、麗子のことも気になったけれど、少くとも彼女には三百ドルの貯金通帳と、三百五十ドルのストールなどを売った現金があるのだから心配はない。それよりも、生れるまで悪阻で苦しみ続けるという竹子の方がずっと気になった。竹子の夫も麗子のホセのように働きだしているかどうか。竹子は平常の金使いがかなり荒かったから、貯金があるかどうか怪しいものだった。私の場合はトムが働いていて、しかも彼は滅多に酒を飲むことなどしなかったから、どうにか生活が豊かになってきているのだけれども、竹子の家のやりくりはどちらもあまり賢くないから、竹子が悪阻で働けなくなったら、それきりぱったりと収入は跡絶えてしまうのではないだろうか。自分がようやく落着いてから、竹子のことが俄かに心配になってきて、それで私は大きな腹をかかえてブルックリンへ竹子の様子を見に出かけることにした。まあ、いったいいつから私はこんなお節介になったものだろう。

竹子に見舞状を二度ばかり書いたが、この度は返事がなかった。バアバラを妊って途方に暮れたとき「私も御同様なんですわ」という竹子らしい返事をもらったことがあったのに、今度は私が心配していると書いても、私も妊娠したと書いても、ウンともスンとも言って来ない。よほど参ってしまったのか、それとも……と、私は他人事ほど気に病む性質なのか、どうも落着いていられなくなってきた。

休みの日、私は下町へ買物に出たついでに、地下鉄でイースト河を渡った。ブルックリンは、マンハッタンから南西の方角にあって、河を渡ればもうそこがブルックリンなのだ。その南端にはブライトン海岸やコニー・アイランドなどの歓楽街があるが、いわゆるブルックリンと何か意味をこめて呼ばれるのは、その中心部の貧民街だ。竹子の住所を頼って行くと、恰度《ちょうど》そのド真ン中へ出た。

マンハッタンに四年の余も住みながら、川向うを見たのはこれが初めてである。私には何もかもが珍しかった。ハアレムと違うところは、建物の形が一定していなくて、色もまちまちで、瓦屋根の家などが多いことである。ハアレムは地価が高騰してアパート代も高く、それで住みきれない連中がこのあたりに移り住むのだと聞いたが、やはりどうも生活程度はハアレムよりまた低く見えないこともない。子供たちの服装にそれが現われていた。ハアレムにはカトリックの教会があって、日曜には子供たちも盛装してミサに出席する習慣があり、私の子供たちも出かけて行くのだが、そのせいか平常の着るものもボタンはきちんとかけるもの、破れたり汚れたりしたものは繕うか洗ってからでなくては着られないという常識が行渡っている。が、ブルックリンの子供たちは、その点が無頓着のままに育っていた。日本の乞食ほどはひどくないけれども（ニューヨークの乞食はちゃんと背広を着ている）、ハアレムの子供たちより遥かにみすぼらしいものを着せられて、狭い家から押出されたように街路を走り廻って遊んでいた。

だが、ハアレムとブルックリンの暮しの一番大きな相違というのは、遊び廻っている子供たちがニグロばかりではない、ということであった。日本の子供と同じように、馬跳びをしたり、鬼ごっこをしたり、西部劇の真似事をして遊び狂っているのは、金髪で碧い眼をした雀斑だらけの子供もいれば、縮れ毛が頭にびっしり貼りついているニグロの少年、鳶色の毛に茶色い眼をしたユダヤ人の少女、髪が黒く肌の色は小麦色をした混血の少女と、その人種は驚くほど多様なのだ。向うからニグロの少年と白人の少年が肩を組んで歩いてくる。こちらの家の前では玄関前の階段に腰をおろして三人の娘が日向ぼっこをしているが、それがイタリヤ人とニグロと、ちょっと色の白いニグロという組合わせである。ころころと笑い転げ、肩を寄せて囁き合い、また抱きあって笑う。私は眼を疑った。なぜか、まず思ったのは、これは大変だということであった。

ハアレムでは、ニグロばかりが集って暮していて、メアリイの友だちは男も女もみんなニグロの子だ。ハアレムの中には時折プエルトリコ人が紛れこんで住んでいるが、彼らは疎外されていて、たとえば子供たちでもニグロの子と遊ぶなどということはない。ましてて白人の影も見えないハアレムで、メアリイが白い手と手を繋いで歩くなどという光景にはこれからも出会うことはないと思われた。

私たちもブルックリンに移ろうかしら、という考えが突然のように私に降って湧いた。メアリイが金髪の男の子と腕を組んで歩くところを想像するのは悪くない気分だったからである。しかもここにはプエルトリコ人がいないようだし……。

私は、はっとして自分の考えていることを見詰めた。ブルックリンには人種差別がない、という点は確かに素晴らしいことに違いない。しかし私はどうしてプエルトリコ人がいないから、と更に考えを進めたのだろう。私はまた、竹子が志満子の夫をイタリヤ人だといって鬼の首でもとったように私に報告したことがあるのを思い出した。こんな街に住んでいながら、竹子はまだ白人種とは素直に腕が組めないでいるのか。麗子がプエルトリコ人と結婚していると私に耳打して教えてくれたのも竹子だった。プエルトリコ人を滅多に見ることのないブルックリンにいて、どうしてあんな考えが浮かぶのだろう。

無心に遊んでいる子供たちの様々な肌の色を見ながら、私はいつか最も本質的な疑問に突当っていた。なぜニグロが白人と腕を組むことが私には魅力的に思われたのだろう。なぜニグロはプエルトリコ人を軽蔑するのだろう。ブルックリンの街を見渡すと、ここには厳然とした「平等」がある。それは貧乏というものだ。茶色い髪も、金髪も、赤毛も、黒も、その縮れ毛も、ここでは貧乏の下に無差別だった。いや、貧乏は、白人にもニグロにも無差別に、彼らの生活にのしかかっているのだ。それでも尚、竹子のような思想が芽生えるとしたら……、私には分らなかった。何が原因なのか。

あちこちの子供たちの群に気をとられて、私はいつか最初につけた見当を失って歩き過ぎてしまったらしい。私は一人の子供をつかまえて、私の行先を告げて訊くことにした。

「三三《サーティスリー》番地なのよ」

「…………」

「三《スリー》、三《スリー》、よ。三が二つ《ダブル・スリー》」

子供はしばらくぼんやりして私の口許を眺めていたが

「ああ、三三《トオティトィ》か」

と叫び、私の背の向うを指さして道を戻って右へ曲れと教えてくれた。

ブルックリンのなまりは強い。竹子の英語が「ナイトオ」の秘書嬢に目の敵にされるのも理由があった。私は思わずニヤニヤしながら足早に竹子の家を目ざした。粗末な店屋の裏梯子を上った三階が彼女たちの住居だったが、ドアは叩いても返事がなく、押しても引いても開かなかった。終に私は大声を出して竹子の名を呼んだが、顔を出したのは隣の家の主婦で、

「カリナンの家は家族揃ってヴァジニアへ行きましたよ」

と教えてくれた。

「ヴァジニアへ？」

「ポールのお母さんが住んでるんだそうですよ。それで出かけたんです」

「もう帰って来ないんですか」

「いいえ、家はそのままにしていたから、ポールだけ帰ってくるんじゃないかしら」

肥満したロシヤ女は片眼をつぶって私の腹部を顚でしゃくり、

「タケも赤ン坊ができるんですよ」

と言った。

「ええ知ってます。旅行なんかして大丈夫なのかしら」

「大丈夫だから出かけたんでしょうよ。ポールのお母さんのところで産むつもりだと言ってましたよ」


鉄の骨組ばかりの梯子段を降りるときはちょっと目眩いがした。こんな危険なところを上り下りするよりは、バスに長時間揺られても田舎で暮す方がよほどましだろうと思った。それにしてもヴァジニアへ行ったとは……。それは南部と呼ばれる地方ではニューヨークに最も近い州の名前である。トムの故郷のアラバマは、もっともっと南だけれど、同じようにニグロ人口が二割以上あるときいている。私はマンハッタンから河を越えてきただけで新しい世界を見て、考えることが多くなったが、竹子はヴァジニアへ出かけて、何を見て、何を感じるだろうか。

12

初めて見たブルックリンの街の光景は、いつまでも私の記憶に鮮かに残っていて、ハアレムの路上でニグロばかりの人群れを見るごとに思い出された。それは更に、竹子の行ったヴァジニアへ連想を伸し、どんなところなのだろうかと私に楽しい空想をさせた。この子供が産れて、また貯金ができたら（これで子供は終だ！　どんなことがあっても！）子供たちを全部連れてトムの故郷のアラバマへ出かけてみよう。アラバマ州バーミンガムには、トムの姉さんと弟二人と母親が住んでいて、年に一度ぐらい手紙をくれ、そこにはきっと、いつか来て欲しい、会いたいと書かれてあった。私もアラバマへ行くのだ、バスに乗って。このニューヨークを一歩出て河向うへ渡っただけでも、あんな別天地があるのだから、アラバマはまあどんなに素晴らしいだろう。

出産後、更に何年か先のことであるのに、私はこの計画を娘たちに話さずにはいられなかった。そしてメアリイは眼を輝かした。

「バアバラ、ベティ、聞いた？　アラバマへ行くんですって！　ダディの生れ故郷よ！　私たちのお祖母さんのいるところよ！　学校の先生も言っていたわ。南部は素晴らしいところだって。アラバマは、その南部のまん真ン中にあるのよ！」

だが肝心のトムは一向に感激せず、興味のない様子を露骨に見せた。

「アラバマか、遠いところさ」

「遠くたって行きましょうよ。私は一生懸命働いて、お金を貯めるわ。往復の旅費とおみやげ分があれば、バーミンガムではお母さんが泊めてくれるでしょう？」

「まあね。しかし僕はニューヨークに残るよ」

「どうして？　親の顔を見たくないの？」

「見たいさ。僕の金が貯められるなら、お母さんをこっちへ呼びたいくらいに思っているよ」

「……そんなにアラバマへ行きたくないんですか。なぜなの？」

「なぜって、ただ行きたくないだけさ」

私は折角の楽しい空想の腰を折られて面白くなかったが、何しろ目の前には出産を控えているのだし、アラバマへ出かけるのはその子が生れてから少くとも一年後でなければ実現できないことなので、それきりトムとは争い続けなかった。

竹子がヴァジニアへ行ってしまったとなると、後の気懸りは麗子だけになったが、ブルックリンを見て感激してみると、私はもうむやみとハアレム以外の場所を見てまわりたくなっていたので、それから一か月たたないうちにまたぞろ出かけることにした。

私たちが住んでいるハアレムはウェストとイーストにまたがっているが、スパニッシュ・ハアレムと呼ばれるプエルトリコ人の居住区はそれより南寄りのウェストにあった。「ナイトオ」は日曜日が休みなので、その午後、私はバアバラの手をひいて出かけることにした。メアリイにはベティの面倒を見てもらわなければならないので、たまの休みには私も子供の一人ぐらいは引受けなければ申訳ないというところであったが、もう一つには黒い髪を持ったバアバラなら、プエルトリコ地区へ連れて行っても妙な眼で見られないかもしれないという考えがあった。バアバラはもともと温和《おとな》しい子だが、私と二人きりで外へ出るということに大層満足しているらしく、地下鉄の中でも始終ニコニコしていた。

スパニッシュ・ハアレムの真ン中にある停留所で降りて地上に這い上ると、しばらく私は佇んで左右を見廻していた。違う。確かにここはハアレムではない。だが、またブルックリンとも大違いだった。路上にはみ出ている人間の数が夥しいのは、ハアレムともブルックリンとも比較にならなかった。日曜日だからだろうか、と私は考えたほどである。子供たちがここにもあふれていた。プエルトリコ人は例外なくカトリック信者だから、今日はみんな朝のうちに教会へ行った筈で、身装りも普段より悪くない筈だったが、しかし貧窮の翳《かげ》は彼らの晴着にもつきまとって離れない。どう見ても、それはやはり貧民街の光景だった。誰の頭も漆黒の髪がはりついたようにのっているのが一番強く目につく。ここへ来て、私は迂闊にも私やバアバラがやはり同じ性質の頭髪を持っていることを忘れてしまった。赤茶けたチリチリの髪の毛を見馴れていると、金髪が眼に眩《まぶ》しくなったり、プエルトリコの油っぽい黒髪が奇異なものに見えたりするのだろうか。

「マミイ……」

バアバラが私に躰をすり寄せて、抱いてほしいと言ったが、妊娠中の私はよいしょと力を入れて彼女を抱くことができない。私はようやく気を取直して、娘の手をひいたまま街の中に入って行った。ハアレムより穢い、ブルックリンより貧しい街の中に。

家々の前の石段に蹲《うずくま》っている大人たちの顔色は、例外なく蒼ざめて見える。日本人そっくりの容貌が混っていて、はっと足の止ることがあった。プエルトリコ人はスペイン人とニグロや島の土着民との混血児だから必しもホセのように鼻の高い色男ばかりとは限らない。団子鼻の男もある。丸顔の女も多い。ただ男の多くは揉上げが長く、鼻の下に髭を立てているのと、女たちの姿勢がいいところが日本人とは違っていた。街を見渡したところは暗く貧しく陰惨な翳さえ漂って見えるのに、耳に聞えてくるスパニッシュ・ハアレムの雰囲気は、どことなく陽気だった。彼らはニグロより声が大きいのだ。そして彼らは例外なく母音の多いスペイン語で喋っていた。ただし、子供たちは片言の英語でふざけ廻っている。アスファルトの道には酒の空壜が転がり、破れた新聞紙が電柱の下に吹寄せられて、煤と塵芥で黝《くろず》んでいたが、その文字もスペイン語だった。金具が壊れ、形の歪んでいるアパートの入口の手すり。魚臭が漂う。歩道に投げ出されている塵芥溜め用のドラム缶。目を外らして見上げれば、家々の窓から洗濯物が、洗濯物というより襤褸に等しいものが原色なまなましくぶら下っている。

私はそれらの汚物を心の中で掻分けながら、急ぎ足で歩いたが、バアバラを連れているので思うように先に進めない。人々は見馴れない母娘連れを見つけて注目していたが、誰も私たちを同種族の人間だと思ったものはないようだった。皮ジャンパーにジーパンをはいて黒眼鏡をかけた若者が、すれ違いざまにピィッと口笛を吹いた。街角では同じような若者たちがギターを掻鳴らしてキューバン・ミュージックを奏でている。沈みこんでいく暗鬱な空気を、こうして我武者羅に掻きまわしているのだろうか。

ブルックリンでは様々な人種が距てなく戯《ざ》れあう様子に見とれてつい歩き過したが、

ここでは足のすくむようなことが多くてなかなか道を失うどころではなかった。それでも私はそろそろ不安になって、干鱈や豆類を商っている小さな店の前で、屯《たむろ》している人々に麗子の住所を言って道を尋ねた。

大きな毛糸編みのスカーフを冠っている女たちが、眼を瞠り、当惑したような顔で私の質問を聞いてから、

「スピーク、ノオ、イングリッシュ」

と手を振って、答えた。だが一人が大声で店の奥の男を呼び、呼ばれた男はなまりの強い英語で、

「それならもう直ぐだ。この先を一ブロック歩いて左に曲ればいい、そうだよ、シニョーラ」

と教えてくれた。多分、兵役にとられたときに覚えた英語なのだろう。私が丁寧に礼を言うと、英語の分らない女たちも、ニコニコして、

「グッドバイ、カム、アゲイン」

と大声で言ったものだ。ああ、この人たちは底抜けに人がいいのではないかと私は胸を衝かれるように思った。

教えられた通りの場所にあったアパートは入口の石段が半分欠けていて、その辺りでも更に見すぼらしかった。私の棲居《すまい》だって決して自慢できたものではないけれども、こんな半分壊れた玄関は持たないだけでもどのくらいましか分らない。私はバアバラの手

をひきあげながら、手垢で油じみた手摺《てすり》をつかみつかみ用心して四階まで上った。

ボールペンのインクでMAIMEという文字が確かに並んでいる扉の前で、私はためらいがちに小さくノックした。反射的に、びっくりするほど大きな叫び声が上った。が、それはおそらくスペイン語で、誰かと訊いたものだったのだろう。かといって私も叫ぶ気にはなれなかったから、もう一度拳で戸を叩いた。

何やら女の喚き声が聞え、扉が中から開かれると、眼の前に肥ったお婆さんが立っていた。私を見て、悲鳴をあげ、口を手で押えてから眼を飛出すようにして何やら口早に言うのだが何のことやらさっぱり分らない。

「私は麗子の友だちです。麗子に会いに来たんです。あなたはホセのお母さんですか？」

「ああ、レイコ！」

お婆さんは、途端に麗子の名を叫び、ぼろぼろと大粒の涙をこぼし始めた。泣きながらも彼女の口からスペイン語が噴き出るのだが、私には何故彼女が泣いているのか見当がつかない。私はできるだけ簡単な英語に身ぶりをまぜて麗子の安否を訊いた。

「麗子は元気ですか。私と同じようにおなかが出てきたでしょう？　麗子はどこに居ますか？　それとも、病気なんですか？」

お婆さんは、私が五つ喋ると、途端にスペイン語で五十も百も喋り返してくる。大きな身振りで天井を仰ぎ、両手を振廻して、その都度涙を流すのだ。私は次第に不安になってきた。ひょっとすると……、

「お婆さん、麗子は死んだのですか！」

私の語気が鋭かったので、老婆はひゅっと息を吸いこんで喋るのを止めた。それから手真似で家の中に入れと言った。

「ホセは、どうしています？」

「シー・シニョーラ」

「いいえ、ホセはどこにいるのかって訊いているんですよ」

「シー・シニョーラ」

「シーじゃないんですよ。英語の分る人は誰もいないんですか、ここには？」

癇を立てながら一歩部屋にはいった私は、その途端に部屋の中の光景を見て身がすくんだ。

家の中は老婆一人かと思ったのに、これはどうだろう。私の家と同じくらいの一室に、十人近い男女が居たのだ。ベッドが二つ壁に寄せてあって、人間が二人ずつ毛布をかぶって眠っている。床では女ばかり四人がかたまって豆をよっていた。小豆のような形をした小さな青黒い豆だ。窓際では妊った女が一人、編物をしている。この狭いところに、これだけの人数が？　いや、ホセや麗子もこの中に混って暮しているのだ。まさか、いや、するとかで……。ホセや麗子は別の部屋にでも移ったのだろうか……そう思いつくと、私は幾分かでも救われて、女たちの空けてくれた木箱の上に腰をおろすことができた。バアバラが息をつめて私にしがみついている。

ベッドの上で一人の男が寝返りをうった拍子に薄眼を開けて私を認め、女たちに何か訊いている。やがてむっくりと起上って来た。胸のはだけたシャツにコーデュロイのズボンをはいて、そのまま寝ていたのだ。

「レイコの友だちか？」

と、彼は下手な英語で私に話しかけてきた。鼻と揉上げの長い色の浅黒い男だった。

「ええ。麗子に会いに来たんですけど、彼女はどこにいるんです？」

「レイコ、殺す」

「ええッ？」

「ホセ、もう帰る。あなた待て。ホセ帰る。ホセの英語、いい。私の英語、駄目」

「麗子がどうしたっていうんです？　殺したって、誰を」

「レイコ」

「だから、麗子が誰を殺したんですよ」

「レイコ、レイコ殺す」

私はまっ蒼になった。相手は英語の動詞の過去形も使えなければ、主語も目的語もうまく使えない。麗子が麗子を殺したのだとすれば、麗子は自殺したことになるではないか。

「麗子は死んだのですか！」

「そう。死んだ」

「いつです、それは！」

先刻の老婆も女たちも、いつか私の傍に寄り集って来ていた。男は口早に麗子の死んだ日付を訊ねたらしい。

「四週間前の木曜日だ」

一か月も前に！

「何故、死んだんですか！」

「分らない」

「どうやって死んだんですよ」

「どうやって？　ああ……」

男は片手で天を仰ぎ、それから片手で顔を掩って大きな溜息をついた。老婆がまた泣き始め、驚いたことに四人の女たちもぼろぼろと涙を流し、胸に十字を切って祈り始めた。

男は、悲痛な調子をこめて、私に言った。

「シニョーラ。教会は、レイコ、駄目だったよ」

「え？」

「教会、レイコのミサしない。駄目」

「なぜ」

「レイコ、大変悪いことしたから、教会、駄目」

麗子が大罪を犯したので教会は彼女の埋葬を拒んだという意味かと私は解した。では、麗子は殺人罪でも犯したのだろうか。麗子が死んだときかされた上に、更にこんな知識を与えられて私は震え上った。

「教えて下さい。麗子がどんな悪いことをしたんですか」

「レイコ、死んだ」

「教会が麗子を拒絶したんでしょう?」

「シー・シニョーラ」

「それは何故ですか」

「レイコが死んだから」

辻褄《つじつま》の合うような合わないようなじれったい押問答を続けているうちに、バアバラが帰りたいと言って愚図りはじめた。

「ホセ、直ぐ帰ってくる。待ちなさい。ホセの英語、とても上手だ」

私はハンドバッグからキャンディを出してバアバラに与え、それから男に肯いて、そうすると答えた。こんな英語で麗子の死の周辺を語られたのでは、私の方もたまらない。温和しくホセを待つのが何よりの上策だった。

それにしても、麗子は死んだのか。私は改めて部屋の中を見廻していた。四週間前のことならば、麗子は妊娠五か月くらいで死んだことになる。なぜ死んだのだろう。どうやって……。しかし死にたくなる理由は、部屋の中に充満していた。こんな暗い穢い狭い部屋の中で十余人も犇《ひしめ》きあっている暮しの中で、誰が子供を産みたいと願うだろう。千ドルあれば荒療治を授けるところがあるという話を麗子も耳にして、それで金を集めることに必死になったのだろうが、それが不可能になってみれば、あとは死ぬより道がないと一途に思いこんだのだろう。

麗子の妊娠を、この人たちは知っていたのだろうか。私は窓べりで編棒を動かしている女の大きく突き出た腹部を眺めながら考えていた。この部屋の中でも、やはり産もうとする女もいるのだ……。麗子は、この部屋の中で死んだのだろうか。どうやって……。無謀な人工流産を謀って、それがもとで麗子も死んだのだろうか、とふと思いついたとき、私の腹の中で胎児が勢よく子宮壁を蹴とばした。

「ああ」

私は思わず声を出したが、それは驚きのためか溜息であったのか、よく分らない。

「マミイ、帰りたいわ」

バアバラがまた愚図愚図言いだしたが、私は相手にならずに思い耽っていた。

ホセが帰ってきたのは、部屋の向うで豆が煮え始める頃であった。コール天のズボンに皮ジャンパーを着たホセが入ってくるのを認めると、

「ホセ」

「ホセ」

女たちが口々に私を指さして叫び出した。多分、麗子の友だちが随分前から来て待っ

ていたと言ったのだろうが、プエルトリコ人は必要以上に大声を出すので、その度に私は驚かされる。

ホセは、すぐ私と分ったらしいが、ニコリともしなかった。黒い眼でじっと私を見詰めたまま丁寧に会釈した。

「麗子が四週間前に死んだって、本当ですか?」

「本当です」

「何故死んだんですか」

「分りません」

「どうしてあなたに分らないんですか。麗子は自殺したんでしょう?」

「そうです」

「教会に拒まれるような悪いことをしたんですか?」

「自殺は大罪です。教会は自殺した人間の葬式は出しません」

プエルトリコ人はカトリック信者だということを、私は改めて思い出した。麗子もカトリック信者として罰せられるのか。

「なぜ自殺したんですか」

「分りません」

「あなたが分らない筈はないでしょう? あなたは麗子の夫じゃありませんか」

「それなのに分らないのです。突然、麗子は自殺しました。私には何も言わなかったのです。可哀そうなレイコ！」

声は沈んでいたが、ホセの両眼から涙が溢れ落ち、頬を濡らしていた。老婆が私たちを交互に見ながら、これも泣いている。

「私の母です」

ホセが紹介した。さっき起きてきた男はホセの弟だった。女たちは皆、彼の嫂《あによめ》だった。妊娠しているのは彼の姉であった。この部屋にはマイミ一族が大家族制度のままプエルトリコから移り住んで来ていたのだ。ああ、麗子が、ここで、どうして妊娠したのだろう。

「ホセ、麗子に赤ちゃんが出来ていたのを知らなかったの、あなたは」

「知っていました。私は大変喜んだのですが、麗子は欲しくないと言って泣きました。私たちが喧嘩をしたのは、後にも先にもあのときだけです」

「子供が生れてくるのが嫌やで、それで麗子は自殺したんでしょう？」

「とんでもない！」

ホセが眼を剝き出して、私に喰ってかかるように喋り出した。

「子供が産れるというのは神の恵で素晴らしいことなんですよ。どうして、それが原因で人間が死んだりするものですか！」

「じゃ何故麗子は死んだんです」

「分りません。全く分りません」

私はだんだん腹が立ってきた。分らないことがあるものか。この部屋の中を見渡してみろ。マイミ一家がとぐろを巻いていて、麗子の稼ぎだって瞬く間に喰い尽してしまっただろう。働きのある麗子が豆ばかり食べさせられて、それで生きていけるとでも思っていたのか？　どんなに働いてもホセの身内に吸いとられるだけだと思えば、麗子は収入を誤魔化して不相応に贅沢な品でも買う気にもなったのだろう。誰だってこんな生活の中に自分の稼ぎをそっくり投げ出す馬鹿はない。だが、子供が出来たとき、麗子はもう逃れる術もなくマイミ家の一員になってしまうのだ。その悲惨な運命の前で、麗子は死も決意したのではないか。

「麗子は、この部屋で死んだのですね？」

ホセは弱々しい眼をして肯いた。

「どうやって……？」

ホセは、天井を振仰いで叫び声をあげ、両手で顔を掩って派手に泣き出した。思い出すのも辛いというところなのだろう。私は舌打ちした。私が身重でなかったら、そして男だったら、撲り飛ばしてやりたい相手だった。

「麗子は何も書き残してなかったんですか？」

帰るつもりで立上ってから、私はまだ未練を残して訊いた。

ホセが涙まみれになった顔を上げて、ポカンと私を見ている。

「日記のようなものでも、ないの？」

ホセは片手で空気を掻いてから、隅の方へよろよろと歩いて行った。そしてボール箱を幾つも積上げた中から、二通の手紙を持って戻ってきた。

「麗子が死んでから日本から来た手紙です。麗子の妹と、姪からだと思いますが」

「日本には何も知らせてないんですか」

「知らせてない。あの人たちは英語もスペイン語も分らないから」

私はホセの手から手紙をひったくって、その表書きを確かめて見た。差出人は小川澄子と小川由美になっている。ローマ字の他に日本文字の署名もついていたのだ。

「その手紙、どうぞ読んで下さい。そして、あなたからその人たちに麗子の死んだことを知らせてやって下さいませんか。お願いします、お願いします」

小川澄子からの手紙は表書きのローマ字もしっかりしているので、おそらく麗子の妹であろうと思い、私は先に封を切った。薄い便箋三枚に細かいペン文字が走っている。それを走り読みして、私は途中で息を呑んだ。

「何が書いてありますか？」

「何も。この人たちも、麗子が死んだことはおろか、自殺の原因も分らないでしょうよ」

「謎です、本当に。ただ、天国に行くことのできない麗子が可哀想で……」

「天国でなくたって、此処よりはいいところにいるにきまってるわ！」

私はバアバラをうながすと、後も見ずにマイミ家の洞窟を飛出した。ホセたちの表情など、もう構う気はなかった。それより、走り読みした小川澄子の手紙が、線香花火のように私の脳裡に小さく激しく点滅するのに気をとられていた。


小川澄子の手紙。

麗子姉さん、御無沙汰してすみません。でも姉さんの写真を引伸して部屋に飾ってあるでしょう？　それに毎日何かと挨拶しているものだから、私の方じゃちっとも御無沙汰している気はなかったんです。麗子姉さんは、いつも素晴らしいドレスを着て、ミンクのストール姿で、すまして私の部屋に立っているってわけ。

昨日も武さんが遊びに来て、「凄いなあ、凄いなあ」って言うんです。「どうせ姉さんは私と違って美人ですよ」それで感嘆していると思ってすねてやりましたら、彼、慌ててね、「違うよ、凄いブルジョワなんだな、君の姉さん」って言うの。「そりゃ、そうよ、ニューヨークに住んでるんだもの」って言ってやりました。

「僕たちの結婚式には来てもらえないのかなあ」って武さんが残念がるので、「三年ほどしたら日本へ遊びに来るんですって。そのとき、うんとおねだりして、いろんなもの買ってもらうつもりよ」って言って慰めました。武さんには碌な兄弟がないので、そりゃ羨ましそうにするの。私が姉さんから送ってもらったハンドバッグや靴を見せると、「いいね、いいね、君はいい姉さんがあって、いいね」って言います。

姉さんから送って来る写真でもうアルバムは二冊になりましたが、これも私の自慢の種。武さんは「凄い、凄い」って言いながら頁をくって、「君の姉さんの家は、まるでホテルのようだね」って溜息ついてました。「僕にはとても、こんな贅沢な生活を君に将来もさせてあげる自信ないよ。困ったな」なんて、彼、いいとこあるでしょう？　私は人それぞれの運命があるのだから、自分が麗子姉さんのようになりたいなんて野心を持つのは間違いだと思っているのよって言いましたら、武さんはやっと安心したらしく、「うん、頼むよ、そう思っていてくれ」ですって！

この夏は、マイアミですって？　なんて素晴らしいんでしょう。アメリカのお金持の生活なんて、浅草の駄菓子屋の私たちには想像することもできないわ。父さんも、母さんも、炒り豆を買いに来るお客でも摑えて姉さんの自慢話をしています。去年、姉さんから送ってきた絵入りのタオルを来る人、来る人に見せびらかして。「戦前と違って甲斐性のない親だから、こっちから何も送ってやるものがないし、出かけて娘の暮し向きを見に行くこともできないけど、こんな親が出て行って麗子が先方に肩身のせまい思いをしてはいけないから、遠く静かに娘の出世を喜んでるんですよ」なんてね。

兄さんは店に愛想つかして飛出して行ってしまったから、お店はいよいよ細々となるばかり。だから、父さんたちには姉さんの便りだけが生き甲斐なのかもしれません。母さんは、こないだ流感にやられて熱を出して寝こみましたが、麗子が遊びに帰って来るまでは死にたくないなんて言ってね、たいした病気でもないのに大騒ぎでした。

もうすっかり癒って、ピンピンしています。心配しないで下さい。また書きます。
追伸　今度は兄さんも一緒に写っている写真送って下さい。多分、兄さんが写すので、姉さん一人だけの写真になるんでしょうけれど、ホセ兄さんに、くれぐれもよろしく。

小川由美の手紙。

麗子おばちゃん、お元気ですか。

由美も元気で、一生懸命お勉強しています。いい成績をとれば、いい高校に入れて、英語を習えますね。だから由美は一生懸命です。

今日も学校の先生と、そのことで話しました。由美にはニューヨークに麗子おばちゃんがいるので、英語の勉強さえすればアメリカへ招んでもらえるんだって言いましたら、いいねえ、先生も行きたいなあだって……。由美は、アメリカへ行ったら先生に洋服布地と缶詰を送る約束をしました。

お父さんとお母さんが、よろしくと言っています。お父さんはサラリーマンになったけれど、お菓子屋の方がましなところもあるなんて、ときどきこぼしています。アメリカはサラリーマンでも車を持っているんでしょう?

麗子の生家に、事実を書き送ることは私には出来なかった。それでも全くなおざりにすることは私の気性では出来ないことだから、いずれ麗子の死亡通知は出すつもりだが、今はとても書く気にはなれなかった。

大枚をはたいてストールを買い、指輪を買い、などしていた麗子の謎がようやく解けて、私は茫然としていた。アメリカの下層階級であるニグロ、そのニグロから更に侮蔑され疎外されているプエルトリコ、その種族に属した麗子が、精一杯に生きるためには、こういう形で自尊心なり夢なりを養うしかなかったのではないか。最下級の、最も惨めな生活の中で、麗子を支えていたのは日本向けに作りあげた虚偽の物語であったのだ。まっ白くふかふかしたストール。ホテルのような家。この夏はマイアミで……。麗子は獏《ばく》のようにそうした夢を食べながら、ナイトオの店員用丼で栄養を摂り、瑞々しく美しくニューヨークで生きていたのだ。三年したら遊びに帰ります……。ミンクも宝石も揃ったところで旅費と滞在費を貯めこんで、麗子は颯爽と故郷に錦を飾るつもりだったのだろうか。

「笑子さん、……ご免なさいね」

地下鉄の入口で、弱々しく私に詫びた麗子が思い出される。あの大きな漆黒の瞳が濡れたように力ない輝きを帯びていたことも。麗子は、あれから間もなく死んだのだ。

しかし、それにしても何故麗子が死ぬ決意を持ったのか、その理由は定かには分り難かった。日本に向って嘘をつき通すことなど容易な筈だったし、麗子だけの貯金があれば出産前後に働くのを止めていたところで、それで先に行って困ることもない。私と同じように、いくら産んでも、前と同じ暮しが続くだけのことなのだ。

　だが、そうは言っても、私は麗子が死んだ理由が全く分らないというわけではない。夢で辛うじて支えられていた麗子の生活が、妊娠という事実の前でもろくも潰《つい》え去ったのだ。女の体の変調は、大きく精神を揺さぶってどんな愚かな女をも現実にめざめさせる。麗子は母となるべき大きな使命感の前で、怯え、戦《おのの》き、狼狽《うろた》え、八方悪足掻《わるあが》きをした末に、自分で自分を追詰めて死んでしまったのではないだろうか。

もし麗子がニグロと結婚していたのなら……、その皮膚の色の故に日本に嘘をつくことはできなかったから、出発において現実を逃避することはなかっただろう。日本人も、ニグロならば、ニューヨークの大金持だと誤解することも滅多になかっただろうから。もし麗子が白人と結婚していたのなら……、それがイタリヤ人であっても、アイルランド系であっても、仮に日本の肉親に虚偽の音信を送ったにしても、現実との距離はプエルトリコとのものより大きくはなかった筈だ。経済的なことだけではない。ブルックリンに住む白人であっても、麗子はもっと気軽く嘘をつき通せただろう。この場合なら、死よりも子供を産むことを選んだに違いない。

　人間が生きていることを最低のところで支えているものは何なのだろうかと、私は考えてみないわけにはいかなかった。私は井村の前で、私がプエルトリコ人ではないと力説して撲り倒された。私がニグロの妻であり、母であることを自分に納得させているのは、ニグロがプエルトリコよりましな人種だからなのではないか。私が仮に――と、私は考えてみた。私が仮に、ニューヨークに来て初めてトムをプエルトリコ人だと発見したとしたら、おそらく今のような生活は続けていないのではないか。私だったら——そうだ、私だったら日本に帰っている。日本人はプエルトリコ人の存在を知らないから、混血児ができても白人とのあいのこだと思って、メアリイほどには軽蔑の目で見ないだろうから。

だが麗子は……。麗子は帰らなかった。帰れない事情が、彼女のついた嘘なのか、その嘘を信じている両親の存在だったのか、それとも麗子は既にニューヨークという複雑な大都会に魅せられていたのか、麗子の死んだ今は聞糺す術もない。

それにしても、と私は今更のように思う。やはり問題は肌の色ではないのではないか、と。

ひょっとすると、ニグロの肌が、白人と同じように白くても、私たちはハアレムに住んでいたかもしれない。なぜなら、ニグロは、このアメリカ大陸ではつい百年前まで奴隷だったから。奴隷の子孫は、まだまだ奴隷なのだ。人々は過去の記憶を決して拭い去ろうとはしない。恰度、罪人の眷族《けんぞく》が目ひき袖ひきされていつまでも罪人の眷族だと後指さされるように。私は、子供の頃にそれと似た記憶を幾つか持っていた。小学生の頃、私の級に綺麗な女の子がいて、身装りもいいものだから先生にも可愛がられていたし、男の子たちも特別の眼でみているようだった。ある日、級の一人が重大なニュースを持ちこんできた。「あの人のお祖父さんは乞食だったんだって！」その日のうちに、この話は級中に知れわたり、意地の悪い子は面と向って言ったものだ。「あなたのお祖父さん乞食だったって、本当？」言われた子供は驚いて顔を赤らめ、返事ができなかった。翌日から三日休んだ。出てきたときは、前のような朗らかさは少しもなくなっていた。いつもおずおずとして、どんな囁きにもビクッと身を震わせていた。六年生になって、その子が第一志望の女学校が不合格になったとき、それがお嬢さま学校と噂されている学校だったので、私たちは意味ありげに肯きあったものだ。「やっぱりね」「乞食の子だってことが分ったのよ！」

女学校でも同じようなことがあった。ごく目立たない娘だったのに、同級生からどことなく疎外されていた。なんでも卑しい家の出だということで、私は始め何のことか全く分らなかった。私は、馬鹿ね、人間は平等なのにと事もなげに言い、正義感を振りかざしてその子に近づいたが、そういう私の意識が相手には一層たまらなかったらしい。全く忌避されてしまって、私はひどく面喰った記憶がある。

あれとこれと、更にニューヨークのプエルトリコ人をみる人々の眼を考えてみると、私にはどうもニグロが白人社会から疎外されているのは、肌の色が黒いという理由からではないような気がしてきた。白人の中でさえ、ユダヤ人、イタリヤ人、アイルランド人は、疎外され卑しめられているのだから。そのいやしめられた人々は、今度は奴隷の子孫であるニグロを肌が黒いといって、あるいは人格が低劣だといって、蔑視することで、自尊心を保とうとし、そしてニグロはプエルトリコ人を最下層の人種とすることによって彼らの尊厳を維持できると考えた……。そしてプエルトリコ人は……。麗子は夢を描いて日本人より優越したではなかったか。

金持は貧乏人を軽んじ、頭のいいものは悪い人間を馬鹿にし、逼塞《ひっそく》して暮す人は昔の系図を展《ひろ》げて世間の成上りを罵倒する。要領の悪い男は才子を薄っぺらだと言い、美人は不器量ものを憐れみ、インテリは学歴のないものを軽蔑する。人間は誰でも自分よりなんらかの形で以下のものを設定し、それによって自分をより優れていると思いたいのではないか。それでなければ落着かない、それでなければ生きて行けないのではないか。

臨月に入ると、私は例によってレストランをやめた。出産準備といってもベティのお古で万事が間にあうので、家の中で本を読む暇ができた。本とは、つまり雑誌である。トムの持って帰る『エボニ』が、いつの間にか部屋の隅に積上げられていた。私はそれをひろげて、頁の開いたところから勝手に読んだ。この黒人による黒人のための雑誌は、総て黒人の世界の出来ごとばかり取上げていた。人気絶頂のジャズ・シンガーの半生記。独力で成功した金持ニグロの立身出世物語。ジャズ奏者の日常生活が写真入りで特集になっている。料理のコンテストで一位に入賞した主婦の写真とその料理法。黒人大学の優等生の日常生活。オリンピックでメダルをとったスポーツ選手の家庭訪問。その間にふんだんに広告写真が入る。金髪のニグロ婦人がミンクのストールを着て艶然と微笑んでいるのは香水の広告。長い黒髪は例のヘア・ポマードの広告。シャンペンの広告。コカコーラの広告。缶詰の広告。どの広告に現われる人物もニグロで、みんな中流以上の生活をしている格好だ。ビールの広告は、ゴルフをしているニグロたちの写真だった。この『エボニ』だけを見ていると世界中にはニグロという人種しかいないように思えてくる。兵隊さんもニグロ。おまわりさんもニグロ。お婆さんもニグロ。若い娘もニグロ。この雑誌の中には人種差別というものは全くなく、驚くべきことにはそのために闘っている人々の記事さえないのだ。そういう意味では読者を啓発するということは閑却されている雑誌なのである。立身出世物語にしても、世の偏見といかに闘ったかという記録はなく、いかに彼に才能があったか、どうやってうまく金を儲けたかという話ばかりだ。おそらく読者がこの雑誌を読んでいる間だけでも人種差別の現実を忘れるようにというのが狙いなのかもしれない。いや、そうした現実を忘れられるので、ニグロが好んでこの雑誌を読むのかもしれない。私は読み終ると、いつも思った。メアリイたちを、この世界だけに閉じこめておく方法はないものだろうか。それからしばらくすると、更にこう思った。いや、メアリイたちに、この雑誌は読ませるまい、と。

ハアレムに住み、『エボニ』を眺めて、つまりニグロばかりの中で暮してみると、眼のさめるように美しい人もいるし、驚くほど頭のいい学生にも出会う。愚鈍な人間も多いけれども、白人だって日本人だって馬鹿な男の数は決して少くないのだ。だから、黒いからというのは口実《エクスキューズ》なのではないだろうか——では何なのか。前に考えたように奴隷であった過去を今も背負っているからだと確信する根拠もないままに、私はただ重い躰を動かしながら、部屋を掃除し、洗濯をし、子供たちの衣類の手入れをしていた。

メアリイも、バアバラも、音をたてて伸びるようで、洋服の裾折り《ヘム》は幾ら出してもすぐ短くなってしまう。

竹子から手紙が来たのは私の出産前であった。

ようやくの思いでブルックリンに帰ってきました。ヴァジニアに行っていたんやけど、バスに揺られたのがいけなかったらしく、流産をして、えらいめに遭いました。南部で病気なんてするもんやない。白人の病院とカラードの病院は別になっていて、それはひどいもんやった。今度会ったとき、ゆっくり話すけど、私は生きて帰れたのが奇跡やと思っています。妙なもので、ちっとも欲しいと思わなかった子供なのに、流産してみると死んだ子供が愛《いと》しゅうて、可哀そうなことをしてしもうたという想いで、今もこう書くだけで胸が一杯になります。

それにしても、南部ちゅうところは行ってみてびっくりでした。黒が差別されるんで腹を立てていた私やけど、南部のことを思うたらニューヨークは天国です。同じバスの中で、ヴァジニア州に入った途端から私は白人席へ、私の亭主は後方のカラードの席へ移されたんやからね。始めはみろという気で亭主に面当てしたようなええ気持でしたが、ケニイも後やからね、だんだん腹が立ってきて我慢しきれんようになってきた。「私も後に行く」というたら、まわりの人が止めるんですよ。この人は私の亭主や、と言うても、あんたは此処やというて白人席へ坐らせるんです。ポールも静かに坐っていろというし、ほんまに情なかった。まあこんな話は会うたときに、ゆっくり。あなたはいい子を産んで下さい。お大事にね。私はまだちょっと労働は無理なのですが、来週からレストランへ行きます。火の車の燃えるものまでなくなって来たのでね。竹子。
追伸　やっぱり書いときます。バスの中でアフリカン・ニグロは白人席に坐れるんですよ。これにはほんまに驚きました。文明的なニューヨークのニグロより、アフリカの土人の方が待遇がいいのですからね。私が会ったのはナイジェリア人でしたが……、やっぱり会ったとき話します。

13

一九五八年四月、四番目の子供が生れた。陣痛が起ってから二時間足らずで、犬の仔のように簡単に生れ落ちた。男の子だった。サミュエルと命名したのはメアリイである。どういうものか彼女は男の子を欲しがっていて、生れたらサミュエルという名をつけるのだと言張っていた。彼女の希望通りだったのでメアリイは大喜びだったが、その様子を見て私はほっと胸をなでおろした。なぜなら、この子供を育てるのもまたメアリイだからである。私は起きられるようになればまたすぐ働きに出なければならなかった。私たちの家は遂に六人家族になってしまったのであったから。三歳のバアバラ、一歳半のベティ、そして末っ子のサム。狭い部屋の中は、まるで託児所だった。三人が一斉に哭き出すと私の脳細胞は頭蓋骨から外へ噴出してしまいそうだった。

変らないのはトムで、彼は子供が三人であろうが四人になろうが、まるで気にかけなかった。殖えたから、それだけ余分に働かなければなどという父親らしい奮起一番の気配も見えないのである。彼は相も変らず日中はだらしなく眠り痴《こ》けていて、夜になるとごそごそと病院へ出かけてゆく。男の子が生れたというのに、彼は少しも感激しなかった。一度だけ、私は彼がサムを抱いて部屋の中を歩きまわっているところを見たことがあるが、彼の部厚い下唇はだらしなく垂れ下ったままで、子守唄も洩れては来なかった。神さま、もう沢山です！　と叫んだときの彼は、しかし健在だった。トムは決してサムの出生を喜びもしなかったかわりに、呪いもしなかったのだ。泣けば抱き上げる。彼は私ほど苛々することはないようだった。

働き出せるようになった私は、しかしもう「ナイトオ」には戻らなかった。仕事にはすっかり馴れて、収入も大層よかったから残念だったけれども、私には住込みの働き口の方が望ましかったからである。

その話を持って来てくれたのは隣のお婆さんだった。

「ブロンクスヴィルの白人の家で日本人のメイドを探しているよ。住込みだが、条件は悪くないよ」

「ブロンクスヴィルじゃ通うわけにはいかないわね。でもどうして日本人がいいっていうのかしら」

「日本人は骨惜しみしないでよく働くからだろうよ」

住込みときいたのが一番魅力的だった。どんな悪い条件でも私は構わず引受けたに違いない。四人の子供が食べるための最低ギリギリの給料だけでいいと考えた。住込みなら女中用のユニフォームと私の食事は支給されるのだから。

私がどうしてそんなに住込みの働き口を求めたかという理由は、第一に――これを言うと、人は笑うかもしれない――もうこれ以上子供を殖やしたくないからだった。私は夫を忌避するために、家を出ようと思ったのである。第二には、思いがけない事件が私たちの家に転がりこんでいたからだ。

思いがけず、全く思いがけず、突然トムの末弟がアラバマから出て来たのだ。

ある夜、ノックする音に、私が寝巻のまま起きてドアを開けると、トムより二フィートも背の高い男が立っていたものだ。

「ジャクソン夫人ですね」

「そうですけど……」

「シモンですよ、笑子。アラバマから来たシモンです。あなたの弟ですよ！」

「まあ、まあ」

私は大仰に驚いてみせながら、この遠来の客を家の中に請じ入れた。

「また子供が出来たんですよ、三週間前に」

「おお友よ！」

シモンも大げさに両手をあげてから、サムのベビーベッドを覗きこんだ。

「男の子ですよ、サミュエルと言います」

私はそれから眼をさましたメアリイをシモンに紹介した。シモンはまた両手をあげて挨拶したが、メアリイは不愉快そうに眠い顔のままで頤をしゃくり、すぐまた長椅子の毛布の中へもぐりこんでしまった。

バアバラとベティとは、それぞれ大人のベッドに一人ずつ眠っていた。私が名前を教えると、その都度シモンは二人の額に接吻したものである。それから彼はベティの寝ているベッドの端に腰をおろした。

その頃になって、ようやく私は当惑し始めた。何をしにシモンはニューヨークへやって来たのだろう。それより、今夜、彼はどこへ泊るつもりでいるのだろう。ベッドの端に腰かけたシモンは、ごく気軽な態度でもう鼻唄でジャズを唄っている。片脚をジャズにあわせてピクピク動かすのが私には貧乏ぶるいのように見えた。

「シモン、あなたは何をしにニューヨークへ来たの？」

私は遠慮なく訊くことにした。

「何って別に。ただアラバマにはいられなくなったものだから」

「どうしていられなくなったの？」

「働いていた工場が閉鎖したから。南部は不景気なんですよ」

「それじゃ、ニューヨークで暮すつもりなんですか」

シモンはひゅっと口笛を吹いてから、そうだと言った。トムと違って、この弟は陽気な性質らしかった。彼はまた両手をひろげ振りまわし、それでリズムをつけながら喋り出した。

「ニューヨークは南部の人間の憧れなんですよ。おお、文明の都市。おお、世界一の大都会。人間みな平等の国。天国。誰でも憧れますよ。でも、悲しいかな南部の人間が全部ニューヨークへ出てくることはできない。なぜって、それは皆が皆ツテを持ってるわけじゃないからですよ。おふくろが言いましたよ、シモン、お前は幸福だって。そうですよ。嫂《ねえ》さん、僕にはツテがあったんだ。トムとあなたがニューヨークにいたから！」

私は大きな溜息が出てくるのを抑えようともしなかった。

「シモン、あなたはそれで今晩はどうするつもりなの？」

「今晩？　もちろん兄さんの家に泊るつもりですよ」

「トムは明日の朝にならなきゃ帰らないわ」

「勿論知ってますよ。おふくろが言ってました。夜はトムのベッドが空いている筈だって！」

私はもう一度大きく吐息をつき、それから無愛想に言った。

「いいわ、分ったわ。メアリイを起してバアバラと一緒に寝かせますから、あなたは長椅子へ寝て頂だい」

「有難う。歓迎してくれると思ってましたよ。トムはあなたをこの世で最も素晴らしい女性だと言っていましたからね。日本人というのは、世界中で一番親切な国民ですってね。アラバマの復員兵で日本に駐留していた男から聞いてましたよ。その男は、やはり日本ですてきな恋をしてね、サキコという名前の女ですって。姉さんはその女性を知ってますか？」

私は吐捨てるように知らないと答えたが、シモンは一向にひるまず、彼の知る限りの日本に関する知識を並べたてた。彼の部厚い下唇が白っぽい内側を剝き出して音をたてるのを私はやりきれない思いで眺めた。

「お休みなさい、シモン。私は疲れてるのよ。何しろ産後まだ三週間が終らないのだから」

私はベティの横に寝る用意をしながら、にべもなくこう言ってやったのだが、するとシモンは急に慌てて空腹を訴え出した。持金は旅費ではたいてしまったので、朝からずっと碌に食べていないというのだ。

サムが泣き始めた。男の子はやはり女の子より育てにくい。この子は殆ど二時間半おきに空腹を訴える。おかげで私はこのところ睡眠時間が足りなくてふらふらしているのだった。メアリイがぐっすり眠っているために、当然のことながら私が、母親の義務を果さねばならなかった。シモンの眼の前を通り過ぎてサムを抱きあげると、私は片隅の椅子に腰をおろしてすぐに胸をひろげた。瘦せっぽちの私の躰のどこから、こんなに乳が湧き出るのだろう。私は四人目の子供にも人工栄養を必要とせずにすむのだった。父親似のサムは大きな口をひろげて私の黒い乳首に吸いつき、勢よく喉をならした。それは私の子供の中で一番強い力だった。胸の奥に刺戟を受けて、私は男の子が生れたことを切実に感じていた。

「笑子、僕も食べたいんだ。腹が減って死にそうなんですよ」

「台所はそこよ。勝手にとって頂だい。私に料理する暇はないわ」

遠路を訪ねてきた義弟でも、とても私には親切にしてやる余裕がなかった。しかしシモンは日本人の国民性に疑惑を持った様子もなくて、私の許しを得た途端、横っ飛びに台所へ首をつっこみ、すぐにジューージューと油の音をたて始めた。テーブルも椅子もあるというのに、流しの前で立喰いでもしているのか、彼はなかなかこちらに姿を見せなかった。私は何より躰の回復期にあったから、サムが乳首をはなすや否や自分のベッドに戻ると、もう闖入者《ちんにゅうしゃ》のことも忘れて深く引摺りこまれるように眠ってしまったのであった。

翌朝、トムが帰ってきたとき、シモンはまだ眠っていた。長椅子の上に首と長い脚を縮めた貧相な姿勢で、だが顔つきはこの上なく野放図に口を開けて眠っていた。

疲れて帰ってきたトムが濁った眼でそれを発見したとき、すかさず私は言った。

「シモンが、夜中に来たのよ。あなたを頼って、ニューヨークで働くんですって。あなたは知っていた？」

「知らないよ……。知らないよ……」

トムは譫言《うわごと》のように力無く呟き、シモンの方をぼんやり眺めながらのろのろとズボンを脱ぎ、私の起きた後へもぐりこんだ。何より眠いというところらしかった。

トムの態度にはあき足りなかったけれども、授乳中は妊娠の頃に増して食欲が旺盛になるから、私もそんなことより台所で私と子供たちの食事を整える方が心急《せ》いた。話は、まず食べた後のことだ。そう思った。

だが狭い台所へ一歩はいって私は喉の奥で悲鳴をあげた。まず朝食用のパンがすっかりなくなっていた。とっておきのハムも鶏の足もなくなっていた。牛乳壜も空になっていた。バアバラとベティの好物のスポンジ・ケーキさえ影も形も消えてしまっていたのである。

シモンだ。シモンが全部食べてしまった。私は呆れて口がきけなかった。なんという大喰いだろう。台所には我家の六人のために少くとも一日分は充分まかなえるだけの食糧があった筈なのだ。それを、シモンは一人で、たった一度の食事で食べてしまったというのだろうか。

メアリイを起してマーケットへやるとしても時間が早すぎて店が開いている筈がなかった。私はとっておきの米を取出して久しぶりに御飯を炊くことにした。大豆の缶詰をあけ、それに中国醤油を入れて煮かえして味噌汁に似たスープを作ることも咄嗟に思いついた。空腹のときには料理の知恵がす早く出るものなのだ。

気がつくと子供たちはもう起きていて、メアリイが部屋の隅でさかんに頭のピンを抜いている。テーブルの上には鏡の破片がたてかけてあった。彼女の朝の日課が始まっているのである。サムも泣き出した。私は抱きあげると、トムの足許に腰かけて乳房をふくませた。

「お早う、笑子。お早う、メアリイ。お早う、お早う、……なんて名だったっけ？」

「バアバラよ。その下がベティ」

当のバアバラは含羞《はにか》んで答えなかったかわりに、メアリイが教えた。

「お早う、バアバラ。お早う、ベティ」

シモンは勢よくバアバラを抱きあげてその頬に音高く接吻し、それからベティをしつこく抱きしめて、到頭泣かしてしまった。

「お早う、兄弟」

シモンは泣いているベティを床におろすと今度は私の胸許を覗きこんでサムに猪介《ちよつかい》を出そうとする。歯の臭さを私の鼻に吹きつけて、その騒々しさといったらなかった。子供たちに愛敬を振撒きながら、彼はもう鼻を鳴らして台所の匂を嗅ぎつけていた。

「不思議な匂がするぞ！　あれはいったい何だろう」

次の瞬間、台所で彼の叫び声がきこえた。

「神様、これはアメリカの料理ではありません！　メアリイ、なんだい、こりゃあ」

子供たちは、この頓狂な男の出現を充分面白がっているらしかった。髪型の形をつけたメアリイはブラシを摑んだまま台所を覗きこんで、

「すてきだわ。これは日本料理よ。ミソシルというのよ」

「ミソシル！」

「あなたが来たので、マミイが歓迎して日本料理を作ったのね」

「おお、笑子！」

シモンはまた飛出してきて私の前で大仰に跪き、サムを抱いている手に強引に接吻した。私は、すっかりうんざりして彼の手を払いのけると、サムをベビーベッドへ戻すために立上った。
六、七合は炊いた御飯を、シモンは旨い旨いと喚きながら、たちまち鍋の底が見えるところまで平らげてしまった。私への追従半分であったかもしれないが、その胃袋の大きさには私は呆れるよりすっかり恐ろしくなってきた。いったいこの男は、いつまでこの家にいるつもりなのだろう。
産後の躰を早く旧に復させるためには何より寝ているのが一番なので、私は食後はすぐに横になった。メアリイが学校へ行ったあと、シモンに小さな子供たちの相手をしてもらうつもりだったが、彼は騒々しくジャズを唄い、手拍子をとり、躰を小刻みに震わして温和しいバアバラを当惑させたり、ベティを振廻して食べたものを吐き出させてしまったり、とにかく碌なことをしでかさなかった。私はといえば昨日来たばかりの義弟

をがみがみ叱りつけるわけにもいかず、トムが眼をさまして怒り出すのを待ち望むより他に仕方がなかった。シモンの、まるで野蛮人のような言動は私の神経を昂ぶらせ、彼の喉でかすった唄い声と卑猥なリズムは、私の全身を苛々させた。それでなくても、産後の女の神経は異常に傷つきやすいものだ。トム、起きてよ、起きて！　起きて早くなんとかして頂だい。あなたの弟を追い出すのよ！　私は心の中で叫び続けながら、幾度も幾度も寝返りをうった。

午後二時過ぎになって、やっとトムは眼をさました。シモンのいるのが分らない筈はないのに、彼が最初に言った言葉は腹が空いたということだった。どうして誰も彼も食べたがるんだろう。私は溜りに溜ったものを吐き出して大声で叫んでやった。

「食べるものなんか、なんにもありゃしないわよ！」

トムは私の様子に驚いたらしく、しばらく白眼をぐりぐりさせて眺めていたが、やがてどうしてかと理由を訊いた。

「食べてしまったからよ！」

シモンが、という主語を省いたので、トムは遂に私が癇を立てている理由が理解できなかった。苦笑いしながら立上って、それから部屋の隅で身を固くしているシモンに向って、顚をしゃくった。

「みんな元気かい、シモン。おふくろは？」

「元気だよ、トム。みんな元気で、そしてトムに会いたがっているよ」

「アラバマは相変らずかい？」

「相変らずだよ、トム。もっと悪くなったくらいだけど」

「騒動があったってなあ」

「近頃はしょっちゅうだよ、トム」

シモンが急に神妙になって、言葉づかいまで違ってしまったのには驚いた。ニグロの社会では長幼序列というものが厳しいのだろうか。それともトムに追出されるのが怖さに一生懸命つとめているところなのだろうか。

トムは私から七十五セント受取るとシモンをつれてマーケットへ買物に出かけた。やがてパンと牛乳とキャベツとしなびたグレープフルーツを抱きかかえて戻ってきた。その頃にはもうシモンの緊張は大分とけて、また例の調子でアラバマの親類たちの近況を喋りまくっていた。

「ジャミィ伯父さんはどうしている？　もう相当な齢だろう？」

「さあ……」

「おふくろの一番上の兄貴だよ。十一人兄弟の一番上さ。もう百歳くらいになってるんじゃないか！」

口ごもっていたシモンが、小さな声で言った。

「殺されたよ、病院で」

「殺された？　病院でだって？　冗談じゃないよ、シモン。病院でだったら死んだと言うものだ。年寄なんだもの不思議はないさ」

「いや殺されたんだよ、トム。騒動のせいなんだ」

「騒動の？」

「うん。黒人大学の学生が、ジャミィ伯父さんの一代記《ライフ・ストーリー》をまとめたのが発端で、白の奴らに殺されてしまったんだよ。教会の奴らが寄ってたかって入院させてしまって、そこで死んだのだから殺されたに違いないって、みんな言ってる」

「どんな一代記だい？」

「最高齢ニグロの一代記という題だった。僕は読んでないが、五十年前の白人がニグロを私刑《リンチ》したときの様子が詳しく激しく書いてあったので、過激派の学生たちに祭り上げられてしまったらしいよ」

「どうしてそんなことになってしまったんだろう。伯父さんは温厚な人だったのに」

「おふくろもそう言って泣くんだよ。若い奴らに利用されたんだって。伯父さんは満足して静かに暮していたのにって。よく読めば人種差別も昔よりずっとよくなったということを書いてあるんだそうだけど、騒ぎにまきこまれたので白人たちも怒り出してしまったんだ」

「畜生！　訴えてやればいい」

「駄目だ。病院では病気で死んだと言ってるんだ。学生たちも騒いだんだけど、それきりになってしまった」

私は思わず息をひそめて聞きいっていた。この話の間は、シモンもあの上ずった陽気な調子では話さなかった。テーブルを挟んで、黙って食物を咀嚼《そしやく》している二人の横顔は、顳顬《こめかみ》がひくひくと動く度に沈痛な表情を浮彫にした。

「ニューヨークには、そういうことだけは決してないよ。だから俺はアラバマには帰らないのさ」

「分ってるよ、トム。だから僕も出てきたんだ」

二年ほど前にアラバマ大学でルシィ事件というのが起ったことがあった。私はナイトオの店で新聞を拾い読みしたのだが、白人の大学にルシィというニグロ娘が入学するしないで揉みに揉んだ。去年もアーカンソーのリトルロックで似たような騒ぎがあった。ニューヨークの新聞も書き立てたので、ニグロと結婚している女たちの間では多少の話題になった。だが、そのときは、どちらかといえばほんの興味本位でどうなることかと事件の経緯を読んだだけで、切実に身近なものとは夢思わなかったのだが、トムの伯父さんが殺されたというのは私には現実として迫ってくる力があった。

私は、そっと起上ると二人の間のテーブルから牛乳壜を取上げ、コップについで飲んだ。そろそろサムが泣き出す頃なので、その前にぐっと飲んでおく必要があった。

「笑子、シモンの仕事探しにいい考えはないかね？」

トムが救われたような顔をあげて訊いた。

「そうねえ。とりあえず職業安定所に登録しておいて、それから隣のお婆さんと、マリリンにも相談してみたら？」

私にもようやく親切心が戻ってきていた。

「うん、マリリンがいいな。シモンに向いた仕事を考えてくれるだろう」

「私もそう思うわ」

「ナイトクラブのドアボーイなんか、どうだい、シモン」

「凄いや。ニューヨークに出てきた甲斐があるというもんだな」

これでもう就職の口がきまったと思ったのか、シモンは立上るとまた歌を唄い出した。躰をくねらせ、腰を振って、剽軽《ひょうきん》な顔をして声をふるわせるのを見て、ようやく私は笑い出した。先刻の話のときと今のシモンは、まるで別人のようだが、昨夜来の私と今笑い転げている私とでも人間が違って見えたかもしれない。私が機嫌をとり直したのでシモンはようやく安堵したらしい。もう前のようにわざとらしい燥《はしや》ぎ方はしなくなった。

だがニューヨークでずっと長く暮しているトムでさえ、夜勤の看護夫よりいい働き口は見つからなかった。シモンに思わしい仕事はなかなか与えられなかった。隣のお婆さんも頭をふりながら、

「男のニグロは余っているからねえ」

と言うだけだったたし、マリリンはシモンには意外に冷淡で、

「自分でお探しよ。外国人の笑子だって立派に一人でやってるじゃないか」

と突放したそうだ。

職安に行けば日雇い労務の口はあったが、それは朝早く出かけて行って、その順番で割当てられるので、根が呑気者のシモンは遅れることが多く、そんな日は一日中家の中でごろごろしている。始めのうちは人種差別がない、白人も一緒に順を待つのだ、やっぱりニューヨークは違うと言って喜んでいたシモンも、だんだん元気がなくなってきた。

ある朝、ひどく早く出て行ったのに、昼前に浮かない顔つきで帰ってきた。

「どうしたの、シモン。仕事がなかったの?」

「あったけど、出来なかった」

「まあ、どうして?」

仕事に贅沢の言える身分でもないのに、と私はすぐ癇にさわったのだが、シモンは力なくベッドの端に腰をおろして、

「仕事はビルディングの窓硝子拭きだったんだよ、笑子」

と、溜息まじりに説明し始めた。

その仕事なら私は知っていた、麗子のホセが、ようやくありついた仕事だったではないか。

「シモン、プエルトリコ人が多いからって、帰ってくることはないじゃありませんか。そんな見識を、あなたが持つのは滑稽よ!」

私のこの言葉は、おそろしく見当違いなものだったのだ。シモンは意味のとれない表情で私を見たが、すぐ彼自身の言葉を続けた。

「高くて！　ああ思い出しても眼がくらむよ。ほら笑子、脚がまだふるえるようだ！」

「なんの話よ、それは」

「ビルディングの窓硝子だよ。屋上から吊したブランコに乗って、外側の硝子を拭くんだよ。下を見るな、下を見るな、監督はそう言うけれど、見上げたところには空しかないんだ。ああ！　アラバマ中探したって、バーミンガムにだってあんな高い建物はないよ！　五十五階建の五十四階の窓硝子を、僕は拭かされるところで気を失ってしまった……」

シモンは話しているうちに、また顔色が蒼ざめてきた。よほどのショックだったのだろう。黒い肌が油汗を浮かべ、青味を帯びてねっとりと光る。それを見ていて私も膝が震えてきた。硝子拭きというのが、そんな危険な仕事だったとは！　私はスパニッシュ・ハアレムの狭い部屋の中に蠢《うごめ》いていたプエルトリコ人たちと、その中央に立ったホセ・マイミを思い出していた。あの絶望的な光景を。

「シモン」

私は彼の肩に手を置いて言った。

「いいわ、私に心当りがあるから、待ってらっしゃい」

コートを着て外に出ると四月の突風が街を吹きぬけるただ中だった。私は裾がまくれてだらしのない下着が見えるのを苦にしながら、ようやく公衆電話まで辿りついた。

「ナイトオ」に電話をかけ、竹子を呼び出した。

「笑子かあ、あんたどないやったァ！」

「男の子が生れたわ」

「えらかったやろ？　産むのも育てるのも女の倍しんどいで。それであんた、いつ出てくるつもり？」

「私のことで電話したんじゃないの。あなた三十過ぎの男の働き口知らない？　ニグロなんだけど」

「あんたとこのトム失業したんかァ」

「そうじゃないの。トムの弟なのよ。アラバマから出てきたの」

竹子の夫はどこに勤めても怠け者ですぐ馘になると聞いたことがあったので、それならばシモンの職探しにもいいサジェスションがもらえるかと思ったのだったが、私の説明をきくかきかないかで、

「あかん、あかん、そんなの、あかんで」

竹子は頭ごなしに私を怒鳴りつけた。

「あんた、自分らかて食べるのにおっつかっつしているちゅうのに、どないして弟の世話らできるんよ。引受けたら、あかん、あかん。アラバマへ追帰したらよろし」

「そうはいかないわよ。アラバマは差別がひどくて大変なところらしいわ」

「さあ差別は確かなもんやけども、ニューヨークから行けば私らもよう我慢せんけども、田舎の人間は馴れとるんや。仏心が仇になるで。帰せ帰せ」

「帰せたって、私の弟じゃないもの」

「トムに言うて帰したったらええんや。これでその弟引受けたら、それシオにして甥やの姪やのぞろぞろ出てくるで。田舎の人間は図々しさかいにな」

「トムは帰さないつもりよ」

「あんた黒の亭主ぐらい自分の思うようにさせられへんのんか？」

「あなただって、ちっとも思うようにしていないじゃないの」

「やられたなあ」

受話器の向うで、竹子がげらげら笑っている。生れる筈の子供が流れてしまったので、それでこんなに気楽なのだろうかと、私はふと思った。生れたばかりの子供を抱えた私には余計な口が、それも桁外れに大喰いの口が一つ殖えているので、冗談も碌に言えないほど余裕を失っていた。

「真面目に相談にのってよ、竹子さん。シモンは帰らないし、家でぶらぶらされては私もたまらないのよ。まだ一か月は働けないんだもの」

「子供が一人殖えたところへ大人がまた転がりこんだのでは、あんたもやりきれんわなあ」

だがここで竹子は怒気を含んで言出したのだ。

「続けたらええんや」

「何を？」

五十四階がなんや。「エンパイア・ステイト・ビルは百二十階あるやないか。そこの窓硝子かて拭く人があるんやで。馴れるまで続けたらええんや。他の人間がやってることやないか、やれんことがあるものか。こない言うて、どやしてやり」

「道で倒れても打ちどころが悪けりゃ死ぬでェ」

「だって危険なのよ」

「硝子拭きをよ」

「そんなこと、私には可哀そうでとても言えないわ」

「ほな勝手にしたらええ。私は予言しとくけどな、シモンは絶対にあんたとこから出て行けへんで。優しい嫂さんのいる家は、さぞ居心地がええやろからな」

竹子は、すっかり私に腹を立てて自分から電話を切ってしまった。

だが彼女の予言は的中しそうだった。シモンは私たちの家を出て行くどころか、その気もなさそうだったのだ。一週間もすると彼は職安へも滅多には出かけなくなってしまった。家の中で一日中ぶらぶらして、表紙の千切れたぼろぼろの『エボニ』などのページをめくって暮している。シモンはトムより二フィートも高く、トムより更に黒い肌をしていて、だからベッドや長椅子に寝転んだりするとひどく嵩高《かさ》かった。おまけに声が調子っぱずれに大きくて、子供たちとふざけると家の中に台風が起きたようになる。

「静かにしてよ！」

私は金切声をあげるようになった。こんなことでは出産後の衰弱から立直るのが遅れると思い、それで一層いらいらする。

　更に悪いことには、シモンの胃袋は働かなくても盛大な消化力を持っていて、彼の食欲は相変らず凄いものだった。

「今に、この家はシモンに喰いつぶされてしまうわ。夜中でも眼がさめたら台所を漁《あさ》るんだもの。朝になる度に慌てるのはもう沢山だわ」

　私はトムの前でもつけつけと言うようになった。居候なのだから多少は遠慮してもよさそうなものだと思うのに、シモンはこと食べることとなれば見境いがない。だから買溜めということが一切出来なくなってしまった。パンでもハムでも、その日その日の分を買ってくる、その面倒臭さは、私が寝たり起きたりという状態では一層だった。シモンの食欲を多少はコントロールさせないことには家の経済はたちまち恐慌を来してしまう。

　だが私が何を言ってもシモンは眼を伏せるだけ、トムは黙りこむだけで、暖簾《のれん》に腕押しするのと少しもかわらなかった。竹子の言葉が耳の底に残っているので、私はあるときはシモンに出て行けがしにくさしてもみたのだが、彼はそのとき私がいくらか不機嫌だと思うだけで一向にこたえなかった。トムもまた自分の弟を悪しざまに罵《のの》しられても、白眼をぐりぐり動かすだけで、喋っては損だとでも思っているのだろうか、何も言わなかった。私はそこに肉親同士の連繋というより、もっと底深い何かがあるのを感じないわけにはいかなかった。この人たちは壁のようだ、と私は思った。闇に塗りこめられたような黒い壁は、もう二百年の昔からそうして黙りこくって立っていたのだろう。南部の白人の圧政下に、撲られても笞《むち》打たれても黙って立っていた黒い壁だ。私が今更何をが鳴りたてたところで、この人たちには何ほどのことでもないかもしれない。

ニグロは、やっぱりニグロなのだ。

私はシモンと暮すようになってから、トムも含めてニグロに対する憎しみが次第に胸の中で育って行くのを感じていた。無教養で魯鈍《ろどん》な黒ン坊——彼らが疎外されるのは当り前だ、そんな考えも固めていた。そうして見ればトムたちの黒いざらざらした皮膚もうとましかった。原始人のような部厚い唇も穢らしいものに思えてきた。喉をかすって出る低い声音も不愉快で耳を蓋したい思いだ。このまま私が若しずっと寝たきりで暮さなければならないとしたら、私は四方八方を黒い壁に取囲まれて窒息して死んでしまっただろう。

黒い壁には、しかしドアがあった。ある日、ノックもせずにそのドアが開いて、隣のお婆さんが私を救い出しにきた。サムを産んだとき、病院行きが間にあわなくて、このお婆さんにはすっかり厄介になっていた。痩せに痩せた四肢をひろげながら、お婆さんはそろそろと部屋の中に入ってくるとシモンをじろりと見て、

「働き口はまだ見つからないのかい、シモン。困ったものだね。せめて子供の面倒は見て、笑子を助けなさいよ」

と、言った。

それからベッドで半身起している私の傍へ坐って、ブロンクスヴィルの白人が日本人のメイドを探しているという話をしたのだ。

「だけど躰の方はどうだね？」

「大丈夫よ、悪露《おろ》もすっかり止ったし」

「それじゃ他の人にとられないように先口かけておいた方がいいよ。ここへ電話してレイドン夫人にいつから行けると言っておきなさいよ」

「有難う、お婆さん」

住込みという話は天の助けだった。サムのことが気になったが、バアバラだって、ベティだって、私がつききりで育てたわけではない。メアリイが学校へ行った留守はトムが居るし、シモンも多少は何かの役に立つだろう。食費はメアリイに渡して、トムとシモンの分はトムの給料だけで賄わせることにしよう。私はそうきめると隣のお婆さんなら隠す必要もないと思い、子供のことは気がかりだけれどもこの家には居たたまれないのだと、実状を打明けて話した。

「あんたの気持はよく分ってるよ、笑子。私もあんたなら出て行くともさ。男なんてものは決して頼りにならないからね。子供ができたら女は誰でもそう思うものだよ。だけどね、トムは子供たちの父親だからね、それにさ……」

お婆さんは、意味ありげに片眼をつぶってみせてから、

「あんただって男は必要なのだから」

「とんでもないわ」

私は叫んだ。

「もう沢山よ、男なんて。私はまた子供が殖えたりしないように家を出るのよ！」

お婆さんは立上り、喉の奥でけ、け、け、と笑ってから、ブロンクスヴィルは金持の住むところだからレイドン家もきっといい家に違いないと言い、帰りがけには毛布をかぶって寝ているトムの尻のあたりを二度叩いた。

「トム、しっかりするんだよ。あんたのワイフは男どもに愛想つかして家を追ん出るそうだよ」

早い方がいいと思ったので、私は早速その日のうちに公衆電話のボックスへ出かけてブロンクスヴィルに電話をかけた。ベルが三度鳴っただけで受話器がとられ、ハローという女の声がきこえた。

「林笑子と申しますが、日本人のメイドを探しておいでだと聞きましたので」

「その通りです。私がレイドン夫人ですが、あなたは幾つの方？」

「三十三歳になります」

「日本はいつ出たの？」

「ニューヨークに来て五年になります」

「私の家には赤ン坊がいるのよ。それからコリー種の犬が一匹、それに私たち夫婦、というのが家族構成。私も主人も朝早く出かけて夜は六時に帰宅します。でも来客がよくあるので住込みで来てもらいたいの。お休みは第一日曜以外の日曜日。だから月に三日あなたの家に帰れるわけ」

レイドン夫人の言葉はなまりのない美しい滑らかな英語だった。キビキビと条件を言ってから、

「それでよかったら来週の水曜日、午後三時から来て頂だい、いいですね」

「はい」

私が返事をしたとたんに電話が切れた。

来週の水曜日までには私の躰は完全に元に戻る。バアバラやベティを産んだときはそれより早く働き出したものだ。だが、ろくにこちらの状況を見も聞きもしないでレイドン夫人は私を採用することにきめたのだろうか。私の家庭環境もニグロの妻であることも知ろうとせずに、彼女は電話一本で私をメイドに傭うことにきめたのだろうか。いや。ひょっとすると来週の水曜日までに他の申込みを集めて、当日全員を揃えてテストするのかもしれない。きっとそうだろう。つまり私は水曜日には試験を受けるのだ。

その前日、私は下町《ダウンタウン》まで出かけて行って公衆浴場で念入りに全身を洗いきよめた。髪も丁寧に洗い梳いて、身も心も軽々として家に帰った。流石《さすが》に疲れて、その夜はぐっすりと眠った。もちろんサムが泣く度に眼をさまして、襁褓《おむつ》を取りかえ、乳をやったが、そうする間も夢見心地で、サムにこうして乳をやるのも今日かぎりで当分お別れだと思うのに、少しも淋しくなかった。むしろ、長椅子でいぎたなく眠っているシモンや、と

ろんとした眼で帰ってくるトムに出会うことから解放されるかもしれないという期待で胸もふくらむ思いなのだ。私はこの環境から逃出したいという一念あるばかりで、もはや子供たちの母であることとさえ疎ましく思い始めていた。

朝、メアリイが学校へ出かける前に、私は彼女に事情を話した。弟妹の面倒一切をみることになるのだから私が住込みで働くとなれば彼女の諒解は得ておく必要があったのである。

メアリイは朝食の甘いパンを頬ばりながら、眼はテーブルに立てかけた鏡を見つめ、両手はせっせと頭にブラシをかけて私の話を聞いていた。彼女は毎朝時間のギリギリまでそうやって髪の形を揃えるのに苦心するのだ。彼女が年頃になるまでにチリチリの毛がすんなりなるものならばと、私もこの朝は一緒に祈りたかった。明日から彼女は出かけるまでにサムにミルクを与え、バアバラとベティの着替えをさせなければならないから、髪の毛にかかずらう時間も少くなるだろう。そう思うと、私の身勝手をこの子にだけは詫びたかった。

だがメアリイの方は、ごくあっさりと私の話を受取ったようである。あるいはサムが生れたときすでにその覚悟ができていたのかもしれない。彼女は朝食と整髪を同時に終えると、もう片手に手提鞄を持って私の顔を見上げた。

「いいわよ、マミイ」

そのまま飛出して行ってしまった。

私は、せめてメアリイの負担が軽くなるようにと、家の中を整理し、バアバラとベティの衣類も分りやすく分類した。サムのためのミルクもマーケットで特売品を買込んできて、メアリイのものをのせている棚に並べた。

「シモン、言っておくけれど、サムのミルクにあなたが手をつけたら……」

私は義弟を見すえて言った。

「殺すわよ」

シモンは、決して子供たちの食糧には手をつけないと真剣な顔をして私に誓った。

グランドセントラル・ステイションからウェストチェスター行きの電車にのれば、三十分ばかりでブロンクスヴィルに着く。レイドン夫人は頭のいい人らしく道順を簡単明瞭に説明してくれていたのだが、ニューヨークの街とあまりにも違う景色に私は戸惑って尋ね当てるのにかなり骨を折った。

ブロンクスヴィル。それはまるで夢のようなところだった。灰色のマンハッタンと違って、ここでは明るい緑が萌え展《ひろ》がり、白とピンクの石楠花《しゃくなげ》や黄色い連翹《れんぎょう》が家々の前庭に咲き誇っていた。どの家もお菓子で出来たように愛らしく、まるでお伽噺《とぎばなし》の街のようだった。ブロンクスヴィルの家々は、柵や垣根というものを持たない。それはまるで花畑の中に、適宜に配置されているように見えた。碁盤の目の上にうすぎたない四角いビルが立並んだマンハッタンから来てみると、優雅なカーヴを持つブロンクスヴィルの小《こ》径《みち》は家を探すには見当がつけにくかったのだけれども、おかげで私はこの辺りの土地柄というものを充分に知ることができた。

レイドン家は、屋根の色は赤く、家はニューイングランド・スタイルの板張にクリーム色のペンキ塗りという瀟洒《しょうしゃ》な二階家だった。ベルを押すとオルゴールの鳴るのがきこえ、すぐドアが開いた。

「あなたが林さん？」

驚いている私に、女主人は笑いながら日本語で訊いた。

「そうです」

「私がレイドン夫人よ、さあどうぞ」

私は目を疑い、それから先週の電話をきいた私の耳を疑っていた。あのなまりのない美しい英語で話した人が、日本人だったのだ。たしかに日本人に違いなかった。彼女の日本語にも、少しも奇妙な発音はなかったから。

14

ニューヨークには少くとも百人は日本人の戦争花嫁《ワーブライド》がいる筈だったが、彼女たちへの連絡は取りにくいので、レイドン夫人は随分前から探していたのに日本人のメイド志願者は私の他になかったらしい。訪ねて行ったその日から私はレイドン家で働くことになった。家族はレイドン夫人が電話で言った以外にもう一人、看護婦《ナース》がいた。看護婦《ドライ・ナース》というより、乳母《ウエット・ナース》というべきかもしれない。レイドン夫人はごく最近、子供を産んだばかりだった。

毎朝彼女は眼を醒ますと美容体操をする。それはレイドン氏がバスルームに入っているときなので私は偶然それを見たことがある。レイドン夫人はパンティ一枚で全身をねじり曲げながら体操をしていた。彼女は日本人には珍しい大柄な女で、乳房も見事なほど大きかった。母乳は溢れるほど出たのだけれども注射で止めてしまったということだった。乳の出るのは止ってても乳首の色はなかなか元に戻るものではないから、私の乳首と同じように紫っぽく黒かった。けれども、他の皮膚は私と比較にならないほど白くて美しい女《ひと》だったので、全裸に近い躰で大胆な動きを示すと、乳首だけが躰から離れて飛んで行ってしまいそうだった。私が茫然としている前で、彼女は二度三度と深いお辞儀をして指先で床を叩いた。細腰を曲げる運動である。上気した顔をあげると、彼女は笑いながら、銀色の容器に納まっているメジャーを取上げ、私にウェストを計るように言った。私は跪《ひざまず》いてそれを計った。薄いナイロンのパンティの奥から、悪露《おろ》の止った産婦の独特の匂が私の鼻を衝いた。それは強烈な鋭い臭気である。私は私自身も今その臭気を持っていることを知っている。だが私の下腹は彼女と比較にならないほどだらしなく垂れ下っていた。

「どれだけあって？」

「二十五インチです」

「やっと四分の一インチだけ減ったわ。子供を産んだら一インチと四分の三も大きくなってしまったのよ。早く元に戻したいんだけど焦っても駄目ね。一朝一夕にいかないとは知ってるんだけど、でも焦っちゃうわ」

これは全部日本語だったが、レイドン氏がバスタオルを腰に巻いて戻ってくると、レイドン夫人は途端に私にも英語を使い始めて、今日はシーツを全部取りかえて頂だいと言った。それから自分はガウンを着てバスルームに入り、簡単にシャワーを浴びて出てくると、また私を呼んだ。コルセットをつけるためである。妊娠と出産で崩れた体の線を元に戻すために、美容体操の後は彼女は強いコルセットをして昼も夜もそのまま過すのであった。それはとても彼女一人では身につけることができない代物だった。胸のすぐ下から腿の付根まで鯨骨と合成ゴムを入れて造ったそれは鎧《よろい》のようなもので、脚から先に入れて素肌へつけるまでは自分でやれても、ウェストをしめるのは一人ではやれなかった。深呼吸をして、思いきり息を吐き出してから、自分で胃も腹も引っこめて彼女は私を省みる。そうしてウェストが最も細い状態にあるときに私は急いで鉤ホックをかけ、紐を締め、ジッパーを上げるのだった。

「はい」

終ると私はつい声をかけてしまう。するとレイドン夫人は救われたように吐息をはき、それから胸を弾ませて空気を吸い、しばらく正常な呼吸には戻れないのだ。というのは、レイドン夫人が自分のスタが私はここで書いておかなければならない。というのは、レイドン夫人が自分のスタイルにばかり気をとられているような所謂有閑夫人ではないということである。彼女は立派な知識人であった。レイドン氏は歴史学者でイエール大学の教授であったし、レイドン夫人自身も職業を持っていて、それはＵＮ《ユーエヌ》（国際連合本部）の事務局で何か大層むずかしく有意義な仕事であるらしい。レイドン夫人は今のところその仕事につく前のウォーミングアップに専念しているのであった。何よりも早く躰を元に戻すために、ウェストも細くしなければならないのであり、彼女に言わせればウェストの寸法を計るのは、それ以外に恢復《かいふく》度を計る方法がないからなのだそうである。

子供の育て方も、立派なものであった。ニューヨーク市の病院から来ていた看護婦は若くて自分には出産の経験がないのだが、沐浴《もくよく》も哺乳も私がたまげてしまうほど見事にてきぱきとして、実によくやってのけた。だがレイドン夫人の育児知識は、そういう専門家を凌ぐことさえあったのである。彼女は時々看護婦に、彼女が出産前に読んだ育児書の頁を繰って指先で示しながら読みきかせていることがあった。それは消毒や哺乳器などの具体的なことでなく、乳児心理学に類するものであった。例えば、泣かせ方にもいろいろあって、襁褓《おむつ》が濡れているときは可及的速やかに取りかえなくては子供の全人的成長に影響を及ぼすというのである。私は親の都合で濡れていても泣き喚いても半日ぐらいそのままになっていることもあった私の子供たちを思い較べないわけにはいかなかった。時には看護婦と奥さんが口論をすることもあった。看護婦の言い分が正しいと認めたときは、奥さんがあっさり折れて彼女の意見を通したが、自分の方が正しいと信じているときはレイドン夫人は条理正しくまくしたててアメリカ人の看護婦を言負かしていた。その英語の豊富な語彙《ごい》と学識の深さにも私は茫然として立ちつくしていたものだ。同じ日本人で……と、私は考えないわけにはいかなかった。同じ日本人が、白人をばりばり叱りつけているところを見るのはめざましかった。レストラン「ナイトオ」の奥さんと同じくらいに輝かしく私の眼には映った。この二人に、共通しているのは……力《パワーフル》があるということだった。知力にしても金力にしても。

　レイドン家の子供の名前はエリザベス・Y・レイドンと言った。Yというのはレイドン夫人の生家が藪内《やぶのうち》というので、スペイン風にそれをとっているのだということであった。私の三番目の娘ベティも略さなければエリザベスだから同じ名前の筈であったが、この家では赤ン坊をベシィと呼んでいる。この呼び方はどうもまずかった。私にはどう気をつけても正確な発音ができず、その都度看護婦は笑って口真似をし、奥さんは眉をしかめて訂正した。ベシィというのは、BETHYと書くので、THは日本語にはない音だから、片仮名のシになってはいけないのだ。前歯の間に舌の先を出してする発音は、私の大層苦手とするところだった。レストラン「ナイトオ」では誰もそれが不得意だったが、そんなところが日本なまりの英語ということで、日本料理の店を特徴づける結果になっていたから叱られたことはない。シで押通して来た結果は、レイドン家へ来たからといってそれこそ一朝一夕には改まらなかった。到頭根負けした奥さんは、

「子供が自分の名前になまりをつけては大変だから、それじゃあなただけ日本式にしま

しょう。お嬢さまと呼んで頂だい。オジョオチャマでもいいわ。その方がいいわね」

こう言いだしたものである。

オジョオチャマは、純白な清潔そのもののようなベッドの中で、すやすやとよく眠っていた。私が行ったときが生後二か月半だったからサムとは一か月しか違わない。もちろんサムはオジョオチャマより小さいのであった。サムは生れたときから黒かったが、オジョオチャマは日本人の血が混っているとは信じられないほど色が白くて眼の辺りに白人種の特徴をはっきり持っていた。レイドン氏は大きな怒った眼と鷲鼻を持っていたが、オジョオチャマには眼の方は確実に遺伝したらしい。鼻の方はどう見ても小さくて奥さんの方の系統らしかったが、髪の毛は薄く、遠くから見ると鳥の雛のように頭蓋が目立った。が、どうやらしょろしょろと頼りなく生えているのは薄茶色か黄金色の毛であった。

たしか私が勤め始めた翌日だったと思う。

「あら、見にいらしてよ、あなた、ベスの眼が今日は碧いわ！」

奥さんが子供部屋から大声でレイドン氏を呼んだ。

「本当だ」

「ね？　私はこの子はブロンドだと言っていたでしょ？」

「僕のお母さんはノールウェイ人だからね」

「それを受継ぐと思っていたのよ、私の予感はやっぱり当ったわ」

ニグロと日本人の混血の場合は、たとえばバアバラだって髪が伸びたり縮れたりするようなことはなく、生れたときから彼女はニグロより日本人に似ていて、以来ずっと変化がないのだが、白人の混血にはしばしばこういうことがあるらしかった。その後オジヨオチャマはすぐ茶色い眼になって奥さんを落胆させ、時々碧くなっては喜ばせた。眼の色が変るという日本語を、私は奥さんの様子を見ながら思い出して可笑しかった。オジョオチャマの眼の色が変る度に、奥さんの眼の色が変るのである。その理由は、しかし私には分り難かった。変化が日本人になったり白人になったりということでなら、喜ぶ理由も落胆する理由も考えればすぐ思いついたが、眼の色が茶色いか碧いかで大騒ぎする理由は私にはちょっと分らなかった。かすかにメアリイが生れた直後のトムの騒動を思い出したが、それと同じようなことが、やはりこういう家にもあるのだろうか。だが、奥さんはインテリでもどちらかといえば派手な性格なので口に出して喜んだり失望したりしたが、レイドン氏の方は静かないかにも学者らしい落着いた人で、彼がベッドの中の愛娘の眼を覗きこむときの横顔を見たとき、私はより一層衝撃を受けた。オジョオチャマの眼の色が碧くなったとき、彼の鳶色の瞳は光り輝き、感動のあまり涙ぐみさえしたのだ。ひょっとするとレイドン氏の喜びの方が奥さんの喜びより大きく深いのではないかと私は感じた。この理由はもっと分らなかった。多分、レイドン氏は亡き母の面影を生れた娘の上でまさぐっていたのかもしれない。それにしても、オジョオチャマが茶色い眼になった朝の彼の落胆ぶりは私には不可解だった。レイドン氏は前にも言ったように鳶色の眼と鳶色の髪を持っている。それに似てはなぜいけないのだろう。

ところで私の仕事はというと、これは女中《メイド》というより看護婦見習と言った方が正しかった。いや、やがては女中と看護婦を兼ねるべく教育されていたと言った方がもっと正しい。それはやがて間もなく奥さんがUNの仕事に復帰し、看護婦のナンシイが病院へ戻る日のための養成期間であった。四人も子供を産んだ私の知識などは、この家ではなんの役にも立たなかった。私は朝となく夜となくナンシイの傍に付きっきりになって、赤ン坊の世話《ティクケア》の方法を学んだのである。子供の抱き方、沐浴のさせ方、ミルクの作り方。どれも私の知っているものとは違っていた。ナンシイはぶっきら棒な説明しかしてくれなかったけれども、正確な時間をおいてミルクを与えるためには子供が泣いても叫んでも放っておけという考え方にも立派な科学的根拠があるのには感心した。ガーゼは一日に十枚でも二十枚でも使って、ちょっと顔を拭いてもすぐ洗い籠に投げこんでしまう。一度でも使ったものは「不潔」なので、総てのものは「清潔」であることが第一条件なのだった。私はナンシイと同じ水色のユニフォームを着せられていた。これは二枚同じサイズのものを与えられてあり、毎晩洗ってから寝るようにとナンシイにも奥さんにもくどいほど念を押された。子供を抱くと、子供の顔や手が当るところだからである。オジョオチャマはミルクの他に果汁も飲み始めていたが、それを作る方法の面倒なことと言ったらなかった。ナイフも皿もガラス製の絞り器もカップも総て煮沸消毒をしてからでなければ使えない。ミルク壜もゴム製の乳首も一々煮沸して、使うときはピンセットで摘み上げた。粉ミルクは計量器にかけて正確に計り、飲残しのミルクを決して後で飲ませてはいけないと言渡された。すぐ捨てるのだ。

異を唱えるべきことは何一つない。確かにレイドン家の育児法は完璧だった。オジョオチャマの着るものは下着も上着も毎日洗った。襁褓は襁褓屋が消毒済のものを一日置きに運んで来て、汚れたものはプラスチックの容器に入ったのをそのまま持って帰る。私には洗いもので指に赤ギレができるなどという苦労はなかったし、何一つ仕事そのもので辛いことはなかった。しかもレイドン家の給料はナンシイとは較べものにならないほど安かったといっても、日本料理屋で働くのと較べて決して少いという額ではない。私は看護婦の資格を持っていないのだから女中の給金でも当然なのに、レイドン夫妻は子供の生活を見させるというのでかなりの額を足してくれていた。おまけに制服を着て、三度三度の食事がつくのである。私にとっては、何も文句の言える筋合はなかった。

にも拘わらず私は哺乳壜の目盛を読みながらミルクを作っていたり、オジョオチャマの眠った後で壜やカップを煮沸消毒したりしているとき、ほろほろと涙を流した。レストランで働いているとき、どんなにつらいことに出会っても泣いたことのない私が、いや、アメリカに来て以来どんなことにもつらいと思って泣いたことのない私が、レイドン家では怺《こら》えきれないほど辛い思いに涙を溢れさせていたのであった。私はかつて、一度でも哺乳壜を煮沸消毒したことがあったろうか。ピンセットでそれを取上げたことも、残ったミルクを勢よく流しに空けて捨てたことも、私にはなかった。私は四人の子供の中ではメアリイだけはかなり手をかけて育てたつもりだけれども、それでもこんなに大事にして育てた覚えはない。ニューヨークに来てから産んだバアバラ以下の子供たちについては、もう全くなっていなかった。若し人間の子供がレイドン家のオジョオチャマのように育てなければならないのだとしたら、私の子供たちは一体なにに相応《ふさわ》しい扱いを受けたのだろう。

エリザベス・ヤブノウチ・レイドン嬢は決して私の子供たちのように泣き喚かなかったし、かといってバアバラのように始めから無気力な赤ン坊でもなかった。彼女はミルクの時間の十分前ぐらいに泣き声をあげて私たちに注意をうながした。襁褓を換え、手を洗ってからミルクを作り、それが適温に冷めるまで正確に十分かかり、つまり彼女は定った時間には必ずミルクを与えられた。後は殆ど泣くことがなく、すやすやとよく眠り、眼醒めても眼の見え始めで頭の上に吊した玩具を静かに眺めている。健康な証拠で育てやすい子供であった。要するに彼女は満ち足りていた。だから夜中に癇を立てて泣くこともなかった。

私は二週間ナンシイの指導を受けてから正式に育児を全部任されることになる筈であった。レイドン家とナンシイの契約期間は生後十二週間ということになっていたからである。しかしベビー服を洗濯しながら、それを乾燥器に入れてスイッチを入れるときも、私はその度に家に残してきたベティやサムを思い出して涙をこぼしていて、こんな辛い思いがいつまで続くかと考えこんでいた。ナンシイが帰るまでに私の方が先に逃げ帰ってしまうかもしれないと思っていた。私はこれまでに家をあけて外出したことが一度もなかったから、それでとても落着かないのだと自分で自分に釈明してみたりしたが、本当の理由は分っていてそれを動かしたり誤魔化したりすることはできなかった。私には分っていたのだ。何がつらいのか。私は、このレイドン家の親たちの十分の一でいいから自分の子供には丁寧な育て方をしてやりたかった。それはもうどう悔んでも仕方がなく、どう足掻いても私にできることではないのだったが、しかしオジョオチャマとサムがほんの一か月しか違わない時間にこの世に生れて来て、一方は白く恵まれて育ち、一方は黒く穢い穴倉の中で育っていることを思うと、無性に辛く物悲しかった。哺乳時間が来てオジョオチャマが泣きだすと反射的に私にはサムの泣き声が聞え、すると青い制服の下で私の乳房が痛いほどはってくる。ミルクを整えて、抱きあげたオジョオチャマにゴムの乳首をふくませると、私の乳首からは耐えきれずに乳がほとばしり出て、綿をあててあるブラジャーの裏側を濡らし、それが溢れてウェストまで流れてきた。この辛さは、生理的なものでもあった。サムは今頃、誰にどうやってミルクを飲ませてもらっているのだろうか。メアリイがいればメアリイが、なれた手つきで飲ませているだろう。メアリイが学校へ行っている留守は隣のお婆さんだ。私はシモンにはサムに関する一切のものに手を触れることを禁じて出て来たから。だがメアリイだって、お婆さんだって、誰が哺乳壜を煮沸消毒などしているだろう。襁褓を換えた手を洗いもせず、無造作に三時間ばかり前に使った哺乳壜を摑みあげて、水で中をゆすげばみつけものだった。匙でミルクを計り、目分量で湯を注いで、乱暴にサムの口へゴムの乳首を突っこんでいるのが私の眼には見えるようだった。私は膝の上に大切に抱き上げて、静かにミルクを飲ませている王女さまを見ながら、人間の世間には人種差別よりもっと大きな差別があるのではないかと考えていた。オジョオチャマとサムの育てられ方の違いは、一方が白人と日本人、一方がニグロと日本人の混血だからということではない。確かにサムは黒いけれども、だから惨めなのではない。色の故ではない。では何なのか。

私は今こそはっきり言うことができる。この世の中には使う人間と使われる人間という二つの人種しかないのではないか、と。それは皮膚の色による差別よりも大きく、強く、絶望的なものではないだろうか。使う人は自分の子供を人に任せても充分な育て方ができるけれど、使われている人間は自分の子供を人間並に育てるのを放擲《ほうてき》して働かなければならない。肌が黒いとか白いとかいうのは偶然のことで、たまたまニグロはより多く使われる側に属しているだけではないのか。この差別は奴隷時代からも今もなお根深く続いているのだ。

私はやはり日本料理屋で働くべきであった、と私は後悔していた。あの場所でも私が使われていることに変りはなかったが、しかし少くとも「ナイトオ」の奥さんには子供がなかった。

そうだ、辞めよう！　私は急に立上り、腕の中の子供に気がついて慌てて椅子に腰をおろした。授乳後すぐに動くと赤ン坊は乳を吐くから安静にしているようにとナンシイに仕込まれていたからである。仕込んでからやっと一週間になるやならずであったが、サムと較べてあれだけ涙をこぼしながらいつの間にか私はオジョオチャマにも情が移っていたらしい。この子を憎いと思ったことはなかった。私の娘の誰よりも美しくて可愛いと思うくらいだった。それだけになお一層つらかったのかもしれない。

そのときだった。けたたましい叫び声が奥さんの寝室で聞えたのだ。私は咄嗟《とっさ》に子供をかばう姿勢になったが、事件はそういう危険を伴ったものではなかった。きれぎれに二人の会話の断片が私の耳にも飛びこんで来た。奥さんとナンシイが言争いをしている。二人の女の合理主義者たちは、これまでも屢々《しばしば》意見を対立させたが、なんといっても大切な子供を預けている相手だから奥さんの方がナンシイに譲ることの方が多かった。それが、私がこの家に来てナンシイのやり方を覚えるにつれて、奥さんの遠慮の度合が減って来たのである。もともと馬の合わないところがあった。奥さんは専門知識を振りまわすナンシイを憎んでいるように見えたし、ナンシイも奥さんの学識を決して尊敬していなかった。それがどうやら私が来てからというもの深まる一方だったらしいのである。オジョオチャマは大人たちの争いも知らず、ミルクに満腹して眠り始めていた。ベッドへ寝かしたところへナンシイが興奮して戻って来た。

「どうしたの、ナンシイ」

「私はこんなところにいられないわ！」

ナンシイは引きむしるように青い制服を脱ぎ始めた。下半身はパンティとペチコートをしているが、子供を抱くには堅いブラジャーは不都合なので、上半身は丸裸だった。白人は女同士の間では日本人のような羞恥心を持たない。大きな乳房を揺がせながら、彼女は戸棚をあけて小型のスーツケースを取出し、そこいらに散らばっている彼女の持物をその中に投げこみ始めた。

「どうしたの、ナンシイ」

「出て行くのよ！」

本気で出て行くつもりらしかった。私は慌てて奥さんの部屋に入って、ナンシイが病院へ帰ると言っていると告げたが、奥さんの方でもまだ眼を吊上げたままで、

「勝手にしたらいいわ。私の我慢にだって限度があるのですもの。私はアメリカ女の強情で思い上ったところが大嫌い！　出て行ったらどんなにさばさばするかしらとずっと思っていたのよ」

と、手のつけようがない。

子供部屋に戻ると、ナンシイはもう明るい緑色のワンピースに着替えていた。ブラジャーで整えた乳房の先がピンと胸の上に突出ている。部屋履を脱いで薄茶色のハイヒールに替え、それからすっくと立上ると、清潔を旨とすべき子供部屋で彼女は金髪にブラシを当て始めた。

「私は始めからこんな家には来たくなかったのよ。いつ飛出そうかってそのことばかりずっと考えていたわ」

ナンシイも奥さんと同じようなことを言い始めた。

「どうしてなの？」

実は私もそれを考えていたところなのだけれど、と言い継ごうとしたが、ナンシイはもう私の最初の言葉を引っ摑むようにして喋り出した。

「ユダヤ人と日本人の夫婦よ！　どこに取柄があって？　ユダヤ人の家には行くものじゃないって私たちの間では言われてるわ。吝《けち》で五月蠅《うるさ》くて、それにユダヤ教徒は妻以外の女を作ることは平気なのよ。だから要心しなさいって皆に言われて出てきたんだわ。でもあなたレイドン氏が私に好意を持ったって当り前じゃない？　あんな日本人より私の方がいいにきまっているもの。だからあの女は嫉妬するのよ。馬鹿じゃないかしら。私がどうしてユダヤ人なんかを相手にすると思って？　おお嫌やだ。だから出て行くのよ！」

右手にスーツケースを提げ、左にコートを持ってナンシイが勢よく出て行った後を見送って、私は暫く茫然としていた。

ユダヤ人。日本人。吐捨てるように言ったナンシイの言葉が耳朶《じだ》に貼りついたように残っている。しかし彼女の論旨には論理の飛躍が、でなければすりかえがあったようである。私の見るところではレイドン氏はナンシイに対して必要以上の好意を示したとは思われないし、それで奥さんも嫉妬したなどとは考えられなかった。ただ私が驚いたのは、あの温厚ないかにも学者タイプのレイドン氏を、ナンシイが一言のもとにユダヤ人ときめつけたことである。確かにナンシイは名前からみても、あの金髪から考えてもユダヤ人ではないようだったが、彼女はどういう理由からユダヤ人であるというだけでレイドン氏を軽蔑したのだろう。むろん私はユダヤ人がどういう人種であるかについて一応の知識は持っていたけれど、白人だけの世界にもこういう差別意識があることには驚かされていた。志満子の夫もイタリヤ人としてニグロの妻たちの憫笑《びんしょう》を買っていた。プエルトリコ人の中にも殆どスペイン人と見分けのつかない者がある。やはりそうなのだ、皮膚の色ではないのだと、私はあらためて会得していた。スパゲッティと聞いただけで竹子に襲いかかった志満子。自殺した麗子とスパニッシュ・ハアレムのプエルトリコ人たち。私自身にしてからが志満子や井村からプエルトリコと同列に扱われて狂いたったことがあったではないかと、私は様々な出来事を一度に思い出して混乱していた。日本人。ナンシイは興奮のあまりにか私が日本人であることも忘れて日本人を罵倒してのけたけれども、日本人もやはりニューヨークでは少数民族《マイノリティ》に属しているのだろうか。ニグロのように、プエルトリコ人のように。あるいはまたイタリヤ人や、アイルランド人や、ユダヤ人のように。

私が混乱したのは、つい先刻まで、この世の中には使う人間と使われる人間という二つの人種があるだけなのだと考えていたのが、またぐらぐらと揺り動かされ出したからである。ナンシイは使われている側の人間だったが、彼女自身の意識ではユダヤ人にも日本人にも優越していた。いったい、これは何なのだろう。

「呆れたものだわね」

奥さんがようやく平静を装って子供部屋に入ってきた。日本語だった。

「アメリカ人って、ことに女は全く頭が悪いから嫌ンなっちゃう。自分の知識が最高だと思っているのは救い難いわ。ベスに悪い影響を与えるんじゃないかと思って、はらはらしていたのよ。いい工合に早く出て行ってくれてほっとしたわ。笑さんものびのびとしたでしょう?」

ナンシイが飛出してしまった拍子に、私がそれまではこの家をよして帰ろうと思っていた気持は虚を衝かれた形で、頭の芯をぼんやりさせながら私は毎日を一人で育児に追われて暮すようになった。今更のように子供を育てるには手がかかると思う。今更のように、なんと無造作に私は私の子供たちを育てたことかと思う。だがもう私は泣かなかった。オジョオチャマと自分の子を較べるのは今の私にとっては有害無益な操作であった。私は働かなければならないのであって、当面の仕事はこのエリザベス嬢を指図通りに育てることなのだ。私は一生懸命ナンシイに言われた通り、また奥さんの指図にも従ってオジョオチャマにミルクを与え、襁褓を取換え、洗濯をし、アイロンかけをしていた。幸いなことに、丈夫な子であった。日本人のようにイージイな育児法ではなかったから抱き癖もついていなかった。だから育て易いいい子だった。

一か月もたつと、私は自分からオジョオチャマを可愛く思うようになってきていた。完全に情が移ってしまったのかもしれない。家に残してきたサムよりも可愛く思えることがあり、休みの日に家に帰って一週間ぶりで子供たちに会い、着るものの手入れなどしてやりながら、思うのはブロンクスヴィルにいるオジョオチャマのことであったりした。産んだ子より手塩にかけて育てた子供の方が可愛さは増すのであろうか。

シモンは相変らず穴倉の中でのそのそしていた。訪ねて来たばかりの頃のあの空騒ぎをする元気も失われているようだった。家の中で一番元気なのはメアリイで、彼女はたまに私が帰って来た日でも甘えて楽をしようという気も起らないのか、朝眼がさめるとすぐサムにミルクを整えてバアバラに飲まさせ、すぐベティの着替えをしてから、大人のための食事を作り始める。

「シモン、床を掃いて拭くのよ」

「シモン、サムを抱いてやって。揺さぶっては駄目よ」

「シモン、サムを寝かせて、バアバラの着替えを手伝いなさい」

驚いたことに、シモンはメアリイの奴隷のようになって黙々と彼女の命令に従っていた。メアリイはまた居丈高になって彼が失敗すれば叱りつけていた。するとシモンは哀れの極みといった風情で、

「すみません」

と言うのであった。

私はハイティーンにもならない子供が、叔父でもある大人の男を侮り、こきつかう図にはちょっと放っておけないものを感じた。

「メアリイ、シモンはあなたのお父さんの弟なのよ」

「ええ知ってるわ」

「叔父さんに用事を頼むのならもっと丁寧な口をききなさい」

「丁寧にですって？」

メアリイは眼を剝き出して私にも喰ってかかってきた。私は私の娘がこんな獰猛《どうもう》な顔を持っていることをこのときまで知らなかった。

「丁寧にするのは相手が紳士の場合だわ。この男《ひと》はなに？　ダディとマミイに養われているだけで、働きに出かけもせずに家の中でそこら中を漁って食べているのよ。人間《ヒューマンビーイング》のすることではないわ。人間は勉強するか働くか社会の為に役に立つか、その三つの中の一つを行っているものをいうのだと社会科の勉強で習ったばかりだわ。私は教室ですぐ思ったわ。シモン叔父さんは人間じゃないって。それでもマミイは丁寧に扱わなければいけないと言うの？　マミイが居なくなってからは、シモンは一度だって職安に出かけていないのよ！」

私は溜息をつき、メアリイを宥《なだ》めることにした。メアリイは部屋の隅で小さくなって項垂《うなだ》れているシモンを振返ると、私から受取った生活費の中から硬貨を二枚投げ与えてマーケットへ行って買物をしてくるように命じた。

「お金を誤魔化したら承知しないわよ。数はきまっているのだから途中で食べたって分るのよ！」

シモンは金を拾いあげると、メアリイに向って決してそういうことはしないと誓い、それから長い躰をかがめてあたふたと出て行ってしまった。

「メアリイ……」

「いいのよマミイ。あれ以外にあの男を使う方法はないのだから」

使う！　私はメアリイの言葉に全身で驚いて棒立ちになった。こんな小さな穴倉の中でさえ人間は使う者と使われる者とに別れるのだろうか！

私は、いつの間にか私と同じくらいの身長を持っている十二歳の子供を、怖ろしい想いをこめて眺めていた。この子はこの家の中で一番強い存在だった。働いているのはトムと私の二人だったが、メアリイは勉強していて、だから彼女の論法によればこの家の中には人間は三人いる勘定だったが、しかし考えようによってはトムも私もメアリイの支配下にあって働いた分で得た金をせっせと家の中に運んでいるのかもしれない。私は異臭を放つ彼女の頭の、艶々と油でかためた髪を、何か偉大なものを眺めるような想いで見詰めていた。

「田舎者ね、シモンは！」

メアリイはなおも吐捨てるように言い続ける。

「ニューヨークではあんな馬鹿はなんの役にも立たないわ。シモンのような男がいるからニグロは馬鹿にされるのよ。私が見てたってそう思うのだもの。あれは文明国アメリカのニグロではないわ。アフリカの土人だわ。未開国の非文明人よ！」

学校では社会科を得意とするメアリイは、おそらく習ったばかりの言葉《ビッグ・ワード》を駆使しているのに違いなかったが、その口調の奥底に潜んでいる優越感に私は一層驚かされていた。シモンは文明国アメリカのニグロではないわ。未開国アフリカの野蛮人よ！　シモンと同じ肌を持つメアリイは文明人の立場からシモンとは確固とした差別を持しているのであった。

私は私が直接この家を飛出す動機となったものもやはりシモンであったことを思い出していた。シモンを働かせようとし、シモンを家から出そうとしたのは私ばかりで、トムがさっぱりそれに協力しなかったとき、私は最後に、ニグロはやっぱりニグロなのだと結論した。無教養で魯鈍な黒ン坊——彼らが白人の社会から疎外されるのは当り前だという考えも固めたのではなかったか。家を出るとき私はシモンの喉首を押えるようにして、若しシモンがサムのミルクに手をつけたら「殺す」と宣言したのを思い出さないわけにはいかなかった。メアリイがやっているのは私と同じことをしているだけなのだ。家の中でともかく規律をたてるためには、支配する者がなければならない。無気力なトムにはそれが出来なかったし、家を空ける私にもそれが出来ない。だから私たちの家ではメアリイが支配者なのであった。しかも彼女は彼女の父よりも母よりも強く振舞うことができた。何故だろう？

日本の国には昔「長幼序列」というものがあって、その考え方は日本を飛出してきた私にさえも根強く残っている。私はシモンに露骨な顔を見せることができたのは嫂《あによめ》という彼より上の立場にいたからである。メアリイが私と同じ態度をとるのは、姪として叔父に対しては非礼であった。そんな大袈裟なことを言うまでもなく、私はやはり親としてメアリイの居丈高な振舞はたしなめるべきであった。だが、私にはそれが出来なかったのだ。何故だろう?

私はメアリイに対して負い目を持っていたから。仮にメアリイが私に対して親不孝な言動を弄したとしても私は彼女を怒ることはできなかった。私は親としての資格には欠けるところがあるとメアリイに対しては反省を持っていたから。私は一家を養うという口実の下に、母親としてバアバラ、ベティ、サムになすべき仕事を全部メアリイに押しつけていた。ニューヨークで産んだバアバラ以下の子供たちにはそうした負い目も反省も薄いものであったのに、メアリイには私は全く頭の上らぬ想いがある。本当に、この子には苦労をさせてきた。なんという健康な娘だろうかと私は時には舌を巻いて驚くことすらあったのだ。

それにしても娘が統治している家は、必ずしも私にとって居工合のいい家ではなかった。メアリイがシモンを叱り飛ばす度に、その必要はないのに私はびくびくしていた。トムが相も変らずとろんとした眼つきで、もの憂げにベッドに寝転んでいるのも嫌やであった。レイドン家が必ずしも安住の棲居でもないのに、私は一週間ぶりで家に帰るとすぐオジョオチャマの居るところが懐かしくなった。

第一日曜を除く日曜日にまる一日休暇をとって月曜の朝早くブロンクスヴィルのレイ

ドン家のブザーを押すと、

「笑さん、待ってたわ！」

奥さんが救われたという顔でドアを開ける。

レイドン氏はネクタイをしめながら、

「エミさん、あなたは実に偉大な人だ。僕たち二人がかりで、あなた一人の仕事を持余していたのですからね」

と、彼には珍しい冗談口《ジョーク》を叩いた。昨日一日だけオジョオチャマの世話をしただけで二人とも疲れきっていたらしい。

朝食が済むと奥さんはレイドン氏をせきたててシボレーに乗せ、

「笑さん、じゃ頼むわよ」

と言いおいて出かけてしまった。運転は奥さんがする。ブロンクスヴィルの駅でレイドン氏を降し、それから自分はハイウェイをとばしてマンハッタンにある国連ビルまで出勤するのだ。レイドン氏は汽車で逆方向のイエール大学に行き講義と読書に明け暮れ、帰りは奥さんと連絡をとって、奥さんの車がブロンクスヴィル駅に着く頃に汽車を降り、揃って家に戻ってくる。

奥さんは長い静養の時間から立直ると、実に精力的に見事に働き出した。まず朝は早く起き、寝室か客間か台所のどれか一つを念入りに掃除し、レイドン氏と二人分の朝食をつくり、それから髪を梳きドレスアップして、夫と二人で食卓につき、食事をすますと子供部屋に揃って入ってくる。オジョオチャマが起きていればちょっと抱上げ、眠っていればそのままますぐ部屋を出て、それから出かけてしまうのだ。

帰ってからは眠るまで、二人ともソファの両端に腰をおろして読書をする。レイドン氏は学者だから当り前のことかもしれなかったが、レイドン夫人がUNから持帰る書物の類はいつも吃驚するほど多く、それから彼女の読書の速度はまるでパリパリと音をたてて進む粉砕機のようだった。UNでの奥さんの仕事はどういう種類のものか、私には見当もつかないほど難しいものであるらしかったが、殆ど毎日彼女は山のように仕事を抱えて戻ってきていた。もっともこの夫婦が本ばかり読んでいるかというと、そうではなく、奥さんの方から顔をあげてレイドン氏に質問したり話しかけたりする。レイドン氏はその都度学者らしく慎重に返事をするのだが、するとたちまち議論になってしまった。

「では、バブ、あなたはアメリカが国内の問題を解決せずには国連で後進国のイニシアティブをとることはできないというのね」

「それはその通りだとも、ユリ。だから、このところ歴代の大統領は結局国内では人種差別の問題に一番腐心してきたのだ」

「腐心してきた結果は、ますます騒動《ライオット》が起るばかりだわ」

「それは事実だ。だがね、ユリ、事態はその都度改善されているのだよ」

「そう思うわ、私も。でも急進派のニグロに対しては私は批判的なの。十年前と較べて、南部のニグロの社会的地位はどれほど上ったか分らないじゃないの」

「しかし白人と平等になったわけではないのだからね」

「それは無理よ」

　私は驚いてミルクを作る手を止めていた。子供部屋のドアは開け放しになっていて、レイドン夫妻の会話はそのまま手にとるように聞えているのだった。だが私は先刻から、二人の会話をどちらがアメリカ人で、どちらが日本人だろうかと疑って聞いていた。声に男女の別がなかったら、私は奥さんの方をアメリカ人の意見として聴いていたかもしれない。奥さんの口調では、白人とニグロが平等になることを望んでいないように聞きとれた。

「ニグロは劣等人種よ、私はそう思うわ」

「そんなことはないよ、ユリ。ニグロの中にも例えば学者だが勝れた人たちが出ているしね、芸術家の例をひけばもっと顕著だ」

「それは例外というものだわ。白人の中から出た勝れた人々とパーセンテージでみれば、ずっと少いじゃありませんか」

「環境のせいだよ。ニグロに白人と同じ教育をほどこせば、そして同じ社会生活を与えれば、同じ百分比で勝れた人間が出てくるだろう」

「それは学者の机の上だけの意見だわ。実際にはそんな工合になっていないもの」

「もちろん今すぐ白人と同じものを与えても無理だということは分っているよ。歴史の違いは大きいからね。しかし、全く平等であれば、百年の後には能力もまた等しくなるに違いないのだ」

「それは理想主義的な考え方だわ。白人とニグロは人種よりも階級が違うのだと私は思っているわ。これは百年たっても変らないと思うのよ。日本だって戦後にアメリカの手で農地解放が行われたけれど、土地を失った地主たちが昔の小作人と平等になったわけではなかったわ。知識階級は有産階級から派生しているのですものね。お金がなくなっても、彼らには誇があって、意識の中で強く平等を拒んでいるの。日本には、生れが違うとか、育ちが違うという言葉があるのだけれど、アメリカの人種問題にも同じことが言えると思うわ」

「ユリ、君は人間の優越感と劣等感に話をすり替えているようだよ」

「すり替えているのではないわ、発展させているのよ。南部の騒動は人種差別の闘争ではなくて階級闘争なのではないかと、私は前からそう考えていたわ。階級闘争ならば、どこの国にだってあることだから、あながちアメリカだけの醜聞ではないじゃありませんか」

オジョオチャマがミルクを催促して泣き始めた。私は膝の上に彼女を抱上げ、頤の下にガーゼを当ててから乳首を口にふくませた。喉をならしながらミルクを飲む美しい赤ン坊を眺めながら、私はぼんやりしていた。

15

レイドン夫人が言っていたように、彼女たち夫婦は大層客好きで、月に一度は必ず家でパアティを開いた。その日はつまり私がハアレムの家に帰らない第一日曜日である。パアティといっても、それはアメリカ式の謂わゆるバフェットで、簡単な料理を大皿盛りにして部屋の隅のテーブルに並べ、客は皿一枚とフォーク一本を手にして任意に好みのものをとるのである。だが奥さんは日本人には珍しい合理主義者ではあったが、日本の藪内家の令嬢としてかなりの虚栄心も備えていた。他家に負けないパアティにしたかったので、料理の品数も先週招かれた家より多く、肉の切り方は先々週招かれた家のものより大きく、といった工合に、その日は朝から料理つくりにかかりきった。私が驚いたのはレイドン夫人が、実に何事でも出来る女性だということであった。家の外で、仕事の出来る女は概して家事には無能なものであるのに、レイドン夫人は台所に入っても国連で事務をとるのと変りのない素晴らしい能力を発揮していた。腹の中に炒飯を詰めこんだ鶏はみるみる飴色に焼き上ったし、肉のパイもまるで専門家が作ったようだった。スパゲッティと白い御飯と野菜サラダなども、それぞれ大皿に彩り美しく盛上げる手際には私もお世辞でなく感嘆していた。

「豪華なものですねえ、奥さん」

「笑さんが洋食の給仕《サーヴ》の仕方を知っていたら、お客さま全部にちゃんとテーブルについて頂いてフォーマルディナーにするんだけど」

この奥さんには、つまり満足というものが滅多にない。

お客さまはそのときによって様々で、レイドン氏の大学関係の学者夫婦が五、六組も来るときがあれば、奥さんが知りあいの日本人を半分ほど混ぜることもある。どの日本人も私などとは比較にならないほど上手な発音で難しい単語を操っていた。時たま私に用があってものを頼むときでも、彼らはたいがい英語だった。その方が話しやすいのか、私には気取りたいのか、そこのところは分らない。私は奥さんの合図に従ってコーヒー茶碗に入れた清汁《コンソメ》スープを盆にのせて運んだり、汚れた皿を下げたりしていた。

国連関係のお客をするときは、お客さまは人種的に多彩だった。文字通り国際的で、ネパールだのコンゴなどの皮膚の黒い人たちも混っていた。日本という小さな国の中でもレイドン夫人と私のように性格の違う女がいるのに、こういうごく小さな国際的な集りの中ではそれぞれが実に典型的な性格を顕わして一国を代表している。私はこの種類のパアティのおかげで、印度人はおそろしく能弁で議論好きだということを知ったし、南米諸国の人々は享楽的で、深刻な問題を語りあうには不真面目すぎるということも知った。

何より興味深かったのは、アフリカの新興諸国の人々の物凄い張切り方であった。ほんの二十四、五の青年たちが、本国へ帰れば副大統領や大臣ぐらいの椅子につけるのだそうで、だから彼らの話は単純で明快なかわり途方もなく大きく、そして自信にみちみちていた。私はいつだったか竹子が私にくれた手紙の中で、南部のバスの中でアフリカのニグロは白人の席に坐れるのだという驚きを書いてきたことがあったのを思い出した。それは当然なのではないか、と私は思う。同じように黒く鉄瓶のようなざらざらした肌をしていても、彼らの瞳は精気に充ちて輝き、彼らの額は天に向っている。ひどく単純な英語を操りながら彼らは灼熱の太陽の下の壮大な国造りについて語っているのだ。同じ肌を持ちながら、アメリカにいるニグロの多くは、彼らからどれほど大きな差をつけられていることだろう。私はトムやシモンたちの、とろんとした力無い眼つきを思い出した。もしメアリイが望むなら、と私は思った。あの娘はアフリカ人と結婚させよう、そして巨大なアフリカ大陸へ、メアリイたちの祖国へ送り返すのだ。アフリカ人たちもそれを歓迎するに違いない。なぜならニューヨーク育ちのニグロたちは、アフリカ人に少くとも英語を教えることはできるのだし、メアリイのような優秀な娘なら、この文明都市の生活を確実に彼らに伝えることができるのだから。あの昂然と胸を張っている青年たちはどう見ても肌の色に劣等感など持っているとは思われなかった。だから、むしろ同じ肌を持つメアリイを彼らは両手をひろげて受入れるだろう。

レイドン夫妻の影響を受けて次第に私も客好きになっていた。わけても明日は国連関係のお客だという日には、私から張切って奥さんの手伝いをした。

「奥さん、今度の日曜日には日本料理のビュッフェにしたらどうですか」

「いい考えだわ、笑さん。それはきっとお客さまが大喜びをなさると思うわ」

しかし、海苔巻と焼とり以外にはいい知恵が浮かばなかった。押し鮨、蒸し鮨、散らし鮨と奥さんは指折り数えてみて、

「駄目ね、日本料理は中国料理のような国際性がないことがよく分ったわ。御飯ものばかりじゃどうにもならない」

「スキヤキにテリヤキに、サシミなどでは、ビュッフェになりませんよね」

「いいわ、中国料理を混ぜることにする。でないとお肉の料理がないのですもの」

奥さんが中国料理でも自由自在に整えることができるとは思わなかった。スーパーマーケットには日本の醬油も中国の醬油も売っていた。土曜日の午後、奥さんは山のような食料品を抱きかかえて戻ってきて、その夜から次の日の準備にかかった。私にはそれこそ珍紛漢紛《ちんぷんかんぷん》の中国料理の名が易々として奥さんの口から出て、包丁で肉を切ったり、野菜を油で揚げたりしているのを眺めて、私は全く舌を巻いていた。国際結婚（ああ、私の場合もそう呼ばれるのだろうか！）は、こういうスーパー・レディの場合だけ可能なのかと思う。レイドン夫人には出来ないことは何もなかった。

「明日はどこの国の人たちが見えるんですか？」

「チュニジアと、ガーナとアラブと、チリと……、黒い人が多いわね。印度は呼ぶのをやめたのよ、独演会みたいになってしまってパアティにならないでしょ」

「奥さん」

「え？」

「黒い人たちはアメリカのニグロのことをどう思っているのでしょうね」

「それはあまり気分のいい話題ではないらしいのよ」

「……？」

「はっきり言って、彼らはアメリカのニグロを軽蔑しているらしいの。だから私もその問題は避けるようにしているわ。だけど」

奥さんは料理する手を止めて私を振返った。

「どうしてなの？　あなたがそういう問題に興味を持っているとは思わなかったわ」

「私の夫はニグロです。私の子供たちも」

奥さんの質問は日本語だったが、私の返事は英語だった。奥さんは一瞬たじろいだが、次の瞬間はもう立直って、

「そうではないかと思っていたのよ。それなのに気のつかないことをしたわね。ご免なさい」

私の顔をちらと見て言った。

しばらく沈黙が流れ、台所の中では私が鍋類を洗う音と、奥さんが油を炒める音とが聞えるばかりになった。

「いい匂だね」

レイドン氏が顔を出した。彼は夕食後しばらくしてから必ずクッキーを食べる習慣が

あるので、その催促のつもりらしかった。奥さんは私に炒めた胡瓜《きゆうり》を酢に漬けて冷蔵庫に入れるようにと言いおいてから居間の方へ出て行ってしまった。

炒め野菜を酢につけて冷やすなどという奇妙な料理があるとは知らなかったが、言われた通り器に移しながら、私はつい先刻の奥さんの言葉を反芻していた。はっきり言って彼らはアメリカのニグロを軽蔑しているらしいの。それはあまり気分のいい話題ではないらしいのよ。彼らはアメリカのニグロを軽蔑しているらしいの。彼らはアメリカのニグロを――。

私には全く解《げ》せなかった。何故だろう、どうしてだろう、と思う一方で、その理由は私に分りすぎるほどよく分っていた。何故ならこの私もトムやシモンを心の底で軽蔑していたから。私は先刻ひどく毅然として奥さんに私の夫や子供たちがニグロなのだと言っていたが、毅然としていたのは要するに無理をするための姿勢なのであった。私はやはり心のどこかでニグロの妻であることを恥じている。自分から人にそれを告げるのは嫌やであった。私は自分ではメアリイを優秀な娘だと信じ、誇らしく思っていたが、それを自慢する相手は同じニグロの夫と子を持つ竹子だけだったのではなかったろうか。

考えこんでいた私は、台所と居間の境のドアが開いたことは知らなかった。

「笑さん」

奥さんがニコニコして立っていた。

「はい」

「バブと相談してね、明日はあなたも仲間入りしてもらうことにしたわ」

「はあ?」

「明日のパアティにあなたも参加するのよ。あなたが日頃考えていることをお話しなさい。私たちも傾聴するわ。来る人たちはみんな立派な人たちだから、きっと真剣にあなたの問題を語りあうでしょう」

私はその夜、興奮して眠れなかった。私もパアティに招かれたのだ。あの国際的なパアティに！　奥さんが言った通り、これまでレイドン家のパアティに招かれた人々は確かに立派な人々だった。私の知っているニューヨークは貧民街と日本料理屋だけだったが、レイドン家では国際的大都会ニューヨークの知性が確かな形で私の目の前に展がるのだ。これまでの私はその中をサーヴィス盆《トレイ》を持って泳ぎまわり、裏でコップや皿を洗うだけの役目だったが、明日は違う。明日は私も奥さんのように、国際人の一人になって彼らと対等の立場で語りあうのだ。ああ私が国際人だなんて！　それは奥さんからの突然のお達しに私が怯《ひる》んでしまって、すぐには喜べずにいるとき、奥さんが私を励ましてくれた言葉なのであった。

「尻込みすることはないのよ、笑さん。人間は平等なの。国連がその典型なのだわ。明日のパアティは小さいけれど国連の雛型なのだと私は自負しているの。あなたも国際人の一人として参加する資格があるわ。アメリカの人種問題について外国人は大層興味を持っているのだし、あなたが話せば彼らも腹蔵なく話してくれるでしょう」

当日が来た。私は気もそぞろでオジョオチャマの世話をしながら、暇さえあれば髪型を整えたり、今夜着る粗末なワンピースのことなどを考えていた。私は昨夜興奮のあまり、家へ飛んで帰って日本料理屋で着ていた着物を取って来ようかと奥さんに相談したのだが、それは一蹴されてしまった。

「キモノですって？　あれは英語が出来ないか、よほど話題のない日本人が着るものだわ。パアティの壁飾りか、でなければ着方や縫い方を説明するぐらいの能しかない女がね。あなたや私は国際人なのだから、そんなものを着る必要はなくてよ！」

鼠色のワンピースに、奥さんが硝子のブローチを貸してくれたので、それを胸許に飾って、私の一張羅《いっちょうら》は出来上った。定刻五時にはお客さまたちが殆ど夫婦連れで現われた。私はカクテルをのせた盆を持って、サーヴィスに廻ったが、奥さんは客の一人一人に私を紹介してくれた。

「私の友だちです。ジャクソン夫人です。名前は笑子」

エミコ、エミコ、と口の中で呟いてから、人々はすぐ私に好意のある微笑を見せて、

「日本人ですね？」

ときいた。

「はい、そうです」

「日本人は本当に優秀な民族ですよ。我々は尊敬しています。アジア・アフリカを一つとする運動が起っていることを御存じですか」

「いいえ」

「アジアとアフリカの知識人を集めて交流を行いたいという趣旨ですが、政治的な背景を考慮して云々されている現状です。近く日本で総会が持たれると聞いています」

「そうですか……」

「あなたの御主人は？」

「今日は来ておりません」

「それはまことに残念です」

これはガーナ人との最初の会話だった。背は高い方ではなかったが肉づきのよいがっしりとした体格をしていて、黒い顔が大きく、眼も鼻も口も大きく堂々とした青年だった。彼と、それから彼と同じ皮膚を持ったチュニジア人だけが独身なのか一人で来ていた。声も大きく、口を開くと生々しく赤い舌が緩慢に動いた。神経がかなり太いらしくて、彼との会話には間もなく人々は辟易《へきえき》し始めたらしい。それを見てとったレイドン夫人はホステスの役どころとして彼の相手になりながら、

「笑さん、笑さん」

と私を呼んだ。もうカクテルもスープも終って、テーブルには食物が豪華にならび、人々は皿とフォークを持ってその前に小さな行列を作っていた。給仕をする私の用事は殆ど終っていたと言っていい。

私が奥さんの傍に寄って行くと、恰度チュニジアの青年が皿に料理を山盛りにしてレ

イドン夫人の傍に寄って来たところだった。

「これは日本料理でしょ？」

「半分だけね。あと半分は中国料理なのですよ」

「この黒いのは何ですか？」

「笑子に訊いて下さいな。彼女は日本料理の権威ですから」

奥さんは後を私にまかせてすらりと身をかわし、向うへ行ってしまった。ガーナ人は眼を光らせてチュニジア人の皿を仔細に見てから、

「僕も研究しよう。ジャクソン夫人、ちょっと待っていて下さい」

と言って急いでテーブルの方へ行ってしまった。

私はチュニジアの青年に問われるままに、海苔について、それが何処で採れ、どうやって紙のように作りあげるものであるかという説明をしていた。彼は海苔巻を、しきりと芸術的だと言って激賞しながら、勢よく口の中に放りこんで一瞬妙な顔をした。酢は少なめにしたのだが、彼には思いがけない味だったのだろう。

ガーナの青年が私の分も持って戻ってきた。私は彼らと同じように立ってフォークを動かしながら、しばらく日本料理について話し、ついでにマンハッタンにはいい日本料理屋があるから是非行くようにとすすめたりした。料理の話は私も苦手だったからだが、彼らもそんなことに本当の関心があるのではなかった。

「レイドン夫人から伺いましたが、あなたは人種問題に非常に興味を持っておられるそ

「はあ……」

「あなたの専門は何ですか？」

「専門なんて別に……。子供を育てたり、家の中を掃いたりするのが私の仕事なのです」

彼らは私が冗談を言ったと思ったらしい。喉の奥まで見えるほど大きな口を開いて笑い、日本女性は機智に富んでいて、しかも慎ましやかだと言いながら肯きあった。

「ジャクソン氏のお仕事は何ですか？」

「マンハッタンにある病院で働いています」

「医者ですか！　なんて素晴らしい！」

後進国では医者や薬剤師が足りないとは聞いていたが、彼らの感嘆ぶりには私も驚いてしまった。しかも彼らは誤解している。私は苦笑しかけて、俄かに一つの記憶に揺さぶられた。何年か前に、日本の男である井村も同じ誤解をしたではなかったか！

私は勇をふるって喋り出した。

「私の夫はニグロなのです。医者ではありません。看護夫です。それも夜しか働いていません。週給は四十ドル。彼の家族は六人です。正確な言葉を使うなら、彼は下層階級に属しています。私の子供たちもニグロです。彼らは貧しく、ハアレムで暮しています。彼らは百年前にあなた方と同じアフリカからこの国に渡って来たわけですが、あなた方はこうしたアメリカのニグロたちを、どうお考えになっていらっしゃいますか」

話の始めに、もう彼らの顔色は変っていた。いや、厚く黒い皮膚の下では血が昇っても下っても表面にまで現われはしない。しかし確かに彼らは顔色を変えていたに違いなかった。彼らの眼も口も急に顔の中に張りついたように動かなくなり、両手は必死で皿の縁を握りしめていた。でなければ彼らは受けた衝撃に耐えきれず床に落していたかもしれないのだ。彼らの首も肩も、腕も足も、ブロンズ像のように硬直していた。

チュニジアの青年が、白い眼を無理に動かして、喘ぐように言った。

「アメリカのニグロについてはアメリカ国内の問題です。我々は内政干渉はするべきではないと考えます」

ガーナの青年も言った。

「私に関心がないわけではありません。しかしながら、我々は自分たちの国の中に多くの問題を抱えています。強いて言うなら、アメリカのニグロの問題は彼ら自身が真剣に考えるべきだと思っています。明らかに彼らは白人たちより劣っていますし、それは彼らの怠慢の故ではないかと私は考えます。もっとも我々に直接関係のある問題とは思えませんが」

「直接関係がないですって？　私の夫も子供たちも、あなた方と同じ皮膚の色を持っているのですよ」

「色！」

チュニジアの青年とガーナの青年は顔を見合わせた。明らかに彼らは私に対する敵意を認めあった。

「色というならば、アフリカこそ結束するべきだね」

「そうとも。しかし問題は色ではない。いや、色の中から我々は独立したのだ」

「そうだ。独立したのだ！」

彼らは教養《ウエル・エデユケイテド》ある黒人であった。女性に対する礼は失しなかった。チュニジアの青年は、あらためて私に恭しく答えた。

「ジャクソン夫人、アメリカのニグロも独立すべきなのではないでしょうか？」

ガーナの青年は、すかさず同意して、それから朗らかに笑い出した。彼の大きな笑い声は他の客たちの注意を惹き、すると二人は私に会釈して向うに行ってしまった。

気がつくと、人々はビュッフェの皿をもどして、デザートに移っていた。大喰いなアメリカ人たちは食事の後でかならず大きなスポンジ・ケーキを食べるのである。アラブ人の大男が、むしゃむしゃ音をたてながら、チリの女性にピラミッドの説明をしていた。私はようやく我に帰った。汚れた皿を台所に下げなければならない。料理の残りも下げて、かわりにコーヒーと紅茶を運ばなければならない。

汚れた皿を積上げて台所に入ると、奥さんがコーヒーと紅茶の用意をしているところだった。

「運びます」

「いいわよ、私がサーヴするわ」

奥さんは私の顔を見ずに答えた。敏感なレイドン夫人は、アフリカ人たちと私との会話の内容を察していたのかもしれなかった。だが私は、奥さんがコーヒーだけ盆にのせて出たあと、紅茶茶碗を六つ盆にのせて後を追った。

コーヒーを好まない人たちは小さな声でサンキュウと言いながら私の盆から紅茶を取上げた。が、チュニジアとガーナの青年たちは私を全く黙殺し、大きな掌をひろげて紅茶を拒否した。もはや彼らの態度はレイドン家の使用人としてしか私を見ていないようであった。

私は台所に戻ると、灰色のワンピースを着たままで皿洗いに取りかかった。蛇口から勢よく湯をほとばしらせ、粉石鹸をといて盛大に泡を立てた中に、油で汚れた皿を幾枚も沈めてから、私は袖をまくりあげ、片手にスポンジを摑んで洗い出した。不思議なくらい何の感想もなかった。頭の中がまるで空っぽになったようだった。遠くでオジョオチャマの泣き声が聞えたが、行く気さえも起らなかった。間もなく泣き声が止ったのは奥さんが行って相手をしているからだろう。私は泡をはねあげはね飛ばしたりしながら、勢よくただ皿を洗っていた。スープを入れた紅茶茶碗も、フォークも、ナイフも、一度泡だらけにした後で、熱い湯を注いで洗い上げた。大皿に盛った料理の残りを小さなボールに入れかえて、その皿も洗った。それから客間へ大きな盆を持って出かけて行って、デザートの皿も、コーヒー茶碗も下げてくると、また勢よく洗い出した。動いていなければ、働いていなければ、息が詰って倒れてしまいそうだった。

皿という皿を拭き上げてしまう頃、奥さんがそっと台所に入ってきた。

「笑さん、御苦労さま、疲れたでしょう?」

「いいえ」

「食事をする暇はあったのかしら。何か食べて?」

「はい」

実際には私は一口だって食べてはいなかった。が、もうかなり更けているというのに、一向に空腹ではなかった。奥さんの様子から気がついたのだが、もうお客さまはみんな帰ったらしく、家の中は森閑としていた。

「今晩中に片づけなくてもよかったのに。疲れたでしょう?」

「いいえ」

「そのブローチは気に入って?」

「………?」

「バブがね、笑さんによく似合っているから上げたらいいって言うのよ」

私は思わず胸許のブローチをはずして手に取って眺めた。黄色と白の硝子が裏に貼った金属のために、まるで宝石のように眩く光っている。

「受取って頂だい。今日の御礼よ」

「いりません!」

自分でも吃驚するほど激しい声が出た。私はブローチをステンレス張りの調理台の上に置くと、俄かに耐えきれなくなって床に崩れ落ち、声をあげて泣き始めた。慟哭《どうこく》であった。何が悲しいのか分らなかったし、どうして涙が出るのかも分らなかった。ただ明らかに強い衝撃を受けた後なのだということだけがはっきりしていた。

奥さんの背後からレイドン氏が首を出し、二人は眼顔で制しあって部屋を出たようである。私は泣くだけ泣いたあと、まだ台所にぐずぐずして、皿を片付けたり、床を掃いたりしていた。これまでに、これほど念入りに台所の中を片付けたことはなかったほどである。

自分の部屋へ戻るとき、私はブローチがそのまま調理台の上に置かれているのを見たが、考え直しても受取る気にはなれなかった。今日あったことが、ブローチの上に強い記憶となって灼きついているにきまっているのに、そんなものをどうして有難く押頂くことができるだろう。レイドン夫妻が大層気をつかってくれたことはよく分ったけれども、このブローチばかりはもらうわけにはいかなかった。

オジョオチャマは白塗りのベビーベッドの中ですやすやと眠っていた。それをぼんやり眺めながら私は灰色のドレスを脱ぎ捨てた。泣いた後で躰中が綿になったように疲れていた。自分のベッドに横たわると、躰がそのままマットの中にのめりこんでしまいそうだった。疲れ果てた私は電気掃除器《バキューム・クリーナー》に吸い寄せられるように、睡魔への抵抗を失っていた。昏睡状態に入る前に、チュニジアの青年の叫び声が聞えた。「しかし問題は色ではない。いや、色の中から我々は独立したのだ」すると反射的に、メアリイの声も聞えた。「馬鹿よ、シモンは。まるでアフリカ人みたい！」躰はもうすっかり眠っていたが、頭の中は幕が切れたように冴え返っていた。アフリカのニグロはアメリカのニグロを軽蔑している。そしてアメリカのニグロもアフリカ人を軽蔑している。何故だろう。何故こんなことが起るのだろう。戸惑いながらも、実は私には既に解答が用意されてあった。今夜の黒いお客たちは、国へ帰れば指導者になる人たちなのだ。彼らは使われているアメリカのニグロたちを同族と看《み》なすことはできなかっただろう。そしてアメリカのニグロたちは文明国の国民だという誇を持っていて、プエルトリコの貧民たちを蔑《さげす》むと同じように、未開のアフリカの野蛮人たちより自分を優位と思いこんでいるのだ。そうなのだ。チュニジアの青年が叫んだように、私も屢々そう思っていたように、問題は色ではないのだ。レイドン夫人もそう言っていたではないか、アメリカの人種差別は階級闘争なのだと！

私は寝返りを打ち、こちらを向いて眠っているオジョオチャマをつくづく眺めていた。育てることは、産むことより、情が深くなるものではないだろうか。私にとってエリザベス・レイドン嬢は、日本にいた頃守り育てたメアリイと同じくらい可愛かった。バアバラ以下の子供たちは、メアリイに任せっぱなしだったから、くらべては申訳ないのだけれども、私は正直なことを言ってバアバラよりベティよりサムよりもオジョオチャマの方が可愛い。だが私は今、そういうことを考えているわけではなかった。私はオジョオチャマの寝顔を見ながら、この家に来てからの月日を思い出していた。私がこの家に来たとき、たしか彼女は三か月になるところであった。だが間もなく彼女の誕生日がやってくる。サムとオジョオチャマは、たった一か月しか違わなかった。九か月の間に、赤ン坊というものは、なんと見事に成長するものだろう。はじめはピイピイ泣いて、哺乳壜からミルクを吸うだけだったのに、いつの間にか這い這いをし、伝い歩き、今ではクッキーを食べるまでになっている。サムは私をマミイと呼び、オジョオチャマは私をエミサンと呼ぶのだ。残念なことに、サムはまだ襁褓《おむつ》がとれていなかったし、オジョオチャマのほうが言語の発育も早いようだった。が、これは仕方がない。手の足りないところで育っているサムと、一人がつききりで世話をしているオジョオチャマとでは、発育ぶりに差が出来るのは当然だった。こういう抑《そもそも》から知能に差ができるのかと考えこむこともあったが、私は一生懸命でその考えを払拭しようとしていた。女の子のほうが、なんといっても早熟なのだと。

熟睡はできなかったが、私が翌朝腫れた瞼のまま起き出ると、レイドン家には小さな異変が起っていた。

「オハヨウ、エミサン！」

レイドン氏がニコニコして声をかけた。

「笑さん、今日は寝たいだけ寝ていればよかったのに。疲れてるんじゃない？　あとでお昼寝でもして頂だい。お昼は御飯を炊くといいわ。福神漬の缶詰をあけてもいいことよ」

レイドン夫人も一生懸命で私の機嫌をとろうとするのだった。二人は知っていたのに違いない。アフリカ人によって、私が傷ついたのを。それをまるで自分たちの過失のようにも思っている様子だった。過失と言うなら、確かに過失には違いなかった。アフリカ人たちがアメリカのニグロ問題を快い話題とはしないことを、レイドン夫妻は知っていたのだったから。彼らは悔いていた。そして罪を償うためには私を慰めるより他にはないと思っているらしかった。その日、奥さんはマンハッタンのデパートから私にセーターを買って帰ってきた。レイドン氏は大学の帰りに、クッキーやキャンディを一抱え買ってきた。どちらも私への贈りものであった。二人とも実に善意の人たちだったが、そういう好意をうけることで私が忘れたいことを忘れられないでいる結果には気がつかなかった。私は二人から労《いたわ》られる度に、井村にぶん撲られたときのことを思い出した。あの方が、ずっと気持がよかった、と私は今になって思う。思いきって傷に障《さわ》られた方が、遠くから痛ましげに傷を見詰められるよりましな気がする。多分、私はひねくれていたのだろう。私はレイドン夫人の好意を受ける度に、こう言いたくてむずむずしていた。「御心配なく、私はあなたがユダヤ人の奥さんだということを知ってます。だからお二人とも、オジョオチャマの髪の毛と眼の色が鳶色になったのでがっかりしたのでしょう」北欧系のブロンドと碧い眼は、誕生日間近のオジョオチャマにはもはや全く無縁だった。

それから二週間たって、私はレイドン夫妻からワシントンへ同行しないかという誘いを受けた。

「桜 祭 り《チェリー・フェスティバル》を見に行くのよ。ベスにも是非見せたいの。ポトマック河畔の桜が満開になったところを笑さんにも見せてあげたいわ。土曜日の朝早くから出かけて、その夜はバブのお友だちの家に泊るのよ。お祭り《フェスティバル》はつまりパレードね、それは日曜の午前中だけ見て、それで帰って来ましょう。私たちはイースターのお休みがあるから、笑さんはそれから月曜一日お休みをとってよくってよ。どう？ この計画は楽しいでしょう？」

これが桜祭りでなかったら、本当のところは断りたいところだった。レイドン夫妻の労りを、まる一日受けるのは気が重かったから。だが、有名なポトマック河畔の桜というのは見たかった。何十年前に日本から贈られた桜の苗木が大木に育って年々花咲かせているからという他に、桜の花には私も思い出があったからである。日本を出ると決意したとき、幼いメアリイの手をひいて、私は九段の靖国神社に桜を見に出かけたのだ。もう二度と帰れるかどうか分らない日本を記憶に刻みこむために、私らしくもなくお花見に出かけたのだ。あの日のことが鮮かに思い出された。白い花びらが、ハラハラと舞い舞う下で、メアリイにコカコーラを飲ませたときのことが、今では胸苦しくなるほど懐かしかった。

土曜日の朝、私はオジョオチャヤマの衣類を二日分用意し、乳幼児用の携帯食をバスケットに詰めてシボレーの後のシートに腰をおろした。運転は奥さんがして、レイドン氏は並んで助手台に坐っている。オジョオチャマはもちろん私の膝の上だ。お花見に出かけると聞かされたとき、私はメアリイを同行させてもらえまいかと、喉許まで出かけたのを押殺した。レイドン夫妻は善い人たちだが、ニグロの女の子を乗せてワシントンまで出かけるほど無頓着な人たちではないことが分っていたし、彼らの好意に私がつけ上ったと思われるのも嫌やだったからである。

アメリカ合衆国の東海岸《イースト・サイド》の春は風が強い。ニューヨークからワシントンへ通じるハイウェイを私たち四人を乗せたオープンカーのシボレーは風を切って走っていた。奥さんは赤いネッカチーフをかぶり、私は黄色いネッカチーフをかぶっていた。オジョオチャマだけは風を受けないように、膝の上で私の方を向かせていた。初めのうちは車の外を見て燥《はしや》ぎまわっていたが、刺戟が強すぎて疲れてしまったのか途中からぐったりと私の胸の中で眠りこんでしまい、午過ぎにワシントンに到着してもなかなか眼を覚さなかった。

「先にお花見をしてからニイマイヤーさんの家へ行きましょうよ」

奥さんは運転の疲れも見せずにそう言い、物慣れた手つきでハンドルを切って、ホワイトハウスや議事堂の前を通り過ぎた。

「御覧《ルック》なさいな、ベス。日本の桜の花《チエリーブロッサム》よ。綺麗でしょ?」

車を止めて、奥さんは色眼鏡を外しながら振返ってオジョオチャマを覗き込んだ。半日本人《ハーフジヤパニーズ》は眠りこけていたが、重い躰を抱きかかえている私は辺りを見廻して茫然としていた。

これが桜の花だろうか？　日本の？

ポトマック河畔一帯に、一重の桜も八重桜も一斉に咲き誇っていたが、その咲き方はあまりにも猛々しかった。ほんの数十年前に日本から移された桜が、こんなにも怖ろしい変貌を見せていようとは誰が想像できただろう。花のつき方は実に見事とより言いようがなかった。一重桜は枝という枝に隙間なくびっしり花をつけて、それは遠く見ても近く寄ってつぶさに見ても、偉観とより形容の仕方がなかった。例をひくなら、まるでアイスキャンディか竹輪《ちくわ》蒲鉾《かまぼこ》と同じ形だった。木という木の枝が真直ぐ天に向って伸びていて、それに蒲の穂のように花が貼詰めているのである。八重桜はもっと凄かった。拳ほどもある大きな花が、長い柄の先にぶら下って、枝という枝に鈴なりになっている。八重の花弁は見るからに重たげで、だから枝はみんな先から撓《しな》い、一抱えもある大きな幹が大地にがっしり立っているだけで、あとは全部地を慕うように頭を下げ、中にはまるで地を這うような枝もあった。アメリカ人には公衆道徳が徹底しているから、禁札がなくても花の枝を折りとる者は一人もいない。地を這う枝にも八重桜はびっしり吊下っていて、それが強い風を受けると気の重そうな顔をして、いやいやをするのであった。

これも桜と呼ぶべきだろうか？　日本の？

記憶に残っている靖国神社の桜は、花弁も薄く花の色も淡く、風に散っても匂やかな風情があった。だがワシントンの桜は、色さえも淡彩とは言難かった。それは油絵で描かれてこそ相応しい濃厚な花の色であった。霞たなびくと形容される日本の桜と較べて、この豪華な花々は霞でも雪でもなかった。雲とさえも言難かった。これはあくまでも地上の花である。ハワイやカリフォルニヤ育ちの日本人二世や三世を私は思い出さないわけにはいかない。肥満した彼らの肉体と、不完全な日本語と、しかも完璧とは言難い奇妙な英語を持っている彼らが、本国の日本人からはまるでかけ離れてしまったように、この桜も祖国のものから全く変質してしまっているのだ。でなくて、このあぶらっこい風景は何事だろう。

遠く颯爽と天をさしているワシントン・モニュメントを見上げ、晴上って雲一つない青空を眺めて、私はようやく呼吸することができた。

「どうしたの、笑さん」

「はあ……。日本の桜とはあんまり違うものですから……」

「私も初めて見たときそう思って衝撃《ショック》を受けたわ。でも、もう慣れてしまった……。日本へ帰って桜を見たら却ってがっかりするんじゃないかしら」

日本語の会話にレイドン氏が興味を示したので、奥さんが簡単に説明すると、

「風土の影響を受けて変質したのだよ」

と、私と同じ感想であった。

ようやく眼をさましたオジョオチャヤマを花吹雪頻りな樹の下に立たせて奥さんは何枚もカラー写真をとった。日本の藪内家へ送るつもりらしい。この豪華すぎる桜の背景を、

日本のお年寄はなんと見るだろう。

その夜は予定通りレイドン氏の学友であったニイマイヤー家で一泊した。ニイマイヤー一家は日本に非常な関心を寄せていて、食事の間中奥さんや私に集中攻撃を浴びせかけた。この場合も奥さんは素晴らしい能力を発揮して、日本の人口や土地面積を正確な数字で答えた上、戦後の経済成長率から輸出入の問題まで広範に亘って説明した。おかげで私はとっくりと味けない鶏の脚と取組むことができ、誰よりも早く食事をすまして自分の皿を台所へ下げると、すぐオジョオチャマの相手に隣室へ消えることができた。

「なんて優秀な女中《メイド》でしょう！　羨ましい限りだわ。アメリカはもう全くの求人難で、パートタイムで頼んでも驚くほどお金がかかるのね。子供相手《ベビーシッター》を頼むのに学生は沢山いるけれど、部屋を掃除してくれるわけじゃなし、皿一つ洗うわけじゃないわ。先刻からあのひとを見ていると、忠実で勤勉で行儀がよくて、本当に素晴らしい！　あなた、日本から連れていらしたの？」

「いいえ、つい一年ばかり前に探したんです。向うから応募してきましたの」

「志願者ですって！　ニューヨークにはそういう日本人がいるんですか。私のところにも是非ほしいわ。あなた紹介して下さらない？」

「そう沢山いるわけでもないのですよ。ただ、お恥かしい話ですけれど、戦争花嫁《ワープライド》というのがいますでしょう？　笑子もその一人なんですわ」

「戦争花嫁？」

「ええ。日本の娘たちがニグロやイタリヤ人と結婚して、アメリカでそれは不幸な生活を送っているんです」

「あのひとも？」

「ええ、あのひとはニグロの家族に属しているのですよ」

「まあ驚いた！　でもどうして優秀な日本人が、ニグロなんかと……？」

「日本にだって、ニグロのような生活をしている人々がいますもの」

途中から食卓の会話は声をひそめていたが、私の耳には一層はっきり聞えているということに思いつかなかったらしい。

その夜も私は眠ることができなかった。あぶらぎった桜の塊りの中から、声が谺《こだま》して聞え、慣れないベッドの上で私の安眠を妨げる。お恥かしい話ですけれど戦争花嫁というのがいますでしょ？　日本にだってニグロのような生活をしている人々がいますもの！　お恥かしい戦争花嫁。日本のニグロ。東京ニグロ。お恥かしいニグロ！

翌朝、ニイマイヤー一家とレイドン一家は二台の車を連ねて桜祭りのパレード見物に出かけた。ワシントン市の大通り《メインストリート》を様々に意匠を凝らした行列が通る。春といってもまだ風は随分冷たくて私たちはコートを着ているのに、桜の女王に選ばれた娘さんは水着姿で、毛の縁取をしたケープはほんの申訳に背中へ流し、朱塗りのオープンカーの中央に高く腰をおろし、手を振って道の両側の観衆に応えていた。それはいかにもアメリカ的な光景であり、およそ日本にいる日本人には桜の花を連想することの出来難い行事であった。だが、ポトマック河畔の桜を見た人たちならば、このけばけばしいパレードをいかにも桜祭りには相応しいと思っただろう。私自身もそう思って眺めていた。あの桜の花ならば！

　だが正確に言うなら、私は眼の前を通りすぎるパレードをそれほど真剣に観察していたわけではない。何しろ睡眠不足だった。頭の芯が痺れていて、眼にはぼんやりと膜がかかっているようだった。ただ女の子の鼓笛隊が通ったりすると、オジョオチャマが声をあげて喜ぶものだから、そういうときだけ彼女を抱きあげたり車の外へ落ちない用心をしたりしていた。

　昼食を終えてから、ニイマイヤー一家に別れを告げて私たちは帰路についた。今度はレイドン氏がハンドルをとり時速百二十キロのスピードで運転していた。隣に坐った奥さんは何しろじっとしていることの嫌いな人なので、私から子供を取上げると、沿道の風景や追抜いた車の型などについて、絶えまなく話してきかせていた。満一歳の子供に理解できるような話でなくても、そうすることは知的教養の基礎をつけるのには役立つものかもしれない。そして私はといえば、これは途中からまことにだらしなく車に酔ってしまって、後のシートに長くなって眠っていたのだ。決して乗物に弱くはなかったのだけれども、睡眠不足と、今朝と昼とろくに食欲がなかったので、それがこたえたのかもしれなかった。

「笑さん、起きなさい、ニューヨークよ」

奥さんの声で私は眼をさました。吃驚して起上ると、もう陽は落ちて、車は立体交差の下の道路を通り抜け、地上へ浮かび上ったところだった。

「ああ」

「よく寝ていたわ」

「はあ、すみませんでした」

「いいのよ、疲れたんでしょ。今日は帰ってゆっくりして頂だい。ところで、アメリカ通りで降してあげればいい？」

「結構です」

六番街で私が降りると、レイドン夫妻は手を振って、

「じゃ、明後日の朝ね。バイバイ」

もうシボレーは走り出していた。オジョオチャマは奥さんの膝の上で眠っているのであった。

私も片手をあげて動かしたが、少し寝呆《ねぼ》けていたらしい。後を向いて歩き出した途端に、ニグロの大女と衝突しそうになった。

「あ、ご免なさい」

「おや、まあ！」

私の家の向いに棲んでいる八人の子持ちのルシルだった。スーツを着て盛装していたので、向うが気がつかなければ私は彼女と知らずに行き過ぎたかもしれなかった。

「笑子にここで会うとはね」

「ワシントンから帰ったところよ。これからハアレムへ帰るわ」

「私も帰るところだよ。地下鉄の乗場はあちらじゃないか」

「あら、そうだった。うっかりしたわ」

「ワシントンはどう?」

「桜祭りで行ったのだけれど」

「おお、桜祭りだって。そりゃ素晴らしかったでしょう」

「ええ、素晴らしかったわ」

心にもない返事をしたのに相手は人の好い笑い顔になって、自分もワシントンへ行ってきたように喜んでいる。その瞬間、私は躰を包んでいた殻がカチンと音をたてて卵の殻のように割れたのを感じた。

私も、ニグロだ!

私の夫もニグロで、もっと大事なことには私の子供たちもニグロなのに、どうしてもっと早くその考えに辿りつけなかったのだろう。レイドン夫人は日本にもニグロのような人間がいて、それがお恥かしい戦争花嫁だと言ったが、そんなことでもなければ、それで私が心を射抜かれたり衝撃を受けたりすることはなかったのだ。私はすでに変質している筈なのだ、ワシントンの桜のように! 私は、ニグロだ! ハアレムの中で、どうして私だけが日本人であり得るだろう。私もニグロの一人になって、トムを力づけ、メアリイを育て、そしてサムたちの成長を見守るのでなければ、優越意識と劣等感が犇いている人間の世間を切拓いて生きることなど出来るわけがない。ああ、私は確かにニグロなのだ！　そう気付いたとき、私は私の躰の中から不思議な力が湧き出して来るのを感じた。

「ルシル」

「え？」

「ワシントンの桜は本当に素晴らしかったわ」

怪訝《けげん》な顔をする相手に、私は晴れやかに笑ってみせた。

見上げると高層のビルが建ち並ぶ中で、一際高くエンパイア・ステイト・ビルディングが夕空を衝いて聳え立っていた。あの窓硝子を拭く人たちがいるのだ。私は足を止めて、しばらくその辺りのビルを見廻していた。

あった。新しい６６のビルの裏に、硝子拭きのための足場が一つ、しまい忘れたのか屋上からぶらんと吊下っていた。ひょっとすると、つい先刻まで麗子のホセがあの板に乗って働いていたかもしれない、と私は思った。が、これは悲観的な想像ではなかった。ああ、と私は思っていた。ニューヨークに来て、そろそろ七年になるのに、マンハッタンの中で私の知っているところはハアレムの地下室と日本料理のレストランだけだ。私はニューヨーク名物の高層建築に上ったことは一度もなかった。ニューヨークに、そういう高い建物があることを私はまるで忘れて暮していた。

明日は、と私は思った。明日はメアリイたちを連れて、エンパイア・ステイト・ビルに上ってみよう。高い高い建物の上から、地上を眺望してみよう。眠いと言ったってトムも叩き起して連れて行く。もちろんシモンもだ。彼も私と同じようにニグロなのだから。高い高い建物の上から地上を眺めおろしたら、彼も働く気を起すかもしれないではないか。

「ルシル」

「なんだね、笑子」

「あなたはエンパイア・ステイト・ビルディングに上ったことがある？」

「ないね。ニューヨークに来て二十五年になるけれども」

「それじゃ明日、私たち家族と一緒に上ってみない？　メアリイもサムもトムもシモンもみんな連れて行くのよ」

ルシルは太い唇からまっ白な歯を剥き出して楽しそうに応えた。

「それは素晴らしいね、笑子。行くともさ。私のとこには子供が八人いるけど入場料は……、ああ、なんとかなるだろうよ。行くともさ」

私たちは朗らかに肯きあいながら、深い地下鉄の階段を降りて行った。

日本人のところで働くのはもうやめよう。

私はその帰り道にルシルが近頃働きに出かけている縫製工場が、あまり悪くない給料だということと、働いているのが殆どニグロばかりで、しかも人手が足りないと知ったときれ、そこで働く決意をしていた。オジョオチャマに別れるのは大変つらいことだけれども、でも私は、私もニグロなのだからルシルと同じようにニグロの世界で精一杯働かなくては嘘だ。でなければ、私の誇とするメアリイとも交《かよ》いあうものを失ってしまうかもしれない。私はエリザベス・Y・レイドン嬢と別れて私の息子のサムのところへ戻らなければならないのだ。トムの眼には失われている輝きを、私はそうしてサムの瞳に必ずいつか取戻してみせる。ああ、明日は私はサムを抱いてエンパイア・ステイト・ビルに登るのだ。

解説　日本人妻と差別の構造

斎藤美奈子

一九四五年八月の敗戦で、日本の風景は一変しました。マッカーサーを最高司令官とする連合国軍総司令部（ＧＨＱ）が東京に置かれ、米軍を中心とした占領軍（進駐軍）が駐留。一九五二年のサンフランシスコ講和条約発効まで、日本は連合国の支配下に置かれることになります。これが「占領期」と呼ばれる時代です。

人々の生活も一変しました。住まいや家族を奪われ、絶望的な食糧難のなかで、それでも生きていくために、軍関係の施設で働く人も少なくなかった。なかにはそこで出会った占領軍の軍人と結婚し、太平洋を越えて夫の母国に渡った女性もいます。こうした女性たちは当時「戦争花嫁（ウォー・ブライド）」と呼ばれました。アメリカの軍人や軍属と結婚した女性のアメリカ移住を例外的に認める「戦争花嫁法」（一九四五年）や「日本人花嫁法」（四七年）が語源かと思われます。

『非色』はそんな形で渡米した「戦争花嫁」を主人公にした小説です。

敗戦から一九五〇年代までに日本を出た「戦争花嫁」は約四万人とも五万人ともいわれますが、その実態調査はいまも十分に進んでいるとはいえません。何冊かの関連書籍が出版されたのは二〇〇〇年代以降。それまでは、写真家の江成常夫による写真＆インタビュー集『花嫁のアメリカ』（一九八一年）が目立つ程度でした。

そうした背景を考えると、一九六四年に発表された『非色』が、いかに先駆的で稀有な作品だったか理解できるのではないでしょうか。

もっとも『非色』が、「戦争花嫁の数奇な人生」を描いた小説かというと、ちょっとちがいます。海外に移住した日本人女性を描いた他の小説――大庭みな子『三匹の蟹』、山本道子『ベティさんの庭』、米谷ふみ子『過越しの祭』など――とも異なっています。いったいどのへんが？　順を追って見ていきましょう。

物語は、前の三分の一ほどの「東京編」と、その後の三分の二を占める「ニューヨーク編」に分かれていると見ていいでしょう。

有吉佐和子が描く女性像は、どんな時代のどんな境遇の人であっても一本筋が通っていますが、本書の主人公である林笑子も例外ではありません。

終戦の年に女学校を出て、米兵相手のキャバレーで働きはじめ、そこで出会ったトムことトーマス・ジャクソン伍長と結婚。夫の帰国で一時は離婚を決意するも、結局は一念発起、娘とともに渡米する。この人は少し醒めたところのある頭のいい女性ですが、妙な反骨精神の持ち主なんですよね。

結婚を決めたのは〈笑子はあの黒いのに抱かれても嫌やじゃないのが、母さんには怖ろしい〉という母の言葉に反発したから。妊娠が発覚し、産むか産まざるか迷っていたとき、最終的に彼女に出産を決断させたのも〈混血児《あいのこ》が私の孫だなんて〉という母の言葉だった。〈私はいったい何時から英雄主義を信奉するようになっていたのだろう。なぜ私は、もっと静かで穏やかな愛を持ち、育てることができないのだろう〉。この独白は、笑子の性質をよくいい当てています。

半面、笑子は人並みの弱さやずるさも持っています。国際結婚したとはいえても、夫が黒人だとはいえない。渡米すると決めたのも、娘のメアリイの将来を憂いたからでした。黒い肌の娘を日本社会が排斥するなら、夫の国に行こう。世間の好奇の目や肉親と戦い続けるのも、もう疲れた。慰めてくれる人がほしい。

こうして物語は「ニューヨーク編」に突入します。

しかし、人生は甘くなかった。夫の住むニューヨークで笑子を待っていたのは、もっと過酷な現実、具体的には生活難とアメリカ社会にひそむ差別でした。

親子三人の住まいはハーレムの安アパート。トムは看護師として真面目に働いてはいますが、給料は安く物価は高い。生活はかつかつです。

さらに笑子は、日本料理店「ナイトオ」のウェイトレスとして、渡米する貨物船の中で知りあった三人の女性と再会します。笑子と同じ黒人の夫を持つ竹子。白人と結婚した志満子。そして上品で容姿端麗な麗子。三人はそれぞれに際立った個性の持ち主ですが、彼女らを縛る最大の要因は夫の人種だった。

〈うっとこのォも黒やねん〉と屈託のない大阪弁で口にする竹子が、人知れず抱えていたコンプレックス。その竹子に〈イタ公相手のパンパン〉と呼ばれてカッとする志満子の夫はイタリア系アメリカ人だった。そして誰もが羨む結婚をしたように見えた麗子は、じつは誰より悲惨な環境に置かれていた。

日本にいてはわからない、移民の国であるアメリカ社会の複雑にからみあった人種差別。笑子はしだいに気がつきます。黒人である夫のトムでさえ、プエルトリコ人を見下していることに。〈あいつらは最低の人間で、アメリカ人じゃあないんだ！〉とトムがいうプエルトリコ人と結婚した麗子がたどった道は、本書のなかでも特に胸に突き刺さる挿話ですが、その一方で竹子も笑子も次々に妊娠し、長女ひとりを連れてＮＹに来た笑子は、五年後には四人の子どもの母になっていた。

ニューヨーク編を読めば、有吉佐和子がこの小説で何を書こうとしたかがわかるはずです。彼女の構想は、戦争花嫁の人生ではなく、個人の人生を破壊する「差別の構造」を描くことだった。だからこそ舞台を「人種のるつぼ」といわれるＮＹに設定し、人種が異なる男性と結婚した四人の女性を登場させる必要があったのです。

あらゆる人種差別を俎上にのせているように見える『非色』において、唯一回避されているのは、アジア人ないし日本人に対する差別です。白人社会に飛びこんだ日本人女性は「イエロー」「ジャップ（日本人の蔑称）」と蔑まれたはずですが、（終盤に登場するレイドン家のメイド、ナンシイを除けば）『非色』はそこに焦点を当てません。ナショナリズムに回収されがちな日本人差別ではなく、もっと広い視野に立った普遍的な「差別の構造」をあぶり出す。そこに本書の眼目があったからではないでしょうか。

有吉佐和子は一九五九年十一月から翌年の八月まで、二十八歳でニューヨーク州のサラ・ローレンス大学に留学しています。そのときの見聞が本書のベースになっているのは間違いないでしょう。また、本書が出版された一九六〇年代中盤は、アメリカ合衆国で黒人の権利を求める公民権運動がピークに達した時代でした。一九六三年八月には黒人や黒人差別に反対する人々二十万人が結集した「ワシントン大行進」が決行され、キング牧師が歴史に残る有名な演説をしています。〈私には夢がある。それは、いつの日か、この国が立ち上がり、「すべての人間は平等に作られているということは、自明の真実であると考える」というこの国の信条を、真の意味で実現させるという夢である。／私には夢がある。それは、いつの日か、ジョージア州の赤土の丘で、かつての奴隷の息子たちとかつての奴隷所有者の息子たちが、兄弟として同じテーブルにつくという夢である〉

『非色』の主人公である笑子は、そもそも日本人ですし、活動家でもありませんが、その精神は公民権運動の主張とも響き合っています。

黒人差別がどんな性質のものかは、笑子が東京でメイドをしていたときの雇い主・リー夫人の言葉に凝縮されています。民主主義の国にも差別があるのかと問う笑子に夫人は答えます。〈仕方がないのよ。色つき《カラード》は教養がなくて、兇暴で、不正直で、不潔で、手のつけられない人たちなんだから〉

残念ながら、このような発想の人は、二十一世紀のいまでも存在しています。アメリカにも日本にも、です。本書で使われている「ニグロ」という呼称は現在ではNGワード。「ブラック（黒人）」から「アフリカ系アメリカ人」へと呼び方は変わりましたが、人種差別はいまも根強く残っている。二〇二〇年のアメリカで、黒人男性が白人の警察官に射殺された事件をきっかけに、「BLM（ブラック・ライブズ・マター。黒人の命も大切だ）」というスローガンを掲げた大規模な抗議デモが起きました。深刻な差別が残っている証拠です。しかし未来はあるんですよね。

同じ二〇二〇年の全米オープンで優勝したテニスの大坂なおみ選手は、ハイチ人の父と日本人の母を持つバイレイシャル（両親の人種がそれぞれ異なること）のアスリートとしてBLMに連帯する行動を起こしました。

そして本書のなかでは、やはり黒人と日本人のバイレイシャルである、九歳になった長女のメアリイが、こんな作文を持って帰ります。
〈私は、お父さんとお母さん、バアバラとベティの二組をよく見較べて、私の家族は素晴らしいと思います〉。〈私の家では八代目に白人が、十代目に黄色人種が混じったわけなのです。だから私と、日本人似のバアバラと、少し色のうすいベティが生れたのです。この三人が本当の姉妹だなんて、なんて素晴らしいことでしょう〉

笑子は小躍りするほど喜びます。なぜってここではキング牧師の演説と同じ未来が語られているから。〈私は、ニグロだ！〉。小説のラストで笑子が心のなかで叫ぶのも、次の世代に未来を託せると信じたからではないでしょうか。

非色（色に非《あら》ず）には、多様な意味が込められています。差別の根源は肌の色ではない。では何なのか。笑子は悩み続けますが、最終的にはここに帰結するはずです。〈色ではないのだ〉〈肌の色で中身をきめられてたまるものか！〉

つけ加えておくと、笑子らＮＹの日本人妻たちには、次々に生まれる子どもが大きな負担としてのしかかっています。戦後、堕胎罪が廃止され、妊娠中絶がいちおう合法化された日本とちがい、アメリカでは長い間、妊娠中絶は非合法でした。避妊も中絶も認めないカトリック教会の教えが背景にはありますが、現在のアメリカでも中絶の是非はリベラルと保守を分ける政治的課題となっていて、プロチョイス（中絶容認派）とプロライフ（中絶否定派）のあいだで議論が絶えません。

中絶の権利が全米で認められたのは一九七三年。「リプロダクティブ・ヘルス／ライツ（性と生殖に関する健康と権利）」の視点から妊娠中絶を女性の権利とする考えかたが広がったのは一九九〇年代以降だったことを思うと、女性解放の観点からも『非色』はきわめて先取的な問題意識を持った作品だったといえます。

発表から半世紀を経て、なおこの小説がいささかも古びることなく、私たちの心をゆさぶるのは、人種差別であれ、女性の境遇であれ、まさに「いま」を本書が描いているからです。これほど重い課題を万人が親しめるユーモアとペーソスのまじったフィクションに仕立ててしまった作家の手腕にも、あらためて驚嘆せざるを得ません。

復刊によせて

有吉玉青

母・佐和子が一九六四年、三十三歳のときに上梓した『非色』は、二〇〇三年の重版を最後に重版未定になっていた作品でした。母の作品の中でも大好きなもののひとつだということもあり、この状況を残念に思っておりましたが、作品が書かれた時代には一般に使われていた言葉であったり、作者に差別の意図がないことが明らかであっても、言葉自体が問題とされる風潮もある中ではしかたのないことでした。

河出書房新社さんより復刊のお話をいただきましたときは、嬉しく思う反面、私自身がすっかり臆病になっており、お返事には迷うことになりました。けれども編集部の東條律子さんが復刊の意義を熱意をもって語ってくださったことに励まされ、いまひとたび作品を読み返してみたのです。そしてあらためて、母に差別の意図はないこと、アメリカの人種問題を目のあたりにした主人公・笑子の、無垢ともいえるまなざしを感じ、勇を鼓して承諾させていただいたしだいです。

母は自作について語る作家ではありませんでした。いわんや家族が語るものではないでしょう。一九五九年にアメリカ・ニューヨークに留学した母が描いたアメリカが、半世紀の時を経て現代によみがえること嬉しく、感謝するばかりです。アメリカはあれから、変わったのか変わっていないのか——。

二〇二〇年十月

本書は一九六七年十一月に角川文庫から刊行された『非色』の再文庫化です。

本文中、今日からみれば一部不適切と思われる表現がありますが、作者に差別的意図のなかったことは自明であり、書かれた時代的背景を鑑み、いまなお残る重要な問題を孕んでいる優れた作品であることを踏まえ、明らかな誤植などの訂正を除き、そのままといたしました。

非色《ひしょく》

二〇二〇年一一月二〇日　初版発行
二〇二二年　一　月三〇日　4刷発行

著　者　有吉佐和子《ありよしさわこ》
発行者　小野寺優
発行所　株式会社河出書房新社
〒一五一－〇〇五一
東京都渋谷区千駄ヶ谷二－三二－二
電話〇三－三四〇四－八六一一（編集）
〇三－三四〇四－一二〇一（営業）
https://www.kawade.co.jp/

ロゴ・表紙デザイン　粟津潔
本文フォーマット　佐々木暁
本文組版　KAWADE DTP WORKS
印刷・製本　凸版印刷株式会社

Printed in Japan　ISBN978-4-309-41781-3

ニューヨークより不思議

四方田犬彦　41386-0

1987年と2015年、27年の時を経たニューヨークへの旅。どこにも帰属できない者たちが集まる都市の歓喜と幻滅。みずみずしさと情動にあふれた文体でつづる長編エッセイ。

お前らの墓につばを吐いてやる

ボリス・ヴィアン　鈴木創士〔訳〕　46471-8

伝説の作家がアメリカ人を偽装して執筆して戦後間もないフランスで大ベストセラーとなったハードボイルド小説にして代表作。人種差別への怒りにかりたてられる青年の明日なき暴走をクールに描く暗黒小説。

私戦

本田靖春　41173-6

一九六八年、暴力団員を射殺し、寸又峡温泉の旅館に人質をとり篭城した劇場型犯罪・金嬉老事件。差別に晒され続けた犯人と直に向き合い、事件の背景にある悲哀に寄り添った、戦後ノンフィクションの傑作。

東京プリズン

赤坂真理　41299-3

16歳のマリが挑む現代の「東京裁判」とは？　少女の目から今もなおこの国に続く『戦後』の正体に迫り、毎日出版文化賞、司馬遼太郎賞受賞。読書界の話題を独占し“文学史的事件”とまで呼ばれた名作！

邪宗門　上・下

高橋和巳　41309-9　41310-5

戦時下の弾圧で壊滅し、戦後復活し急進化した“教団”。その興亡を壮大なスケールで描く、39歳で早逝した天才作家による伝説の巨篇。今もあまたの読書人が絶賛する永遠の“必読書”！　解説：佐藤優。

わが解体

高橋和巳　41526-0

早逝した天才作家が、全共闘運動と自己の在り方を“わが内なる告発”として追求した最後の長編エッセイ、母の祈りにみちた死にいたる闘病の記など、“思想的遺書”とも言うべき一冊。赤坂真理氏推薦。